KB109814

들불
축제

들불 축제

발행일   2024년 3월 26일

지은이   박해인
펴낸이   손형국
펴낸곳   (주)북랩
편집인   선일영   편집   김은수, 배진용, 김다빈, 김부경
디자인   이현수, 김민하, 임진형, 안유경, 신혜림   제작   박기성, 구성우, 이창영, 배상진
마케팅   김회란, 박진관
출판등록 2004. 12. 1(제2012-000051호)
주소   서울특별시 금천구 가산디지털 1로 168, 우림라이온스밸리 B동 B113~115호, C동 B101호
홈페이지 www.book.co.kr
전화번호 (02)2026-5777   팩스   (02)3159-9637

ISBN   979-11-7224-033-2 03810(종이책)   979-11-7224-034-9 05810 (전자책)

잘못된 책은 구입한 곳에서 교환해드립니다.
이 책은 저작권법에 따라 보호받는 저작물이므로 무단 전재와 복제를 금합니다.
이 책은 (주)북랩이 보유한 리코 장비로 인쇄되었습니다.

(주)북랩 성공출판의 파트너

북랩 홈페이지와 패밀리 사이트에서 다양한 출판 솔루션을 만나 보세요!

홈페이지 book.co.kr   •   **블로그** blog.naver.com/essaybook   •   **출판문의** book@book.co.kr

작가 연락처 문의 ▶ ask.book.co.kr

작가 연락처는 개인정보이므로 북랩에서 알려드릴 수 없습니다.

박해인 장편소설

들불
축제

북랩

작가의 글

　이 지구는 지금 어디를 향해 가고 있는 것일까? 밝은 미래를 향하고 있는 것인지, 아니면 어두운 과거로 회귀하고 있는 것인지……. 이 지구상에서 인간들이 살기 시작한 이후로 폭력은 늘 존재해왔고, 나는 여태껏 작품 활동을 하면서 그 폭력을 중심 소재로 삼아 집필했던 것 같다. 사회에서나 가정에서, 군대에서나 학교에서, 그 어디에서든 발생하는 유형무형의 폭력에 대해서……. 이 장편소설도 한국사에 새로운 변곡점이 될 수 있는 사건들이 연이어 일어났던 2018년도를 배경으로, 그 당시에 사회 전반적으로 자행된 폭력의 실체에 대해 치밀하게 묘사했다.

　작가는 주위에서 보거나 들은 내용에 새로운 허구성을 가미한 채 소설을 쓰는데, 그 일련의 과정에는 항상 여러 가지 제약이 뒤따르는 것 같다. 즉, 어떤 사건에 대해 그것의 일부만 발췌한 다음 그것을 최대한 객관화하여 표현한다고 해도, 누군가에게 피해를 주지 않았나 하는 불안감에서 벗어날 수가 없다. 그러나 현실이라는 것이 불합리한 실체라고 해서 마냥 외면할 수만은 없는 데다가, 그것이 조금이라도 더 개선되도록 하기 위해서는 어떻게 해서든지 그 상황을 표현할 수밖에 없다. 더군다나 나는 창작하는 작가로서 설령 비난의 소리를 들을지언정, 여러 가지 소재들을 극화하여 소설로 표현하고 싶은 욕망을 도저히 억누를 수가 없다.

아무쪼록 이 소설에 등장하는 인물들에게 머리 숙여 진심으로 사죄의 말씀을 드린다.

2024년 3월 12일

목차

I

1.

150만 명 가까이 되는 인구들이 활기차게 살아가고 있는 어느 대도시에도 다른 도시들과 마찬가지로 빛과 어둠이 공존한 채 낮에는 해맑은 햇살이 수많은 건물과 집들을 비추고, 밤에는 휘황찬란한 네온사인 불빛이 유흥가의 거리를 화려하게 수놓았다. 그 도시의 대부분 사람은 아침만 되면 아파트와 일반주택에서 쏟아져 나와, 자가용과 버스와 전철을 타고 직장이나 학교에 갔다. 또 저녁에는 모두 다 일을 끝내고서 퇴근한 후에 집에서 몇 시간 동안 TV를 보거나 헬스클럽에서 땀을 흘리기도 하고 또한 술집에서 밤새도록 술을 마시며 각자 즐거우면서도 여유로운 삶을 즐겼다. 그리고 연인들은 근사한 레스토랑에서 식사한 다음 영화관이나 모텔에 가고, 학생들은 밤늦도록 이 학원 저 학원을 전전하며 수학이나 영어 같은 과목들의 문제를 하나라도 더 풀기 위해 머리를 싸매고 공부했다. 그 외에도 일부 사람들은 야구장에서 피 말리는 게임을 하는 프로야구를 보며 목이 터지라 응원하고, 다른 일부는 월드컵 운동장에서 욕설을 퍼부어 대며 2부 리그로 강등할 위기에 처한 그 도시 프로축구단의 형편없는 경기를 관전했다. 그러나 드높은 허공에서 거센 광풍이 휘몰아치는 순간 그 대도시는 혼돈의 도가니 속으로 빠져든 채 평범한 일상성에 균열이 일어나고 말았다. 몇십 년 동안 친밀하게 지냈던 직장 동료들끼리 서로에 대한 불신과 경멸 속에, 별다른 생각도 없이 말과 행동을 실수하면서 평생직장에서 쫓겨나는 일이 발생하기 시작했다.

출퇴근 시간도 아닌데 차가 너무나 막히는 바람에 여민구는 페달과 브레이크를 번갈아 밟으며 차를 급히 몰기 시작했다. 2시간쯤 전에 전화했던 형사를 만나기 위해 중부경찰서에 오후 5시까지 가기에는 시간이 너무나 빠듯한 듯했다. 그 형사는 그에게 교육청에서 곽현희 학생 성추행 사건에 대한 신고가 들어와서 몇 가지 조사할 게 있으니까, 내일 시간 있을 때 중부경찰서에 오라고 했다. 그러나 그는 그 학생에게 아무런 잘못을 저지른 게 없다고 생각하고 있어서, 그 형사에게 조금 후에 학교에서 퇴근하자마자 찾아가겠다고 큰소리로 말했던 것이다.

민구가 오후에 방과 후 수업이 끝나고 나서 교무실에서 쉬고 있는데, 스마트폰에 낯선 번호가 뜨기에 처음에는 그것을 무시한 채 받지 않았다. 그런데 계속 벨소리가 울려 퍼져서 그것을 받자마자 저쪽에서 카랑카랑한 목소리로, 대뜸 중부경찰서의 엄기상 형사라고 하면서 전화를 걸게 된 내용을 몇 마디 설명하기 시작했다. 그래서 교무실에 있는 다른 선생들이 들을까 봐 황급히 복도로 나간 후, 학생들이 와자지껄 떠들며 돌아다니고 있는 그곳에서 그 형사와 통화를 대충 끝냈다. 그러고 나서 곧바로 경찰서에 가보려고 했으나, 공교롭게도 오후 4시에 교장실에서 학년 부장들의 회의가 열리는 바람에 학교에서 늦게 나올 수밖에 없었다.

마침내 어슴푸레한 빛이 감돌던 하늘에서 하얀 눈송이가 한두 개씩 떨어지는 듯해지자, 운전대를 잡은 그는 가슴이 더욱더 바싹 타들어 가는 것을 느꼈다. 형사와 약속한 시각까지 경찰서에 도착하지 못할 것 같아서 그러는 것인지, 아니면 생전 처음으로 경찰서 같은 곳에 조사받으러 가기 때문에 그러는 것인지……. 최근 들어서 미투 운동이 사회 전반에 들불처럼 일어나고 있는 때 그런 어처구니없는 실수를 저지르고 만 자기 자신이 너무나 한심해서, 차를 아무 데고 들이박고서 죽고 싶다는 생각밖에 들지 않았다.

우연이라는 것이 겹치면 필연이 된다고 했던가? 작년에 크리스마스가 되기 직전이었던 12월 22일에, 그는 자기의 생일날 영화를 보러 가자고 몇 번이나 졸라대던 곽현희라는 학생과 둘이 영화관에 간 적이 있었다. 그런데 그로부터 한 달쯤 지났을 무렵인 2018년도의 1월 말에, 어느 여자 검사가 윗사람으로부터 성추행을 당한 사실을 폭로했는데, 그녀의 그러한 용기 있는 행동이 빌미가 되어서 사회 전반적으로 미투 운동의 열기가 뜨겁게 확산하기 시작했다. 그런데 그는 25년 동안 교직 생활을 하면서 현희뿐만 아니라 그 어떤 학생들에게도 아무런 잘못을 저지른 적이 없다고 단언할 수 있기에, 그 모든 것이 자기하고는 아무런 관계가 없는 것으로 생각했다. 그런데 그가 두 달 가까이 까마득하게 잊고 있었던 그 사건이 마치 살아 움직이는 생물처럼 꿈틀

들불 축제

거리고 되살아나면서 엄청난 파장을 서서히 불러일으켰다.

낮은 건물들 사이에 웅장하게 우뚝 서 있는 경찰서 건물은, 세차게 불어오는 바람 속에 듬성듬성 내리는 눈을 맞고 있어서 그런지 더욱 더 을씨년스러웠다. 그런데 주차장에 차를 대고서 차에서 막 내리는 순간, 그는 그 자리에서 당장 쓰러져 버리기라도 할 거 같이 머리가 빙 도는 듯한 증상을 느꼈다. 꽉 막혀 있는 도로를 뚫고서 여기까지 오는 동안 겉으로는 태연한 척해도 내심 너무나 긴장해서 운전했기 때문일까?

곧 민구가 다소 휘청거리는 걸음으로 건물 안으로 들어선 다음 출입문 쪽의 책상 위에 있는 방명록에 이름과 주소를 썼다. 그 사이에 그와 만나기로 한 엄기상 형사가 그곳에 앉아 있던 다른 직원의 인터폰 연락을 받고서 그의 앞에 나타났다.

"조금 전에 통화했던 여민구 선생입니까?"

"……."

"여기까지 오느라고 고생을 많이 했는데 잠깐 이리로 좀 들어오세요."

앞장서서 걸어가고 있는 기상의 뒷모습에서 민구는 현재 이 도시 변두리의 어느 파출소에서 근무하는 중학교 동창생 모습을 떠올렸다. 작달막한 키와 악의라고는 전혀 없어 보이는 말쑥하게 생긴 얼굴에 나긋나긋한 목소리로 말하는 기상의 그 모든 것이 경찰관인 그 동창생과 너무나 닮은 듯했다.

잠시 후 민구는 커다란 사무실 옆에 딸린 조그만 조사실로 안내되었는데, 칸막이로만 막아놓은 채 사람들이 자유롭게 드나들 수 있는 구조로 되어 있었다. 또 책상에는 노트북만이 한 대 달랑 놓여 있고, 또한 벽에 붙어 있는 책꽂이에는 서류뭉치와 책들이 몇 권 꽂혀 있어서 그런지, 학교의 상담실과 똑같다는 느낌을 주었다. 그가 의자에 앉자마자 기상도 그와 마주 보고서 앉더니, 어설픈 미소를 머금은 듯한 표정으로 어둡게 그늘이 져 있는 그의 얼굴을 힐끔 쳐다보았다.

"곽현희가 여 선생님이 담임으로 맡고 있는 반의 학생인가요?"

"네."

"그런데 혹시 그 학생하고 선생님하고의 사이에 그 어떤 불미스러운 일 같은 것은 없었습니까?"

"불미스러운 일이라니 그게 대체 무슨 말씀이에요?"

민구는 조금 전에 그의 전화를 받았을 때와 똑같이 깜짝 놀라는 표정을 지으며 되물었다.

곽현희는 6개월 전에 이 도시에 있는 K 여고로 전학을 왔다. 그런데 현희의 어머니는 첫날 학교를 방문했을 때 그 학생의 아빠가 회사를 이 도시로 옮기는 바람에 이곳으로 이사를 오게 되었다고 했다. 그러나 그가 나중에 알게 된 사실은 그 학생의 아빠가 직장을 옮긴 것이 아니라, 부부가 이혼한 후에 현희의 어머니가 그 학생만을 데리고 자기의 친정이 있는 이 도시로 거처를 옮겼던 것이다.

담임선생은 자기 반 학생들의 여러 가지 문제들을 상담하기 위해서

들불 축제

학생들의 핸드폰 번호를 자기의 스마트폰에 입력하곤 한다. 그도 그렇게 함으로써 그와 현희하고도 카톡방이 자연스럽게 형성되었는데, 그 학생은 다른 학생들과는 달리 전학을 온 지 며칠 되지 않았을 때부터 가정적인 문제라든가 학교생활의 문제점에 관한 내용을 그에게 카톡 같은 것을 자주 보내기 시작했다.

"작년 12월 22일날 그 학생하고 오후 3시에 동구에 있는 H 백화점의 C 극장에 간 적이 있었죠? 그날 선생님하고 그 학생 사이에 일어났던 일에 대해서 몇 가지 물어볼 테니까 조금도 숨기지 말고 상세하게 진술해 주세요."

"그날의 일에 대해서 숨기고 뭐고 할 게 뭐가 있겠습니까? 현희가 12월 22일이 자기 생일날인데 그날 저하고 영화 좀 한 편 꼭 보고 싶다고 하면서 그전에 몇 번 부탁하는 바람에 가게 된 것인데요?"

민구가 다소 퉁명스러운 어조로 대꾸하자, 기상은 묘한 미소를 머금고서 어깨를 한 번 으쓱했다.

"그래요. 옛날 같으면 선생님이 학생과 함께 영화관에 갔다고 해서 성추행이니 뭐니 하면서 경찰서에 신고할 사람이 누가 있겠습니까? 하지만 요즘에는 세상이 이런저런 일로 너무나 시끄럽다 보니, 그런 것을 신고하네 뭐 하네 하는 거 아니겠어요? 어떻든 간에 그 사건이 대단한 것이든 아니면 그렇지 않든 간에 저하고는 아무런 상관이 없습니다. 다만 교육청에서 일단 신고가 들어왔기 때문에 어쩔 수 없이 조사하는 것이니까, 선생님께서는 너무 부담스럽게 생각하지 말고 사실대로만 말씀해 주기 바랍니다."

　교육청에서 성추행 혐의로 신고가 들어오는 바람에 경찰서에서 조사하게 되었다는 기상의 말에 민구는 가슴이 철렁 내려앉는 듯했다. 그 반면에 기상이 그 사건을 그리 대수롭지 않게 생각하고 있는 것 같아서, 마음이 다소 놓이는 것도 느끼며 좀 더 편안한 자세로 앉았다. 그리고 기상이 묻는 대로 곽현희가 6개월 전에 전학을 와서 학교생활을 한 것과 또한 최근에 일어났던 일들에 대해 상세히 밝히기 시작했다.

　얼마 동안 기상이 투덕거리며 컴퓨터의 자판을 두들기는 사이에, 민구는 다소 답답함을 느끼며 어둠이 짙게 깔린 유리창 쪽으로 고개를 슬며시 돌렸다. 그리고 그 너머로 이리저리 흩날리고 있는 눈발에 멍하니 시선을 두고 있는데, 기상이 노트북 너머로 고개를 번쩍 들고서 그를 빤히 또 처다보았다. "그리고 제가 그 학생의 어머니가 쓴 진술서를 보니까 선생님이 현희 학생과 몇 개월 동안 카톡을 계속 주고받았다고 적혀 있더라고요? 그런데 그것 중에서 사제 간의 관계를 벗어난 조금 이상한 내용은 없었습니까?"

　"이상한 내용이라니요? 카톡은 그 학생하고만 주고받은 것이 아니라 우리 반 전체 학생들하고 여러 가지 문제들을 상담하기 위해서 하는 것입니다."

　"무슨 말씀인가 잘 알겠지만…… 그 진술서의 내용을 보면 다소 의아스럽게 생각되는 것이 눈에 띄는 것 같아서 드리는 말씀입니다."

　"그게 아니라니까요?"

민구는 순간적으로 목이 타는 듯한 갈증을 느끼며 마른침을 꿀꺽 삼켰다.

"저도 나중에 알게 된 사실인데 그 학생은 부모가 이혼한 결손가정 집안의 자녀로서, 전학온 지 얼마 되지 않았을 때부터 밤늦은 시간에 우울하다느니 슬프다느니 하는 내용의 카톡을 저에게 가끔 보내곤 했습니다. 그래서 저는 그때마다 상담하는 차원에서 그 학생에게 정신을 똑바로 차리고서 학교생활을 잘하라는 답장을 적어서 보냈을 뿐입니다."

민구는 자기만 이대로 당하고 있을 수는 없다고 생각하며 다소 큰 소리로 반박했다. 그리고 현희 어머니가 대체 뭐라고 진술했는지 너무나 궁금해서 그런다면서 그 진술서 좀 잠깐 볼 수 없겠냐고 그에게 물었다. 그러자 기상은 시일이 좀 더 흘러서 앞으로 이 사건이 몇 단계 더 진행된 후에 경찰과 검찰에서 그 사건에 대한 조사가 어느 정도 마무리가 되었을 때는 모르겠지만, 현재 단계에서는 피의자이든 변호사이든 그 누구든지 그것을 아무도 볼 수가 없다고 대답했다.

그때 기상의 입에서 경찰과 검찰이라는 말이 언급되자 민구는 등골이 더욱더 오싹해지는 듯한 느낌을 받았다. 그와 함께 그 사사로운 사건이 산더미처럼 커다란 형체를 띤 채 그의 온몸을 꼼짝 못 하게 얽어매서, 이 건물의 어느 구석에 있는 유치장에 그를 영원히 가두어 버릴 거 같았다. 그래서 눈이 오고 있는 거리를 차를 쌩쌩 몰고서 따뜻한 보금자리인 집으로 돌아갈 수 있기는커녕, 저녁 7시에 친구들 세 명과 식당에서 만나기로 한 약속도 지킬 수 없을 거라는 생각마저 들었다.

그런데 순간적으로 어색한 침묵이 막 흐르려고 하는데, 기상이 하얗게 질려 있는 그의 얼굴을 물끄러미 쳐다보다 말고 멋쩍은 미소를 머금고서 입을 뗐다.

"선생님, 차라도 한 잔 드시겠습니까?"

별안간 무슨 소리를 하는 것인가 하고 생각하며 민구는 무척 선하면서도 인자하게 보이는 듯한 그의 얼굴을 똑바로 바라보았다.

"아니에요, 됐습니다."

"그럼, 냉수라도 한 잔 마시도록 하시죠. 얼굴이 무척 창백해 보이는데……"

기상은 조그만 목소리로 여전히 친절하게 말하더니 슬그머니 방을 빠져나갔다. 그러고 나서 이내 커다란 유리컵에 냉수를 한가득 받아오자, 민구는 그 컵을 받은 다음 그것의 물을 단숨에 반 정도 쭉 들이켰다.

"날이 금세 어두워지는데 조사를 빨리빨리 끝내도록 하죠."

곧 기상은 의자를 좀 더 끌어당긴 채 예의 다시 무표정하게 굳은 얼굴로 컴퓨터의 앞에 바싹 다가앉았다.

"그런데 그날 두 사람이 극장에 갔을 때 선생님께서 그 학생에 대한 신체적 접촉은 없었습니까?"

"그건 또 무슨 말씀이세요?"

"……"

"제가 그날 그 학생하고 신체적 접촉을 했다느니 하는 것은 절대로 없었습니다."

그러나 민구의 말이 미처 끝나기도 전에 기상은 고개를 번쩍 들고 는 그가 깜짝 놀랄 정도로 소리를 버럭 질렀다.

"지금 저에게 거짓말을 하는 겁니까?"

민구는 벌겋게 상기된 얼굴로 노트북 너머에 형광등 빛을 받은 채 번들거리고 있는 기상의 두 눈을 물끄러미 바라보았다. 그러자 야릇한 광채를 띠고 있는 그것은 조금 전에 지니고 있던 선하고 부드러웠던 것이 아니라, 사람의 마음속을 속속들이 꿰뚫어 보는 듯한 형사의 날 카로운 눈빛으로 변해 있는 듯했다.

순간 민구는 어깨에 힘이 쭉 빠지면서 마음이 더욱더 참담해지는 것을 느꼈다.

"그날 선생님이 현희 학생의 손을 한 번 잡은 적이 있다면서요?"

기상이 재차 묻자, 민구는 뭔가를 골똘히 생각하는 척하다가 이내 다시 입을 열었다.

"아! 그러고 보니까 그날 제가 그 학생의 손을 한 번 잡은 적이 있던 거 같습니다. 그 백화점의 에스컬레이터를 타고서 7층에 있는 영화관 에 올라가고 있는데, 사람들이 너무나 붐비는 바람에 그 학생이 자꾸 뒤로 처지곤 해서⋯⋯."

"글쎄 이유야 어떻든지 선생님이 그 학생의 손을 한 번 잡은 적이 있으면서 지금 저에게 그런 적이 없다고 거짓말을 하면 되겠습니까?

17

다른 말은 조금도 보태지 않은 채 다만 두 사람이 에스컬레이터를 타고 가는데, 사람들이 너무나 많다 보니 그 학생을 놓칠까 봐서 그 학생의 손을 한 번 잡았다고 하는 것만 써놓을 테니까 조금도 걱정하지 마세요."

시간이 얼마 흐른 거 같지도 않은데도 겨울의 해는 짧아서 그런지 창밖에는 시커먼 어둠이 짙게 깔려 있었다.

그때 별안간 민구는 기상에게 양해를 구하고서 경찰서의 밖에 있는 편의점에 간 다음, 현금인출기에서 몇십만 원이라도 빼 올까 하는 생각을 언뜻 했다. 그리고 그 돈을 기상에게 뇌물로 주면서 여학생하고 그까짓 영화관에 한 번 갔다 온 것을 갖고, 조서를 쓰느니 어쩌느니 하지 말고 이제 그만 대충 끝내자는 말을 할까 하며⋯⋯.

그러나 기상이 콩콩거리고 기침을 짧게 한두 번 하면서 그의 어처구니없는 그 헛된 망상을 깨버렸다.

"그럼 두 사람이 나란히 앉아서 영화를 볼 때는 그 무슨 신체적 접촉은 없었습니까?"

"네. 자리가 너무나 비좁다 보니까 무릎이 살짝 닿았다 떨어졌다 하던 거 외에는⋯⋯."

"그런데 그 학생이 쓴 진술서에 보니까 두 사람이 영화를 보던 중에 선생님이 그 학생을 껴안기라도 하듯이 두 사람의 어깨가 세게 부딪힌 적이 있었다고 하던데요?"

"그것은⋯⋯."

들불 축제

민구는 침을 다시 한번 꿀꺽 삼키며 점점 더 무서운 형상을 띠고 있는 듯한 기상의 얼굴을 슬쩍 쳐다보았다.

"영화가 상영된 지 한 시간쯤 지났을 무렵에 제 옆자리에 앉아 있던 아저씨가 느닷없이 밖으로 나가려고 한 적이 있었습니다. 그래서 그 공간을 만들어 주려고 하다 보니까 제 몸이 현희 쪽으로 쏠리는 바람에 그렇게 된 거 같습니다."

민구가 변명하듯 말했으나 기상은 카톡의 내용을 적을 때와 마찬가지로 고개를 다시 한번 갸우뚱했다.

잠시 침묵이 흐르는 사이에 민구는 목이 또 타는 것을 느끼며 컵에 조금 남아 있던 냉수를 마저 다 마셔 버렸다. 그리고 자칫 말 한마디 잘못 했다가는 그 무슨 일이 벌어질지 모르니 정신을 가다듬어야겠다고 생각하는데, 기상이 번득이는 눈빛을 그에게 다시 던졌다.

"그리고 이것은 아주 중요한 사항인데…… 학교에서 얼마 떨어지지 않은 곳에도 영화관들이 많이 있건만, 왜 굳이 아주 멀리 떨어져 있는 동구 지역의 백화점에 있는 영화관으로 간 것이죠?"

"……."

"그 이유에 관해서 설명 좀 해보세요?"

"그것은 이쪽에는 아는 사람들이 많아서 일부러 그렇게 했던 것입니다. 학교 학생들의 눈에 띌까 봐 염려되어서……."

그런데 민구가 당황한 표정을 지으며 말을 얼버무리고 있는 순간 기상이 다소 격앙된 어조로 반문했다.

"아니, 두 사람이 단순히 영화만 보려고 했다면 선생님들과 학생들의 눈에 띈다고 하더라도 그것이 그 무슨 상관이 있다고 그러는 거죠? 그보다는 또 다른 이유가 있어서 그랬던 것은 아닙니까? 다른 사람들의 눈에 띄지 않는 곳으로 가서 다소 엉뚱한 짓을 하려고 했던……."

"지금 무슨 말씀을 하시는 거예요? 제가 학생에게 엉뚱한 일을 저지르다니 말씀을 너무 심하게 하는 거 아닙니까?"

"하지만 아무리 생각해도 상식적으로 이해가 되지 않잖아요? 가까운 곳에 있는 영화관들을 다 제쳐놓고서 여학생과 단둘이 그 먼 곳에 있는 곳으로 갔다는 사실이……."

민구는 두 눈을 부릅뜨고서 뻔뻔스럽게 보이는 듯한 기상의 얼굴을 집어삼킬 듯이 노려보았다. 그러자 그는 그 눈빛을 피해 고개를 슬쩍 숙이더니 다소 부드럽게 풀어진 시선을 노트북으로 또 돌렸다.

"마지막으로 한 가지만 더 질문을 드리겠는데…… 영화가 끝나고 나서 두 사람이 그 백화점에 있던 식당에 가서 저녁 식사를 할 때는 다른 그 무슨 일은 일어나지 않았습니까?"

그날 저녁 6시 30분에 영화가 끝났을 때 민구는 그만 집에 들어갈 것인가 아니면 현희하고 간단하게 저녁 식사를 할까 하고 망설였다. 그런데 현희가 배가 무척 고프다면서 저녁을 먹고 싶다고 한데다가, 또한 그도 다른 사람들의 눈에 아빠와 딸이 식사하는 것처럼 보일 텐데 어떻겠는가 하는 생각이 들어서 그 백화점의 5층에 있는 레스토랑에 갔다. 그리고 둘이 창가 쪽에 있는 테이블에 마주 앉아 도시의 야경을 바라보며, 다소 야릇한 그 무엇을 느낀 채 양식을 먹기 시작했다.

"두 사람이 같이 식사하면서 정말 아무 일도 없었나요?"

"없었다니까요?"

"하지만 그 학생이 쓴 진술서에는 선생님이 그 학생의 손을 한 번 건드린 적이 있었다고 하던데요?"

기상이 또 의아스러운 표정을 짓고서 재차 묻자, 민구는 유리창 너머로 점점 더 거칠어지고 있는 눈발을 힐끔 보다 말고 시선을 다시 그에게로 돌렸다.

"그러고 보니 이제 생각이 나는 거 같아요. 현희가 비후스텍을 먹을 때 나이프를 왼손으로 잡기에 제가 현희의 그 왼손을 손톱으로 한두 번 톡톡 치면서 오른손으로 잡으라는 말을 했던 것이……."

2.

　여민구가 영어 전용 교실의 문을 열자, 방학 때라서 거의 사용하지
않아서 그런지, 그곳에는 어슴푸레한 빛과 썰렁한 기운만이 감돌고 있
었다. 박준일 교감과 함께 그곳에 들어간 그는 곧 냉기가 코끝에 와
닿는 것을 느끼며, 형광등을 켜고 나서 곧바로 히터의 스위치도 눌렀
다. 1교시 때에는 민구가 수업하느라고 시간이 없었고, 2교시 때에는
교감 선생이 자리에 없어서 그가 본부 교무실을 두세 번 들락날락하
며 부산을 떨다가 2교시가 거의 끝나갈 무렵에 준일을 겨우 만날 수
있었다. 두 달쯤 전에 곽현희와 영화관에 갔던 것을 교육청에서 어떻
게 알고서 경찰서에 신고하게 된 것일까? 전국적으로 미투 열풍이 휘
몰아치고 있는 이때 앳된 소녀에게 그런 실수를 저지른 것이 너무나
어처구니가 없어서, 그는 어젯밤을 아랫입술을 질근질근 깨물고 끝없
이 자책하며 거의 뜬눈으로 지새웠다.

　"어제 중부경찰서에서 전화가 오는 바람에 퇴근한 후에 거기에 갔다
왔어. 그런데 내가 곽현희 학생을 성추행했다고 해서 교육청에서 나를
성추행범으로 경찰서에 신고했다고 하더군."

　두 사람이 책상 한 개를 사이에 두고서 마주 앉자마자 민구는 준일

을 향해 다급한 어조로 말하기 시작했다.

그들은 1990년대 초에 다른 두 명과 함께 K 여고에서 처음으로 교직 생활을 하게 된 입사 동기들로서, 젊을 때는 퇴근 후에 네 명이 항상 같이 어울려 다니며 술 같은 것을 마시곤 했다. 그런데 언제부터인가 K 중학교로 발령을 받고서 이곳을 떠나는 사람과 또한 승진하는 사람과 그렇지 못한 사람이 생기면서 그들 사이에 차츰 반목과 균열이 일어났다고 할 수 있었다.

"박 교감! 교육청에서 어떻게 나를 경찰서에 신고한 것인지 말 좀 한 번 해봐. 나는 현희한테 이상한 짓을 한 적이 한 번도 없는데 내가 성추행 범이라니 그게 대체 어떻게 된 거냔 말이야?"

"현희 학생이 작년 12월에 여 부장하고 영화관에 갔다 온 것을 우리 학교 상담 선생하고 보름쯤 전에 상담했는데, 그 소문이 여러 사람의 입에 오르락내리락하다 보니까 그렇게 된 거 같아."

그런데 준일의 말이 채 끝나기도 전에 민구가 화난 어조로 소리를 버럭 질렀다.

"그처럼 뜬구름 잡는 식으로 말하지 말고 왜 그렇게 된 것인지 정확하게 말 좀 해 보라니까?

"내가 그 사건에 대해 대략 알아본 바로는 곽현희가 여 부장하고 영화를 갔다 오고서 며칠 지난 후에 친했던 반 친구 두 명에게 그 사실을 자랑삼아 말했던 거 같아. 그런데 그것이 순식간에 그 반 학생들과 2학년 학생들 전체로 퍼지는 바람에 현희가 큰 곤경에 처하게 되자 상담 선생을 찾아간 것이라고 하더군.”

그 순간 민구는 그날 둘이 영화를 봤을 때, 그 사실을 다른 학생들에게 말하지 말라고 현희에게 부탁하지 않았나 하는 자책감이 가슴을 또 세차게 때리는 것을 느꼈다. 그와 함께 아무리 생각해 봐도 이미 엎질러진 물로서 그 어떤 가능성이 전혀 보이지 않는 듯하자, 더욱더 창백하게 굳은 그의 얼굴에서는 한숨이 저절로 다시 흘러나오고 말았다.

“여학생들이 자기들이 좋아하는 교사한테 프로야구를 보러 가자니 영화를 보러 가자니 하는 말을 자주 하는 것처럼, 이번에도 현희가 자기 생일날 영화 좀 보러 가자고 두세 달 전부터 나에게 계속 부탁해서 그냥 별생각 없이 응해주었던 거야. 그런데 그 학생이 자기가 몇 번이나 부탁해서 영화관에 같이 갔다 온 것을 상담 선생하고 상담했다니 너무나 어처구니가 없군.”

“아무튼 오이밭에서는 신을 고쳐 신지 말고 오얏나무 아래에서는 갓끈을 매지 말라는 말이 속담에도 있는 것처럼, 요즘 같은 때에 왜 그런 쓸데없는 일을 저질러서 학교에 이런 평지풍파를 만들곤 하는 거야?

민구가 변명하듯 넋두리를 늘어놓는 것을 준일은 듣는 둥 마는 둥 하면서 퉁명스러운 어조로 대꾸했다.

별안간 2교시 수업이 끝나는 벨소리가 울려 퍼짐과 동시에 교실에서 우르르 쏟아져 나온 학생들이 복도에서 와자지껄 떠드는 소리가 들렸다. 그때 유리창에 흘러들어온 흐물흐물한 아침 햇살에 준일의 반쯤 벗겨진 대머리가 더욱더 반들거리고 빛나는 듯했다.

"최근 들어서 어디서 무슨 일이 발생했다느니 또는 누가 그 무슨 일을 저질렀느니 하면서 너무나 시끌벅적하게 떠들어대는 바람에, 나는 텔레비전과 인터넷을 거의 보지 않은 채 살아가고 있어. 엊그저께도 어느 연극 연출가가 여배우들을 성폭행했느니 성추행을 했느니 하는 것 때문에 온 세상이 완전히 발칵 뒤집혔다고 하더구먼."

"하지만 그 사람은 수많은 여자 배우들을 성폭행하거나 성추행을 했지만 나는 현희에게 아무런 짓도 하지 않았다니까?"

민구가 가슴속에 그 무엇이 다시 또 불끈 치밀어 오르는 것을 느끼며 큰소리로 반박하는데, 출입문의 유리 너머로 서너 명의 여학생들이 왁자지껄 떠들며 지나가는 소리가 들렸다. 그러자 여태껏 천진난만하고 순수하게만 보였던 여학생들이 어느새 교활하고 사악한 형상을 띤 채 그의 온몸을 단숨에 집어삼킬 것처럼 달려들기라도 할 거 같았다.

"물론 여 부장도 학생하고 영화 한 번 보고 온 것이 이렇게까지 확산되리라고는 미처 생각하지 못했을 테지. 그런데 내가 알기로는 그 반 학생들은 담임 선생님이 어느 한 학생하고 영화관에 가거나 저녁 식사를 한 것에 대해 심한 배신감을 느꼈던 거 같아. 2학년 전체 학생 중에서도 여 부장을 좋아하는 학생들이 있는 반면에 싫어하는 학생들도 있어서 이런저런 헛된 소문이 계속 퍼지게 되었다고 할 수가 있지. 더군다나 현희가 다른 학교에서 전학을 와서 친한 친구들도 거의 없던 상태에서, 2학년 전체 학생들한테 왕따를 당하다 보니까 궁여지책으로 상담 선생님과 상담하게 된 거 같더군."

"그럼, 상담 선생이 현회하고 상담한 것을 박 교감에게 보고하고, 또 박 교감은 그 사실을 교장 선생님께 보고했던 거야?"

"응. 사안이 너무나 중대해서 나로서도 더 이상 어쩔 수가 없었어. 그래서 우선 교장 선생님께 말씀을 드리고 난 다음 교장 선생님의 지시를 따를 수밖에 없었던 거야."

주위에 모든 사람이 너무나 매정하고 이기적인 것만 같아서 민구는 뭐라고 더 말하고 싶지 않았다. 그와 함께 가슴이 찢어지기라도 할 듯한 고통 속에 두 눈에서는 눈물이 금세 흘러나올 거 같았다.

"아무튼 그 모든 것을 아무렇지도 않게 생각하고서 그런 일을 저질렀던 나의 불찰이지만, 이 학교 입사 동기로서 막역한 사이인 박 교감이 나에게 어떻게 그럴 수 있어? 박 교감이 상담 선생한테 열흘쯤 전에 그 사건에 대해 보고받았다면서, 일이 이 정도로 확대될 때까지 나에게 일언반구도 안 해줄 수가 있는 거냐고? 만일 박 교감이 교장 선생님께 말씀드리기 전에 나에게 그 사실을 살짝 언질만 주었어도, 내가 그 학생을 불러서 잘 설득했더라면 그 모든 게 다 순조롭게 무마되었을지도 모르잖아?"

"여 부장만 그 모든 것에 대해 전혀 모르고 있었지, 2학년 전체 학생들과 몇몇 선생들 사이에서는 이미 그 소문이 파다하게 퍼져 있어서 그러기에는 너무 늦었어. 그런 상황에서 그 어떤 학생이나 학부모가 교육청이나 언론사에 신고 전화라도 한 번 한다면 그때는 그 누가 뒷

감당을 할 수가 있겠냔 말이야?

교실 뒤쪽 구석에 서 있는 온풍기는 계속 윙윙거리는 소리를 내고 있는데도 실내에는 아직도 싸늘한 기운이 감도는 듯했다. 그러나 민구는 여전히 갈등과 흥분 상태에 빠진 채 추위 같은 것을 거의 느끼지 못하고 있었다.

"교장 선생님이나 나나 학교 성폭력에 대한 연수를 받으러 갈 때마다 강사들이 우리에게 귀에 따갑게 하는 말이 뭔지 알아? 성폭행은 말할 것도 없고 성희롱이나 성추행이든 아무리 사소한 사건이 일어나더라도, 그것을 절대로 당사자에게 말하지 말고서 무조건 교육청에 보고하라는 거야. 만일 그 규정을 조금이라도 어겼다가는 관리자들은 책임을 면할 수 없을 뿐 아니라 또한 학교 전체도 아주 큰 곤경에 처하게 될 것이라고 하더라고."

"……."

"솔직히 말해서 교장 선생님은 올해에 3년 임기가 끝나기 때문에 내년에 재단으로부터 3년 임기를 재신임을 받아야 하고, 또 나도 장차 교장 선생님이 정년퇴임을 하게 되면 그 뒤를 이어서 교장으로 승진해야 하잖아? 그런데 만일 이런 일을 쉬쉬하고 숨기다가 나중에 들통이라도 나면 그 모든 것이 다 수포로 되고 마는데, 어떻게 가만히 관망만 하고 있을 수 있겠어?"

그때 별안간 준일이 그만 자리에서 일어나려는 듯 자기의 손목시계를 힐끔 쳐다보았다. 그러나 민구는 이대로 모든 것을 포기할 수는 없다고 생각하며 분노와 절망감으로 비참하게 일그러진 얼굴을 다시 부스스 들었다.

"어떻든지 박 교감이 지금 나에게 아무리 뭐라고 해도 몇몇 사람들에게 야속한 감정이 드는 것을 어쩔 수가 없어. 상담 선생님과 교감 선생님과 교장 선생님 세 사람 다 모두에게……. 만일 현희가 상담 선생에게 상담했을 때나, 또는 상담 선생이 박 교감에게 보고했을 때나, 또는 교장 선생이 박 교감한테 그 말을 들었을 때, 세 명 중의 한 명이 나에게 살짝 귀띔만 했어도 사건이 이처럼 크게 확대되지는 않았을 거 아니냐고?"

"하지만 몇 번 말했듯이 상담 선생님은 현희하고 상담했을 때 성폭력 매뉴얼에 따라 나에게 보고한 거고, 나도 그 매뉴얼에 따라 교장 선생님께 보고한 것에 불과하다니까?"

"그럼 교장 선생님도 그 매뉴얼에 따라서 나에게 말 한마디 하지 않고서 곧바로 교육청에 보고한 것이고?"

민구는 너무 어처구니가 없다는 듯한 표정을 짓고서 따지기라도 하듯이 또 큰 소리로 반문했다.

"제발 매뉴얼 소리 좀 그만했으면 좋겠어. 사람들이 이 세상을 살아가면서 모든 일을 법대로만 해결할 수 있는 것은 아니잖아?"

그러나 준일은 민구의 말이 채 끝나기도 전에 유리창 너머로 복도를 힐끔 쳐다보며 다급한 어조로 말했다.

"쉬는 시간이라서 학생들이 복도에 계속 왔다 갔다 하고 있는데 그처럼 계속 큰 소리로 말하면 어떻게 해? 우리 두 사람이 하는 말을 학생들이 들으면 어떻게 하려고 그러냐고?"

두 사람 사이에 한순간 어색한 침묵이 감도는 사이에 3교시가 시작되는 차임벨 소리가 울려 퍼지자, 마치 썰물이 빠져나가기라도 하듯이 복도에서 학생들이 떠들던 소리가 일시에 뚝 끊겼다. 그와 동시에 학교와 학생들 그 모든 것이 참담한 상태에 빠져 있는 민구에게서 어디론가 멀리 아득히 사라져가는 듯했다.

"만일 정말로 나에게 큰일이라도 생기면 앞으로 우리 가족들은 어떻게 살라는 거야? 현재 대학교 2학년생인 아들은 앞으로 무슨 돈으로 대학교에 계속 다니게 하고, 또 고 2인 딸은 성추행범의 자식으로서 얼굴이나 제대로 들고서 학교에 다닐 수가 있겠냐 말이야?"

민구가 두 눈에서 눈물이 또 솟구치려는 것을 가까스로 참으며 고개를 한두 번 흔들었다. 그때 준일이 책상 위에 놓여 있는 그의 손을 살짝 잡더니 가늘게 떠는 듯한 소리로 입을 또 열었다.

"이럴 때일수록 정신을 똑바로 차려야지 자꾸 그런 나약한 소리를 하면 어떻게 해? 여 부장이 여학생하고 영화관에 가고 또 저녁 식사를 같이했을 뿐, 그 외에 다른 잘못을 저지른 것이 아무것도 없는데 설마 그 무슨 큰일이라도 일어나겠어?"

"아냐. 그 모든 게 다 끝나고 말았어. 요즘에 연예인이든 공직에 있는 사람이든 아무리 사소한 잘못을 저질러도 그것이 일단 겉으로 드러나면, 그것에 대한 진위를 따지기도 전에 이 사회에서 생매장이 되잖아? 그래서 내가 현희를 성추행했든 그렇지 않든 하는 것은 이차적인 문제이고, 그 무엇보다도 교사의 신분인 사람이 다른 사람들 몰래 자기 반 여학생하고 영화를 보고 또 저녁 식사를 같이 먹었다는 것이 들통이 났는데 앞으로 그 무슨 가능성이 남아 있겠어?"

3.

　여민구는 운전석에 비스듬히 앉아서, 지은 지 40년이 다 된 아파트
단지의 야외 주차장에 빼곡히 들어차 있는 차들 사이로 바람이 세차
게 스치고 지나가는 소리를 들었다. 그리고 차창 너머로 드리워져 있
는 시커먼 어둠을 응시한 채 담배를 피우다 말고, 매캐한 연기가 꽉
들어찬 듯하자, 차창을 조금 열었다. 그는 이번 사건이 터지고 나서 15
년 넘게 끊었던 담배를 주위 사람들의 눈치를 보며 슬금슬금 다시 피
우기 시작했다. 그래서 그가 집에서 담배를 피울 때마다 아내와 두 아
이가 아우성을 치며 난리를 피웠지만, 베란다 한쪽 구석에 쪼그리고
앉아서 묵묵히 연기를 뿜어 대고 있는 그의 고집을 꺾을 수가 없었다.
　한 시간쯤 전에 그는 현희가 야간 자습을 하는 것을 확인하고서 학
교 식당에서 저녁 식사를 한 다음, 현희의 어머니에게서 탄원서라도
한 장 받을 생각을 하고는 곧바로 이쪽으로 왔다. 그러나 차를 몰고서
오던 중에 몇 번이나 핸들을 돌려 버릴까 하고 망설였을 뿐 아니라, 지
금도 밖에 나갈 엄두를 내지 못하고서 어두운 차 안에서 10분 넘게 계
속 웅크리고 있었다.
　'하느님! 가련한 이 죄인에게 그 모든 고난을 극복할 수 있는 용기와

힘을 주소서.'

그는 무신론자이지만 자신도 모르는 사이에 신에게 간절하게 기도를 드렸다. 그리고 꽁초를 차 안에 있는 재떨이에 눌러 끄고서 텁텁한 입안으로 마른침을 꿀꺽 삼켰다. 현재 K 여고의 정보부 부장이면서 2학년 3반의 담임까지 맡고 있는 그는, 장차 교감과 교장이 되겠다는 야심을 갖고서 25년 넘게 학교생활을 충실히 수행해 왔다. 그런데 어처구니없는 실수를 저지르는 바람에 지금은 범죄자가 된 채 낯선 아파트의 주차장에서 다른 사람들의 시선을 피해 몰래 숨어 있는 처지가 되고 만 것이다.

곽현희가 6월 말에 전학을 와서 어머니인 배금옥하고 처음으로 교무실에 들어서던 날, 민구는 첫사랑의 여인이었던 임도진이 딸을 데리고서 30년 만에 자기 앞에 다시 나타난 줄로 착각했다. 갸름한 얼굴에 오똑한 콧날과 꼭 다물고 있는 조그만 입술, 맑으면서도 쓸쓸한 빛이 감도는 듯한 커다란 두 눈……. 그날 상대방을 그윽이 바라보며 나긋나긋한 어조로 대화를 나누던 그녀와 교무실에 있는 탁자에 마주 앉아 있을 때, 그는 대학 시절에 도진과 데이트를 하는 듯한 환상에 젖어 있었다.

대학교 2학년 봄에 가정학과에 다니고 있던 도진을 만나서 다음 해인 3학년 여름방학 때 군대에 갈 때까지, 그는 그녀를 1년 넘게 쫓아다니며 모든 열정을 다 바쳐서 사랑한 적이 있었다. 또 훈련소에서 작열하는 태양 아래에서 훈련받거나, 또는 최전방에서 겨우내 혹독한 추위와, 싸워가며 산등성이에 있는 초소에서 근무할 때도 그녀의 환영만을 그리며 그 모든 고통을 다 이겨내곤 했다. 그러다가 첫 휴가를 나왔을 때는 반질반질하게 광을 낸 워커를 신고 또한 누런 군복을 빳빳하게 다려 입은 채 대한민국 육군의 씩씩한 모습을 하고서 대학의 캠퍼스로 그녀를 찾아갔다. 그리고 그녀와 함께 첫 휴가 기간 내내 꿈같은 시간을 보냈지만, 두 번째 휴가 때는 텅 빈 캠퍼스의 황량한 바람 속에 썩은 낙엽들만 나뒹굴고 있을 뿐 그녀의 모습은 그 어느 곳에서도 찾을 수 없었다. 그녀는 그 당시에 대학교를 졸업할 무렵이라서 경기도 어느 지역에 있는 고등학교의 가정 선생으로 발령을 받고는 그곳으로 떠났다는 소문이 간간이 들려올 따름이었다. 그래서 그녀의 소식에 대해 좀 더 구체적으로 알아보기 위해 그가 용기를 내어 그녀의 친구들을 몇 명 만나 보기도 하고, 또 그녀의 집에 전화도 해보았지만 더 이상 아무것도 얻을 수 없었다.

그 이후에 쓰라린 마음의 상처를 안고서 표독스러운 들개처럼 날뛰며 군대 생활을 마치고, 또 실의에 빠진 모습으로 대학 생활을 하다가 졸업할 때까지도 그녀를 잊지 못해서 전전긍긍하며 힘든 나날을 보냈다. 또 사회인이 되어서도 도진보다 더 사랑하는 여인을 만나지 못한 채, 두세 명의 여자들을 사귀었다가 그 이후에 유지경을 중매로 만나서 결혼했다. 그런데 신혼생활을 하던 중에도 그 옛날에 그녀의 친구들에게서 귀동냥으로 들었던 기억을 더듬으며 행여 그녀를 찾을 수 있을까 하는 엉뚱한 생각을 하고, 경기도의 몇 개 도시에 있는 교육청에 전화도 해보는 어리석은 행동을 저지르기도 했다.

얼마 후 그가 203호의 초인종을 누르고는 자신의 신분을 밝히자, 곽현희의 어머니인 배금옥이 때마침 집에 있었던지 이내 현관문이 열렸다. 그녀가 그를 만나지 않으려고 할지도 몰라서 그가 핸드폰으로 연락도 하지 않고 다짜고짜 찾아왔는데도, 그녀는 마치 담임선생이 조만간에 자기 집을 방문할 것을 예상하기라도 한 것 같았다. 그런데 그가 그녀에게 정중하게 인사를 한 다음 흐리멍덩한 형광등 빛이 켜있는 거실로 조심스럽게 올라가는 순간, 자기 앞에 다소곳이 서 있는 그녀의 모습을 보고는 내심 놀라고 말았다. 그녀는 9개월 전에 교무실에서 처음 만났을 때 느꼈던, 첫사랑의 연인과 같던 이미지는 온데간데없이 사라진 채 어느새 평범한 가정주부의 모습으로 변해 있었다. 화장을 지워 버린 그녀의 민얼굴에는 주근깨라든가 잡티 같은 것들이 그대로 드러나 보이고, 또 우수에 젖어 있는 듯하던 두 눈에는 삶의 세파에 찌든 고단한 흔적만이 묻어 있는 듯했다.

"죄송합니다. 전화도 걸지 않고서 이렇게 불쑥 찾아오게 되어서……."

그는 슈퍼마켓에서 사 들고 온 음료수 박스를 거실 한쪽에 슬며시 놓고는 낡은 소파에 걸터앉았다. 그런데 현희의 말로는 중학교 3학년인 현희의 남동생이 한 명 있다고 했는데, 지금은 학원이라도 갔는지 썰렁한 기운이 감돌고 있는 집안에는 더 이상 다른 사람은 보이지 않왔다.

잠시 후 금옥은 주방에서 가져온 레몬주스 두 잔이 놓여 있는 쟁반을 탁자에 내려놓더니 소파 옆에 놓여 있는 커다란 등받이 의자에 앉았다. 그러자 그는 레몬주스를 조금 마시고, 뜻하지 않게 이런 불미스러운 일이 생기게 해서 뭐라고 사죄의 말씀을 드려야 할지 모르겠다고 입을 뗐다. 그리고 달짝지근한 주스의 맛을 전혀 느끼지 못한 채, 현희에게 사제 간의 관계에 어긋나는 행동을 조금도 저지르지 않았다는 것을 거듭 강조하면서 그녀에게 그 사건에 대해 간략하게 설명하기 시작했다.

"몇 달 전부터 현희가 자기 생일날 영화를 보러 가자고 몇 번이나 부탁하는 바람에 영화관에 같이 가게 된 것입니다. 다른 학생들의 눈에 띄면 별로 좋지 않을 거 같아서 다른 곳에 있는 곳으로……. 그런데 사소하게만 생각했던 그것이 이처럼 엄청난 파장을 불러일으킬 줄은 미처 생각하지 못했습니다."

"저도 처음에는 현희에게서 그런 일이 일어난 것에 대해서 아무것도 모르고 있었는데, 보름쯤 전에 중부경찰서의 어느 형사분이 저에게 핸드폰을 걸어서 말해주었기 때문에 그 사실을 알게 되었어요."

"그럼, 그때 현희 어머니께서 중부경찰서에 가서 진술서를 쓰게 된 것입니까?"

"네."

그녀는 발갛게 상기된 얼굴로 고개를 두세 번 끄떡였다.

"철없는 아이가 전학을 온 지 몇 개월 되지도 않은 데다가 그런 엉뚱한 짓을 저지르다 보니 학교생활을 하면서 아주 큰 어려움을 겪었던 거 같아요. 그래서 2학년 전체 학생들에게 왕따당하다 보니까, 몇 날 며칠 동안 고심을 하며 갈등을 겪다가 더 이상 어찌지 못하고 상담 선생님께 상담하게 되었다고 하더라고요. 더군다나 공부를 잘하는 몇몇 학생들로부터 담임 선생님이 생활기록부를 잘 써주지 않았느냐 어쩌느냐 하는 비난의 소리까지 들었다고 하더군요."

민구는 자기가 훤히 알고 있는 내용을 그녀에게 다시 듣는 순간, 목에 심한 갈증을 느끼며 컵에 조금 남아 있는 주스를 마저 들이켰다.

생활기록부! 그가 며칠 동안 몇몇 학생들을 은밀하게 조사한 바에 의하면 이번 사건은 조그만 나비의 날갯짓이 훗날 엄청난 폭풍우를 일으킨다는 카오스의 법칙과도 같았다. 두 사람이 같이 영화를 보고 나서 이틀쯤 지났을 때, 현희가 자기 반의 친한 학생 두 명에게 담임선생하고 영화를 보고 온 것에 대해 은밀하게 자랑했다고 한다. 그런데 그것이 며칠 사이에 눈덩이처럼 커져서 담임선생이 한 학생을 편애한다는 내용과 함께, 그 당시에 생활기록부를 한창 쓰던 시기에 맞물린 채 그 학생의 생활기록부까지 조작한다는 내용으로 비화한 것이다.

용의 턱밑에 거슬러 난 비늘을 건드리면 용이 크게 노한다는 역린! 그 어떤 학생의 머릿속에서 나온 생각인지는 모르지만, 담임선생이 자기 반 학생과 둘이 다른 곳에 몰래 가서 영화를 볼 정도로 친밀한 관계라는 사실을 생활기록부와 결부시키자 엄청난 반향을 불러일으키기 시작했다. 대한민국의 고등학생들에게 있어서 성적이라든가 생활기록부 같은 것들은 거대한 산도 단숨에 무너뜨릴 수 있는 엄청난 파괴력을 지니고 있기 때문에….

'네가 내신등급을 잘못 받아야지 내가 내신등급을 잘 받을 수 있다.'

'네가 그 대학교에 못 들어가야만 내가 그 대학교에 들어갈 수가 있다.'

상대평가라는 점수 제도에서는 경쟁하는 학생보다 자기가 1점이라도 더 받을 수 있다면 학생들은 자신들의 영혼을 악마에게라도 바칠 수가 있다고 생각한다. 그래서 학생들 간의 서열이 성적순으로 정해지고 있는 현재 고등학교 교실에서, 1~3등을 하는 학생들의 일거수일투족은 그 반의 모든 학생의 관심거리가 된다. 또 어머니들도 상위권에 속하는 몇몇 학생들의 어머니들과도 일부러 친하게 지내면서 공부를 잘하는 방법을 알아내기 위해 온갖 노력을 다하곤 한다. 그 학생들은 어떤 참고서와 어떤 문제집을 풀고, 어느 학원과 독서실을 다닐까? 또한 어느 과외 선생에게 얼마를 주면서 무슨 과목을 과외받을까? 그리고 몇 시에 잠자리에 들은 다음 몇 시에 일어나고, 학교에 가지 않는 휴일에는 어떻게 공부하면서 시간을 보낼까? 심지어 그 학생들의 사소한 생활 습관이라든가, 또는 아침 식사 대신에 먹는 간식의 종류까지도 그 학생들의 어머니들에게 은근히 물어보기도 한다.

잠시 후 민구가 침통하게 일그러져 있는 얼굴을 부스스 들고서 착 가라앉은 목소리로 입을 또 열었다.

"어떻든 그와 같은 일이 발생한 것에 대해서 뭐라고 사죄의 말씀을 드려야 할지 모르겠습니다. 하지만 만일 학생들 사이에 그런 이상한 소문이 퍼져 있다는 것을 제가 먼저 알았더라면, 일이 이처럼 크게 확대되지는 않았을 거라는 생각이 드네요. 제가 제 반 학생들뿐 아니라 2학년 전체 학생들에게 그 상황을 잘 설명했더라면 충분히 무마시킬 수 있었을 테니까요."

"그래요. 저도 중부경찰서에서 온 전화를 처음 받았을 때 교육청에서 그 사실을 신고했다는 것을 알고서 깜짝 놀랐어요. 선생님이 학생들에게 이야기를 잘하면 해결될 수도 있는 것을 뭐 하러 경찰서에까지 선불리 신고했나 하는 생각이 들어서……."

"……."

"그때 현희가 그 사실을 저에게 얘기만 했더라도 제가 담임 선생님께 전화해서 모든 것이 담임 선생님 뜻대로 되었을지도 몰라요. 그런데 그 애가 저에게 혼날까 봐서 그랬는지 아니면 그다지 대단한 일이라고 생각하지 않아서 그랬던 건지 확실하게 알 수는 없어도, 그것을 상담 선생님께 상담하는 바람에 교장 선생님에 의해 교육청과 경찰서에까지 알려지게 된 거 같아요."

그는 금옥에게서 이런 말을 직접 듣게 되자 덧없는 안타까움이 가슴속에 다시 엄습해 오는 것을 느꼈다. 만일 현희가 상담 선생이 아니

들불 축제

라 자기 어머니나 민구에게 고민을 털어놓았더라면……. 또 상담 선생이 현희가 상담했던 내용을 교감 선생보다 그에게 먼저 알려 주었더라면…… 또한 교감이나 교장 선생도 상담 선생에게 보고받은 내용을 교육청에 보고하기 전에 그에게 살짝 언질만 주었더라면…….

수백 번이나 생각했던 그것이 머릿속에 또다시 떠오르며 그의 숨을 턱턱 막히게 하는 듯했다.

"그런데 어머께서 무슨 오해를 하고 있을까 봐서 드리는 말씀이지만, 카톡은 현희하고만 했던 게 아니라 학기 초부터 상담하는 차원에서 반 전체 학생들하고 하게 된 것입니다. 그리고 그 형사분 말로는 어머께서 진술서에다 제가 현희와 주고받은 카톡의 내용을 적으셨다고 하던데, 그것 중에서 혹시 조금이라도 이상한 내용 같은 것은 없었나요? 저는 너무 오래되다 보니까 기억이 잘 나지 않아서……."

"아뇨. 제가 보기에는 별다른 내용은 없던 거 같았어요. 다만 그 형사의 전화를 받던 날 현희가 학교에서 돌아왔을 때, 제가 그 아이의 스마트폰을 뒤져서 담임 선생님과 대화를 주고받았던 내용 중에서 몇 개만 제 스마트폰에 복사해 놓았던 거뿐이에요."

그녀는 말할 때마다 찔끔찔끔 마시던 주스의 컵을 탁자에 슬며시 내려놓았다.

배금옥의 말로 미루어 보건대 그 소녀는 얼마 전까지만 해도 민구를 마음속으로 흠모하고 있었음이 틀림없었다. 그런데 다른 학생들에게 계속 추궁당하다 보니까 자기는 그렇지 않다는 것을 입증하기 위해 상담 선생과 상담하는 척했을 뿐이었다. 그래서 이번 일이 미투라는 광풍이 휘몰아치고 있는 요즘이 아니라, 여학생들이 선생님들을 마음속으로 은근히 사모하던 일이 흔하게 일어났던 과거에 발생한 사건이라면 단순한 해프닝으로 끝났을지도 모른다.

TV 위쪽의 벽에 걸려 있는 시계가 8시 35분을 가리키는 순간, 느닷없이 현관문이 열리면서 현희의 남동생인 중3 남학생이 안으로 쑥 들어왔다. 그러나 그녀가 그 남학생에게 현희의 담임 선생님이라고 소개했지만, 그 아이는 민구에게 인사를 하는 둥 마는 둥 하고서 자기 방으로 이내 사라져 버렸다. 그 사건의 내막을 대략 알고 있기라도 하듯이, 적개심을 띠고 있는 듯한 눈빛으로 그가 마치 더러운 벌레라도 되는 것처럼 그를 힐끔 쳐다보고 나서……

"현희 어머니! 죄송한 말씀이지만 어머니께서 그 사건에 대한 탄원서 좀 한 장 써주실 수 없겠습니까? 어머니께서 그것을 한 장만 써서 저에게 주시면 제가 그것을 경찰서에 제출해서 앞으로 수사를 받는 데 여러 가지 도움을 받을 수 있을 것 같은데요."

마침내 민구가 마음을 다잡고는 몇 가닥 헝클어진 머리카락이 축 늘어져 있는 그녀의 얼굴을 슬쩍 쳐다보며 조그만 어조로 말했다. 그러나 그녀의 눈가에 살짝 드리워져 있는 주근깨만 형광등 불빛에 반사된 채 더욱더 새까맣게 도드라져 보일 뿐, 핼쑥한 그 얼굴에는 아무런 미동도 일어나지 않았다.

"다시 한번 말씀드리는데 저는 정말로 현희에게 눈곱만큼도 엉뚱한 짓을 저지르지 않았습니다. 다만 현희 어머니도 조금 전에 말씀하신 것처럼 현희가 학생들에게 왕따당하거나, 몇몇 학생에게 불려 다니면서 계속 추궁을 당하다 보니까 궁여지책으로 상담 선생님께 상담하게 된 것이라고 할 수 있는 것이지……."

하필 이처럼 중요한 순간에 저 남학생이 집에 들어왔나 하는 원망스러운 생각이 민구의 머릿속에 퍼뜩 들었다. 아마 지금 저 방에 그 아이만 없다면 그는 그녀의 앞에 무릎을 꿇고 앉아서 눈물을 글썽이며 하소연할 수도 있을 것이다.

"어머니! 최근 들어서 우리 사회에서 미투 열풍이 한층 일어나고 있는 바람에, 이 사건이 자꾸 엉뚱한 방향으로 확산한다면 저는 자칫 교직 생활을 그만둬야 할지도 모릅니다. 그래서 또다시 말씀드리는 건데 저를 살려주시는 셈 치고 탄원서 좀 한 장만 써줄 수 있도록 간절히 바라겠습니다."

그가 재차 간절한 어조로 말하자 여태껏 무표정하게 굳어 있던 그녀의 얼굴에 동요하는 빛이 언뜻 스치고 지나갔다.

"그럼, 탄원서를 어떻게 써야 하는데요?"

"다른 특별한 내용은 필요하지 않고 그저 현희와 저 사이에 사제지간의 관계에 벗어나는 그 어떤 불미스러운 일도 일어나지 않았다는 것을 몇 자 적어 주시기만 하면 됩니다."

그는 마른침을 삼키며 그녀의 얼굴을 다시 조심스럽게 살폈다.

"죄송한 말씀인데…… 지금이라도 당장 한 장 써줄 수 없을지……."

그러나 그녀는 민구의 말이 채 끝나기도 전에 의자에서 벌떡 일어서며 딱 잘라서 말했다.

"아니에요. 애 아빠하고 상의한 다음에 써주도록 할 테니까 그런 식으로 자꾸 재촉 좀 하지 말아 주세요."

그녀는 민구가 그녀의 가정사에 대해 어느 정도 알고 있다는 사실을 거의 깨닫지 못하고 있는 듯했다. 그녀가 1년 전에 남편과 이혼을 한 후 현재 피부미용실을 운영하면서 혼자서 두 아이를 키우고 있다는 것 등을······.

곧 그녀는 그와 더 이상 대화를 나누고 싶지 않으니까 그만 밖으로 나가 달라는 것인지, 두 개의 빈 컵을 쟁반에 재빨리 주워 담기 시작했다. 그래서 민구는 그녀에게 한 마디 더 간청할까 하고 망설이며 그녀의 표정을 슬쩍 살폈으나 그녀의 얼굴에 싸늘한 냉기가 흐르는 듯해서 이내 그만두기로 마음먹었다.

"알겠습니다. 그럼, 그것 좀 며칠 내로 써주실 수 있기를 거듭 부탁드리며······ 오늘은 그만 가보도록 하겠습니다."

4.

"송 부장, 수업 시간에 수업하다 말고 학생들에게 대체 무슨 행동을 한 거야?"

송영문이 교장실에 들어서자마자 타원형 테이블의 한가운데에 떡 하니 앉아 있던 전선기 교장 선생이, 그를 보고서 붉으락푸르락한 얼굴로 소리를 버럭 질렀다. 나이가 두 살밖에 차이가 나지 않아서 평소에도 격의 없이 지내던 교장 선생이 자기에게 이렇게 화를 내자 영문은 너무 당혹스러워서 어쩔 줄을 몰랐다.

"이 학교를 졸업한 그 누군가가 K 여고에 대해서 개설한 페이스북을 어젯밤에 한 번 봤더니, 처음부터 끝까지 송 부장에 관한 이야기로만 꽉 차 있더구먼."

박준일 교감 선생이 영문에게 소파에 앉으라는 눈짓을 하자, 그는 교장을 마주 보고서 조심스럽게 앉았다.

"1학년 교실에서 수업하던 중에 여학생들의 옆구리를 잣대로 찔렀다면서?"

"네?"

"그것이 성추행이라고 하면서 페이스북에 송 부장을 비난하는 글로 난리가 났다니까?"

　교장이 영문의 이마에 대고 말을 계속 퍼붓는 사이에 그의 옆에 앉아 있던 준일이, 테이블에 있던 노트북을 그의 앞쪽으로 돌려놓았다. 그리고 준일이 노트북의 마우스를 움직이자마자, 화면에 수많은 사람이 댓글을 써놓은 내용이 그의 눈앞에 펼쳐지기 시작했다.

　"송 괴물은 아직도 그 학교에서 생활지도부장을 하고 있냐? 그 옛날 그 학교에서 3학년에 다닐 때 봄소풍을 가던 날 아침에, 그 인간에게 온갖 욕을 다 먹으면서 얼굴과 등을 맞은 적이 있었지. 엄마에게 하루 동안 귀걸이와 목걸이를 빌려서 그것들을 귀와 목에다 걸쳤다고 해서……. 이 인간아! 소풍 가는 날 예쁜 옷을 입고서 멋 좀 내기 위해 귀걸이와 목걸이를 한 게 그렇게도 죄가 되냐? 그게 그 무슨 엄청난 죄를 지은 것이라고 수많은 선생님과 학생들 앞에서 그토록 두들겨 패면서 개망신을 준 거야? 그때 그 일만 생각하면 요새도 울화통이 터져서 잠을 자다가도 새벽에 벌떡벌떡 일어나곤 한다니까?"

　"ㅋㅋㅋ 송 독사 때문에 나는 겨울철만 되면 단 하루도 감기가 떨어질 날이 없었어. 허구한 날 등교할 때마다 칼날 같은 찬 바람이 쌩쌩 부는 교문 통에 세워놓는 바람에……. 스타킹 색깔이 다르고 흰 티셔츠를 입지 않았네, 또 명찰을 달지 않고 실내화 주머니를 가져오지 않았네, 또 치마가 짧거나 머리카락이 너무나 기네, 어쩌고저쩌고하면서 나만 항상 벌을 주곤 해서……."

"나는 남자하고 연애 좀 했다고 빈 교실에서 끌려가서 30분 동안 개 패듯이 두들겨 맞았어. 뺨을 맞고 머리끄덩이를 잡히고, 또 어깨와 등을 솥뚜껑만 한 손바닥으로 수없이 얻어터지고……. 그런 깡패 같은 선생은 우리 후배들을 위해서 그만 학교를 떠나야 하는데, 아직도 학교에 붙어 있다니 너무나 기가 막히는군."

"나도 송영문 때문에 고등학교 다니던 3년 내내 교내 봉사활동만 했지. 학교에서 마주칠 때마다 별의별 트집을 다 잡아서 벌점을 왕창 왕창 주는 바람에……."

소파에 앉아서 테이블 위에 있는 노트북에 떠 있는 페이스북의 글들을 하나하나 검색하고 있던 영문은 얼굴이 화끈거리며 달아오르는 것을 느꼈다.

그는 과거에 교감이나 교장으로 승진하려는 목표를 가진 채 대부분의 중고등학교에서 모든 선생이 싫다고 마다하는 생활지도부장직을 스스로 맡아서 하기 시작했다. 그것이 어느새 십이삼 년이라는 세월이 흐른 듯했다. 그런데 간부 회의나 교무회의 시간 때마다 교장 선생과 교감 선생이 번갈아 가면서 학생들의 생활 태도가 엉망이라며 생활지도부장을 닦달하는 바람에, 그는 학칙에 어긋나는 학생들이 눈에 띌 때마다 벌점을 주거나 벌을 주곤 했다. 머리카락을 파마하거나 염색하고, 또 화려한 색깔의 화장품으로 진하게 화장하거나 귀걸이나 목걸이를 달고 다니고, 또 사물함 속에 교복을 처박아 놓은 채 사복을 입고 있거나 담요를 온몸에 둘둘 두르고서 돌아다니고, 또 낮이고 밤이고 실내화를 직직 끌면서 교문 밖에 있는 편의점에 들락날락하거나 시내로 도망을 가 버리는 그 수많은 학생에게⋯⋯ 그러나 그와 같이 학교에 출근한 후에 퇴근할 때까지 온종일 학생들과 적대관계를 형성한 채 학교생활을 한 결과, 교원 평가 같은 것에서 학생들로부터 최하위의 점수를 항상 받을 수밖에 없었다. 또한 이번에 페이스북에 떴던 그런 것들도 10년쯤 전에 생활지도부장을 맡은 지 얼마 되지 않아서 한창 열정적으로 그 임무를 수행할 때 발생한 것들이라고 할 수 있었다.

봄소풍 가던 날 학교 운동장에서 그에게 혼찌검이 났다고 하는 학생은 원래는 성적이 우수한 데다가 행실도 바른 모범생이었다. 그런데 그날 그는 소풍 장소로 출발하기 직전에 운동장에 모여 있던 3학년 학생들의 복장 상태를 조사하다가 그 여학생의 모습을 보고서 깜짝 놀랐다. 믿는 도끼에 발등을 찍힌다고 하더니, 착하고 성실한 학생이라고만 생각했던 그 소녀가 진하게 화장을 한 얼굴에다가 귀걸이와 목걸이까지 하고 있어서 너무 실망스러웠다. 그래서 그날만은 좀 더 예쁘게 꾸미고서 친한 친구들과 사진을 찍으며 아름다운 추억을 간직하려던 그 소녀의 꿈을 무시한 채, 그는 화를 버럭 내며 그 여학생의 이마를 손가락으로 몇 번 꾹꾹 찔러댔다. 그런데도 그 소녀가 전혀 뉘우치는 기색이 없이 뾰로통한 얼굴로 계속 퉁퉁거리자, 커다란 손바닥으로 등을 한 번 후려쳤던 것이다.

또 남학생을 사귀었다고 해서 빈 교실에서 자기한테 죽을 만큼 맞았다고 하는 그 여학생은, 수능시험을 치르기 얼마 전에 친구와 함께 백화점에서 옷을 훔치는 절도사건을 일으킨 비행 소녀였다. 그런데 그 당시에 그 여학생은 3학년 2학기 때부터 3~4개월 동안 학교에도 나오지 않고서 어느 대학생과 동거한다느니 또는 룸살롱에서 호스티스로 일을 한다느니 하는 소문이 학생들 사이에 은밀하게 퍼져 있었다. 그래서 12월 초의 어느 날 절도사건과 장기 결석 등을 병합하여 그 여학생에 대한 징계위원회를 열기로 했건만, 학교에서 몇 번이나 통지했는데도 그 학생은 그 당일 학교에 오지 않았다. 결국 영문이 교장 선생한테 몇 마디 잔소리를 듣고 난 후에 그 여학생의 핸드폰에 계속 연락해서, 마침내 오후 2시쯤에 그 학생을 학교에 겨우 오게 할 수가 있었다. 그러나 그 여학생이 징계받기 위해 몇 개월 만에 학교에 왔는데도, 화사하게 치장을 한 사복에다가 덕지덕지 화장한 모습으로 교무실에 들어서는 것을 본 순간 그는 치밀어 오르는 화를 더는 참지 못하고 그 소녀를 빈 교실로 끌고 갔다. 그리고 한 시간가량 이것저것 조사를 하면서 뺨을 두 번 때리고, 또 손바닥으로 등을 두세 번 후려쳤던 것이다. 물론 요즘 같은 세상에서 선생이 여학생의 뺨을 때린다는 것은 상상할 수도 없는 일이지만, 그때만 하더라도 그런 것들이 어느 정도 통용되었던 시기라고 할 수 있기에……

잠시 후 질식할 듯이 흐르던 침묵을 깨고서 선기가 딱딱하게 굳은 표정에 다시 낮은 목소리로 입을 열었다.

"우리 학교의 졸업생 중에서 그 누군가가 개설한 'K 여고에 대해 말

한다.'라는 페이스북에다, 어젯밤에 현재 우리 학교에서 1학년에 다니고 있는 어느 여학생이 댓글을 한 개 달았던 거 같아. 송 부장이 수업 시간에 조선 시대 때 만들었던 전쟁 무기 중에 화포인가 뭔가 하는 것을 설명하면서 자기 반의 어느 여학생의 옆구리를 잣대로 한 번 찔렀는데, 그것이 성추행이 아닌지 어떤지 모르겠다고 하는 내용을……. 그러자 그것에 호응해서 다른 반에서도 똑같은 방식으로 수업했다는 댓글이 몇 개 더 떴는데, 그것을 시발점으로 하여 졸업생들도 덩달아서 그 옛날의 일들을 들춰낸 채 송 부장에 대해 비방하는 글들을 계속 올렸던 거 같더라고. 그래서 경찰서의 학교 성폭력 전담 부서에서 그것들을 발견하고는 교육청에 신고했을 뿐 아니라, 우리 학교에도 통보하게 된 것이란 말이야."

"경찰서에서 연락이 왔다고요?"

"그래. 나도 그런 것이 있다는 사실을 전혀 알지도 못했는데, 조금 전에 경찰서와 교육청에서 전화를 받고서 알게 되었다니까?"

선기가 다소 흥분한 상태로 말하는 것을 듣는 순간 영문은 등골이 오싹해지는 듯한 느낌을 받았다.

"여민구 부장이 그런 일을 저질러서 출근 정지 처분을 받은 지 일주일밖에 되지 않았건만 송 부장도 왜 또 그런 실수를 한 거야?"

"……."

"그래서 하는 말인데……."

선기는 헛기침을 한두 번 짧게 하며 영문의 얼굴을 슬쩍 쳐다보았다.

"송 부장도 여민구 부장처럼 당분간 학교에 나오지 말고서 집에서 대기하고 있어야겠어."

"네? 뭐라고요?"

대체 무슨 소리를 하는 건가 하고 생각하며, 영문은 하얗게 질린 얼굴로 반들반들 빛나고 있는 선기의 이마를 빤히 쳐다보았다.

"임진왜란 때 조선의 군인들이 왜놈들하고 싸운 것을 말하다가 여학생들이 화포의 발사 원리에 대해 잘 이해하지 못하는 거 같아서, 그것을 설명하려고 그렇게 한 것이란 말이에요?"

"하지만 그 무엇을 설명하든 간에 요즘이 어떤 때라고 여학생의 몸에 함부로 손을 댄 거야? 미투 운동으로 온 나라가 벌집을 쑤셔놓은 것처럼 어수선한 이때……."

"손을 댄 게 아니라 잣대를 한 여학생의 옆구리에 살짝 갖다 댄 것이라니까요?"

"어떻든지 그것을 직접 당한 여학생이나 주위에서 그것을 본 여학생들이 송 부장의 그런 행동을 성추행이라고 하는데 난들 어떻게 하겠어? 그리고 경찰서에서도 그것을 성추행이라고 단정 짓고서 송 부장에 대해 당장 수업을 정지시키라는 통보가 왔는데…."

그때 별안간 영문은 두 눈에 번개가 치듯이 번쩍하면서 교장실의 두툼한 커튼 위에 드리워져 있는 하얀 천장이 순식간에 무너져 내리는 듯한 느낌을 받았다. 그와 함께 머리에 아련한 현기증이 일어남과 동시에 앉은 채로 옆으로 쓰러져 버릴 것 같은 것을, 이를 악물고서 가까스로 참았다.

"그럼, 저에 대한 수업 정지를 경찰서에서 직접 명령을 내린 것입니까?"

"그렇다니까? 여 부장이나 송 부장에 대한 일 같은 것들을 나나 교감 선생이나 독단적으로 처리한 것은 아무것도 없어. 오직 학교 성폭력 방지법에 정해진 규정에 따라 교육청과 경찰서에서 내리는 명령에 따라서 움직이고 있을 따름이지."

"아무리 그렇다고 하더라도 이 시간 이후부터 당장 수업에 들어가지 말라고 할 수가 있는 건가요?"

"……"

"너무나 억울해서…… 절대로 따를 수가 없습니다."

그가 한숨을 길게 내쉬며 더듬거리고 말했으나 선기는 어깨를 한번 으쓱했다.

"우리나라에서 최근 들어서 억울한 사람이 어디 송 부장 한 사람뿐이야? 보름쯤 전에도 성추행 혐의로 조사를 받기 위해 경찰에 출두하기로 한 유명한 배우가 자살했다고 하더군. 또 수많은 연예인이나 정치가들이 이런저런 자질구레한 혐의로 인해 매스컴에 이름이 한 번오르는 것만으로도 모든 것을 다 잃은 채 어디론가 흔적도 없이 사라져 버리기도 하잖아? 또한 한 가지 더 예를 들어본다면, 우리 학교에서도 여학생하고 영화 한 번 갔다가 현재 학교에 출근하지 못하고 있는 여 부장도 얼마나 원통하겠냐 말이야?"

들불 축제

선기는 장황하게 말하다 말고 하얗게 굳은 얼굴에 미세한 경련이 스쳐 지나가고 있는 영문의 얼굴을 슬쩍 쳐다보았다. 그리고 순간적으로 어색하게 흐르려는 침묵을 깨고서 착 가라앉은 목소리로 다시 말을 이었다.

"그래서 재차 말하는 것인데…… 현재와 같은 시국에서 여 부장이나 송 부장이 모든 행동을 좀 더 조심했어야 하잖아? 내가 간부 회의 시간이나 교무회의 시간에 그토록 입에 닿도록 말했는데도 어처구니없이 그런 행동을 저지르다니……."

사실 옛날 같으면 이와 같은 두 사건이 일어났을 때 교장 선생에게 불려 가서 꾸지람을 듣거나 최악의 경우에 시말서를 한 장 쓰는 것으로 모든 게 흐지부지 끝났을 것이다. 그러나 선기의 말대로 최근에는 아무리 사소한 실수를 저질러도 당사자의 인생 모든 것이 순식간에 끝장날 수가 있다. 수업 정지를 당하고서 학교에 출근하지 못하는 순간부터 이런저런 뜬소문들이 눈 덩어리처럼 불어남과 동시에 그 모두가 다 그 사람을 흉악한 범죄자로 매도해 버리기 때문이다.

"그리고 송 부장이 잣대로 여학생의 겨드랑이를 꾹 찌른 것으로 끝났으면 경찰서에서도 송 부장을 수업에서 배제하라는 연락이 오지 않았을지도 몰라. 그런데 1학년 여학생 그 누군가가 페이스북에 그 내용을 올리자마자, 졸업생들이 벌 떼처럼 달려들어서 송 부장을 비난하는 소리를 쏟아내니까 경찰에서도 그런 조치를 하게 된 거 같더라고."

이제는 더 이상 아무런 가능성이 남아 있지 않다는 생각이 들자, 영문은 너무나 고통스러워서 숨조차 제대로 쉴 수가 없었다. 그러나 자기만 이대로 억울하게 당할 수만은 없다고 생각하고는, 어금니를 꽉 깨물고서 떨어지지 않는 입을 억지로 또 열었다.

"그거야 제가 이 학교에서 십 년 넘게 생활지도부장이라는 직책을 수행하면서…… 학교의 규율을 잡기 위해 학생들하고 계속 불협화음을 일으키다 보니까 그런 현상이 일어난 거 아닙니까?"

"그래. 송 부장 말대로 그 오랜 세월 동안 송 부장이 생활지도부장을 하며 온갖 고생을 다 한 것을 그 누가 모르겠나? 하지만 이와 같은 일이 벌어진 상황에서 우리한테 그런 말을 하면 그 무슨 소용이 있겠어? 나하고 교감 선생은 아무런 힘도 없고 능력도 없으니까 우리한테 하소연하지 말고, 나중에 경찰서에서 사건 조사를 하러 갔을 때 담당 경찰관한테 잘 말해 보도록 해. 그러면 정상참작이 되어서 어느 정도 선처를 바랄 수도 있을 테니까."

선기가 마지막으로 말을 마쳤으나 영문은 자리에서 일어날 기미를 전혀 보이지 않고서 비통한 신음을 다시 토해냈다.

"그럼, 내일부터 당장 학교를 나오지 않게 된다면 하루 종일 집에서 뭘 하면서 지내야 하죠? 집사람이나 자식들에게 뭐라고 하고서 24시간 내내 밖에도 못 나간 채 집에만 틀어박혀 있어야 하냐고요?"

5.

송영문과 전선기와 박준일 세 명이 앉아 있는 횟집의 실내 뒤쪽에 있는 조그만 방에는 팽배한 긴장감이 감돌고 있었다. 영문이 이틀째 학교에 출근하지 않고서 집에서 꼼짝하지 않고 지내고 있는데, 오후 5시경에 교장 선생인 전선기로부터 저녁 식사나 함께하자는 연락이 핸드폰으로 왔다. 그래서 저녁 6시도 채 되기 전에 영문이 살고 있는 아파트 단지 부근에 있는 횟집에서 세 명이 만났지만, 다소 이른 시간이라서 그런지 그들 외에는 다른 손님들은 한 명도 없는 듯했다.

"오늘 오후 3시쯤에 경찰서에서 교장실로 전화가 왔는데 상황이 갈수록 악화하는 거 같더라고."

아가씨가 주문받고서 밖으로 나간 다음 미닫이문을 닫자마자 선기가 입을 대뜸 열었다. 그 순간 그 옆에 앉아 있던 준일도 고개를 번쩍 들고서 침통하게 일그러져 있는 영문의 얼굴을 힐끔 쳐다보았다.

"송 부장님! 며칠 지나고 나면 상황이 다소나마 진정이 될 줄 알았는데, 갈수록 더 악화하고 있으니 정말로 너무나 큰일 난 거 같습니다."

영문보다 나이가 다섯 살이나 적어서 평소에도 그에게 존댓말을 썼던 박준일은 오늘따라 더욱더 심각한 표정을 짓고서 선기의 말에 덧붙여서 말했다.

"박 교감! 상황이 갈수록 안 좋아지고 있다니 그게 대체 무슨 소리야?"

영문이 깜짝 놀라는 표정을 짓고서 고개를 그에게 돌렸으나, 그는 그 날카로운 눈빛을 피해 묵묵히 고개를 숙였다. 숱한 번민과 갈등을 겪으며 이틀 동안 거의 뜬눈으로 밤을 지새운 탓에 영문의 두 눈은 불그스름하게 충혈이 되어 있었다.

그러나 어색한 침묵이 막 감돌려고 하는데 영문은 목이 바삭 타는 것을 느끼며 선기에게 고개를 다시 돌렸다.

"교장 선생님, 페이스북에 저에 대한 댓글이 아직도 계속 올라오고 있습니까?"

"응. 그런데 이번에는 송 부장을 단순히 비난하는 정도가 아니라, 당장 사표를 쓰고서 학교를 그만두지 않으면 가만히 있지 않겠다고 난리를 치는 거 같더라고. 내 말이 사실인가 아닌가 하는 것을 송 부장도 집에서 가만히 좀 있지 말고, 내가 알려 준 사이트를 한 번 들어가서 확인 좀 해보라니까?"

곧 준일이 선기의 말을 기다리기라도 했다는 듯이 자기의 스마트폰을 꺼내더니 'K 여고는 말한다.'라는 페이스북에 접속한 다음, 댓글이 줄줄이 달린 그 웹사이트를 열었다. 그리고 그 스마트폰을 영문에게 불쑥 내밀자, 영문은 그것을 대충 흩어보는 척하다 말고 그것을 준일에게 도로 건네주었다.

"송 부장님이 여학생들을 회초리로 손바닥이나 엉덩이를 때린 것은 이차적인 문제이고, 어제저녁에 또 다른 성희롱 혐의에 대한 댓글이 그 페이스북에 올라온 거 같았습니다."

"뭐라고?"

"……."

"박 교감! 그게 사실이야?"

그러나 선기는 조소를 머금고 하얗게 질린 얼굴로 반문하고 있는 영문을 물끄러미 쳐다보았다.

"송 부장이 옛날에 그 언젠가 어느 반에서 선사시대의 빗살무늬토기를 설명하다가, 그것을 막 부풀어 오르기 시작한 가슴과 같은 모습이라고 말한 적이 있었다면서?"

영문은 선기가 대체 무슨 소리를 하는 것인가 하고 생각하며 두 눈을 깜박거린 채 기억을 더듬으려고 애썼다.

"글쎄요. 아무리 생각해 봐도 기억이 잘 나지 않는데요?"

"인제 와서 그런 식으로 얼버무리려고 하지 말고 기억을 더듬어서 잘 좀 생각해 봐. 설마 요즘과 같은 때 그 졸업생이 송 부장이 하지도 않은 말을 했다고 하면서 그런 댓글을 거기에 달아놓겠어?"

선기가 재차 추궁하는데도 영문은 창백하게 굳은 얼굴을 여전히 갸우뚱하며 가타부타 아무런 대답을 하지 않았다.

그때 느닷없이 일하는 아가씨가 미닫이문을 열고서 한층 고조되어 있는 방 안의 분위기를 깨며 안으로 들어왔다. 그리고 간단한 안주가 들어 있는 접시 두 개와 소주 한 병을 상에다 내려놓더니 또다시 곧바로 나가 버렸다.

"박 교감! 그럼, 그 졸업생 말고 다른 졸업생들도 그 내용에 대해서 댓글들을 달아놓은 게 있어?"

"아뇨? 송 부장님이 과거에 수업 시간에 그런 내용의 말을 한 번인가 한 적이 있는데, 그것도 성희롱에 해당하지 않느냐고 하면서 그 졸업생만이 장난하는 투로 올려놓았더라고요? 그런데 경찰에서는 그것을 송 부장님이 3월에 수업 시간에 1학년 몇몇 학생들에게 한 행동과 결부시켜서 아주 심각하게 생각하고 있는 거 같았어요."

준일의 설명을 듣게 되자, 영문은 목이 더욱더 타는 것을 느끼며 술한 병과 잔 한 개를 자기의 앞에 갖다 놓았다. 그리고 소주를 따라서 그것을 쭉 들이켜고 있는데 그 쓰디쓴 액체가 목에 탁 걸리는 순간, 그의 머릿속에 그 무엇인가 퍼뜩 스치고 지나가는 것이 있었다.

그렇다. 사실 그도 여고에서 30년 가까이 교직 생활을 하면서 여고생들을 단순한 학생들로만 본 것이 아니라, 그 어느 때는 예쁘고 깜찍한 소녀들로 여긴 적이 있던 거 같았다. 새하얀 피부에 인형처럼 앳된 얼굴…… 조금도 구김살이 없이 톡톡 튀는 말투와 행동……. 그래서 인제 와서 곰곰이 생각해 보면 한층 자만심에 들떠서 학생들을 업신여기며 학교생활을 하던 15년 전쯤에 아차 하는 순간 실수를 저질렀던 것이 어렴풋이 떠올랐다. 그 언젠가 상갓집에서 자정이 넘도록 고

스톱을 치고서 다음 날 술에 덜 깬 상태에서 출근한 후에 3학년 어느 반에서 수업한 적이 있었다. 그런데 때마침 선사시대 유물을 설명하면서 적당한 비유가 없나 하고 생각하다가, 두 눈이 무척 해맑고 아름다웠던 어느 여학생과 눈이 마주친 순간 자신도 모르는 사이에 그런 말을 농담 투로 내뱉었던 것이다.

"졸업생 중에 단 한 명이 짤막하게 몇 자 적어놓은 것인데도, 경찰에서는 그것을 꼬투리 잡아서 송 부장을 악질적인 상습범으로 생각하고 있는 거 같더라니까? 그래서 올해 3월에 단순하게 실수를 저지른 것이 아니라 그 옛날부터 여학생들에게 수시로 불미스러운 언행을 일삼았던 사람으로 인식하면서……."

선기는 말을 끊고서 콩콩거리고 헛기침하며 소주가 반쯤 남아 있는 잔을 들었다. 그리고 그것을 비우더니 젓가락으로 삶은 새우를 초고추장에 쿡 찍어서 입에 넣었다.

그런데 그때 영문은 화사한 형광등 불빛 아래 반들거리며 빛나는 얼굴을 하고 마주 앉아 있는 두 사람이, 자기를 죽음의 세계로 끌고 가는 저승사자인 거 같다는 생각이 들었다. 머피의 법칙처럼 며칠 사이에 이런저런 일들이 톱니바퀴가 척척 맞물리듯이 계속 연달아 일어난 채 자기 자신을 끝없는 절망의 수렁 속으로 휘몰아 넣고 있는 것인지 너무나 기가 막힐 따름이었다. 마치 그 오랜 세월 동안 숨을 죽이고 쓰러져 있던 그 모든 것이 하나둘씩 스멀스멀 몸을 일으킨 다음, 그를 집어삼키기 위해 한 발짝씩 서서히 다가오기라도 하는 것처럼

⋯⋯.

그러나 영문은 갈기갈기 찢어질 거 같은 가슴 한편에는 이런 식으로 계속 당하고 있을 수만은 없다는 분노의 감정도 불끈 치밀어 오르는 것을 느꼈다.

"그런데 여학생들은 아무리 실수해도 아무런 잘못이 없는 반면에 교사들은 단 한 번의 말과 행동을 실수해도 절대로 용서받을 수 없는 건가요? 아무튼 그 옛날에 제가 수업 시간에 그런 말을 했는지 어땠는지 하는 것은 잘 기억나지 않지만, 그 당시에 여학생들도 저에게 수시로 장난을 치거나 이런저런 실수를 저지르기도 했어요."

"⋯⋯."

"그때는 지금보다 훨씬 더 젊은 데다가 또한 생활지도부장을 하지 않을 때라서 인기가 상당히 좋아서 그런지, 저에게 엉뚱하면서도 짓궂은 행동을 한 여학생들이 무척 많았어요. 제 책상 위에 사랑한다느니 좋아한다느니 하는 내용의 쪽지와 함께 꽃이나 과자 같은 것들을 수시로 갖다 놓기도 하고, 또 복도에서 마주칠 때마다 제 어깨를 툭툭 치거나 손을 잡아당기기도 하면서⋯⋯. 또한 수업 시간에 당돌하게도 사제 간의 관계에서 벗어난 질문이나 농담 같은 것을 자주 하는 여학생들도 더러 있기도 했어요."

그러나 두 사람 다 시큰둥한 표정을 지은 채 열변을 토하고 있는 영문의 말을 듣는 둥 마는 둥 하면서 일없이 잔만 비우기 시작했다. 그러다가 두 접시에 남아 있던 안주가 다 떨어졌을 무렵에, 아가씨가 미닫이문을 또 스르륵 열더니 소주 두 병과 함께 모둠회가 촘촘히 깔린 커다란 접시를 들고 왔다. 그러자 저녁 식사나 하면서 반주로 소주를 한두 잔씩만 마시려고 했던 그들은, 이왕 마시기 시작한 거 술이나 실컷 마실 생각을 하고서 상 앞으로 더욱더 바짝 달라붙었다.

그런데 침묵이 다소 오래 지속되고 있던 찰나에 선기가 영문의 얼굴을 슬쩍 쳐다보며 입을 또 열었다.

"송 부장! 경찰에서 조사받으러 오라는 연락 같은 게 아직도 없었나? 아마 조만간에 경찰에서 송 부장에 대한 강도 높은 조사가 시작될 거 같은데……."

"……."

"그래서 이런 말을 하기는 조금 그렇지만 이왕 말이 나온 김에 하는 것인데…… 송 부장이 그전에 사표를 쓰고서 학교를 그만둘 생각은 없어?"

아닌 밤중의 홍두깨라더니 선기가 느닷없이 무슨 소리를 하는 것인가 하고 생각하며 영문은 고개를 번쩍 들었다. 그리고 붉게 충혈된 눈으로 다소 더듬거리며 말하는 선기를 뚫어지게 노려보고 있는데도, 그는 영문의 눈빛을 아랑곳하지 않고서 입을 또 열었다.

"호미로 막을 걸 가래로 막는다고…… 자칫 잘못해서 일이 더 커지면 그때는 더 이상 달리 손을 쓸 수가 없으니까 하는 말이야."

질식할 듯한 침묵 속에서 세 사람 다 잔을 또 비웠는데도, 영문은 젓가락을 들지도 않고서 자기의 빈 잔에만 소주를 또 따랐다.

"송 부장, 30년 동안 뼈 빠지게 일한 대가로 어떻게 해서든지 퇴직금은 온존하게 받아야 할 거 아냐? 만일 경찰에서 송 부장을 수사하고서 재판에 넘긴다면 앞으로 그 일이 어떻게 전개될지 그 누구도 장담할 수가 없어. 우리 학교를 담당하는 형사의 말에 의하면 송 부장이 상습범으로 수사받게 될 때는 여차하면 집행유예나 그 이상인 징역형까지 선고받을 수 있을지도 모른다고 하더라고."

"송 부장님! 그런데 청소년 성폭력 특례법에 따라 교사가 과다한 벌금을 받거나 집행유예 이상을 선고받게 되면 자동으로 파면을 당하게 되어 있습니다. 그리고 파면을 당한다면 퇴직금이나 연금 같은 것을 50%밖에 받을 수가 없고요."

두 사람이 뭐라고 계속 공박하든 말든 들은 척도 않고서 영문은 아랫배에 힘을 꽉 주고는 숨을 한두 번 길게 내쉬었다. 그리고 정신을 바짝 가다듬은 채 두 눈을 부릅뜨고서 바르르 떠는 손으로 잔을 또 들었다.

"그럼, 오늘 두 분이 저에게 사표를 받기 위해서 저를 찾아온 것입니까?"

"……."

"말 좀 한 번 해보세요?"

"그럼 어쩔 수 없잖아? 교사가 상습적인 성추행범으로 입건되면 벌금형이 아니라, 집행유예라든가 또는 그 이상의 형을 받을 수 있다고 담당 형사가 몇 번이나 강조해서 말을 하던데……."

"그래서 저보고 사표를 쓰라고 하는 건가요? 제가 퇴직금과 연금을 완전하게 100% 받게 하려고?"

"그럼 어떻게 해? 송 부장이 앞으로 몇십 년을 더 살지도 모르는데, 연금이라도 매달 꼬박꼬박 잘 받아야만 제대로 먹고살 수가 있는 것이지."

선기가 무표정한 얼굴에 무덤덤한 어조로 계속 말하자, 영문을 쓴 미소를 머금고서 어깨를 한 번 으쓱했다.

"두 분이 제가 앞으로 남은 인생을 굶지 않고서 먹고살 것에 대해서 걱정을 해주시니 너무나 고맙다는 생각이 드는군요."

영문은 어금니를 꽉 깨물고는 두 눈에 얇게 이슬이 맺히려고 하는 것을 가까스로 또 참았다. 그러나 이제 아무리 사방을 휘둘러보아도 그 어느 곳에서도 두 발을 디디고 서 있을 곳이 없음을 스스로 깨달았다. 학생들은 그를 성추행범으로 매도한 채 뒤에서 손가락질하며 비웃고 있고, 또 여태껏 친근감 있게 대해 주던 동료 교사들도 한순간에 등을 돌리고서 그를 냉정하게 외면하고 있다. 그래서 그가 지난날에 젊음의 열정과 힘을 다 바쳐서 학교의 발전을 위해 헌신을 다했다고 아무리 떠들어대도 그것을 들어주는 사람은 한 명도 없이, 오직 성범죄자인 그가 학교를 한시라도 빨리 떠나기만을 간절히 바라고 있을 뿐이다.

"그런데 만일 제가 사표를 쓰고 난 이후에도 이상한 댓글이 또다시 올라왔다고 하면서 경찰에서 수사하게 되면 그때는 어떻게 되죠?"

"아냐. 송 부장이 사표를 쓰면 페이스북도 더는 떠들어대지 않고 잠잠해질 뿐 아니라, 또한 경찰에서도 계속 시시비비를 따지지 않고서 사건을 그걸로 종결하고 만다고 하더군. 어떤 사안이 발생했을 때 사표를 쓴 채 학교를 떠난 사람을 또다시 수사한다는 것은 경찰의 월권 행위에 해당한다고 하는 거 같아."

영문의 얼굴에 순간적으로 동요하는 빛이 스치고 지나가자, 준일이 그에게 고개를 좀 더 바싹 들이밀고서 속삭이는 듯한 어조로 덧붙여서 말했다.

"이번에 송 부장님이 사표를 쓰지 않으면 경찰에서 2~3일 내로 조만간에 우리 학교 학생들을 전수조사할 거 같습니다."

"……"

"그래서 만일 경찰에서 학생들 전체를 전수조사해서 다른 선생님들에 대한 비행이 이것저것 밝혀진다면, 그때는 우리 학교는 더욱더 큰 소용돌이에 휩싸이고 말 것입니다. 그렇지 않아도 여 부장님과 송 부장님의 사건이 연이어 일어나서 경찰서와 교육청에서 우리 학교를 계속 주시하고 있는데, 다른 일들이 계속 더 터진다면 그때는 이미 손쓸 수 없는 상황에 이르게 되면서……"

준일은 말을 마치고 나서 소주 두 병이 벌써 다 바닥이 난 듯하자 마지막으로 남아 있는 세 병째의 병뚜껑을 땄다. 그러나 영문은 안주도 거의 먹지도 않고서 소주를 네댓 잔 마셨는데도, 뱃속만 더부룩할 따름이지 취기는 거의 느끼지 못하고 있었다.

"송 부장! 우리 학교가 더 이상 와해하지 않고 올바르게 유지될 수 있도록 나 좀 제발 살려줄 수 없겠나?"

영문이 다급한 어조로 또 말하자, 준일도 그의 표정을 슬쩍 살피며 넌지시 한 마디 더 거들었다.

"앞으로 경찰과 법원에 불려 다니면서 더 큰 곤경에 처하기 전에 그만 모든 것을 깨끗하게 정리하고 나서 퇴직금이라도 온전하게 받아야 하지 않겠어요?"

"그래요. 제가 사표를 써서 모든 것이 해결된다면 당연히 그렇게 해야겠지요. 그런데 30년 동안 그 학교의 발전을 위해서 온몸이 부서지도록 일을 했는데도, 이제 모든 오명을 뒤집어쓰고서 학교에서 혼자 쫓겨나야 한다는 게 너무 억울하다는 생각밖에 들지 않네요. 눈이 오나 비가 오나 하루도 빠짐없이 다른 선생님들보다 1시간이나 일찍 출근해서 교문 앞에 서서 등교 지도를 하고, 또 퇴근 후에도 집에 일찍 간 적이 거의 없이 학생들의 생활지도를 위해 이리저리 뛰어다녔건만 이 모양 이 꼴로 쫓겨난다는 것이……."

영문이 한숨을 길게 내쉬며 기어들어 가는 목소리로 말했으나 곧이어 선기가 비난하는 투로 다시 반박했다.

"송 부장이 그 오랜 세월 동안 학교와 학생들을 위해서 온갖 고생을 다 하며 헌신한 것을 그 누가 모르나? 하지만 매번 말하는 것이지만 요즘같이 위험한 상황에서 좀 더 조심하지 않고 그런 쓸데없는 짓을 저질러놓고서 자꾸 그런 소리를 하는 거냐고?"

그때 영문은 목이 콱 메면서 두 눈에 눈물이 핑 도는 것을 느끼며 숨을 거칠게 몰아 내쉬었다. 그리고 마음을 애써 진정시키려고 했건만 자신도 모르는 사이에 뺨에 한줄기 눈물이 주룩 흘러내리고 말았다.

"좋습니다. 지금 당장 사표를 쓰도록 하죠. 학교와 선생님들을 위해서 제가 다시 한번 희생할 테니까 지금 당장 사표 좀 쓸 수 있도록 종이와 볼펜 좀 갖다주도록 하세요."

그의 말이 끝남과 동시에 선기가 눈짓하자 준일이 자리에서 부스스 일어났다.

영문이 냅킨으로 눈가에 묻어 있는 눈물을 닦은 후에 잠시 넋이 나간 듯한 표정을 짓고서 묵묵히 앉아 있는데, 준일이 밖에서 용지 한 장과 검은 볼펜을 가져왔다. 그리고 방 안에 질식할 듯한 침묵이 흐르는 사이에, 영문이 용지에다가 사표라는 두 글자와 함께 그 밑에 자기 이름을 쓴 다음 그것을 접어서 선기에게 내밀었다.

밤이 이슥해지면서 손님들이 횟집으로 계속 들어와서 그런지 밖에서 시끄러운 소리가 간간이 들려오는 사이로, 아가씨가 조금 전에 주문한 매운탕과 공깃밥 세 개를 가져왔다. 그러자 모두 다 안주도 제대로 먹지도 않고서 술만 계속 마신 탓에 다소 허기를 느끼며, 김치 같은 것을 반찬 삼아 밥을 허겁지겁 먹기 시작했다.

"교장 선생님, 사실 저도 얼마 전부터 이번 기회에 사표를 쓸까 어떻게 할까 하는 생각을 몇 번이나 하곤 했습니다. 물론 이런 사건이 터지기 전인 몇 달 전에 사표를 썼더라면, 몇천만 원이나 되는 명퇴금을 받

들불 축제

을 수 있었을 텐데 하는 아쉬움이 있기는 하지만…."

영문은 쓴 미소를 머금고는 밥을 수저로 꾹 뜨더니 그것을 입 안에 꾸역꾸역 쑤셔 넣었다.

"지쳤습니다. 교사 생활을 하는 것에 이제는 넌더리가 날 지경입니다."

"……."

"조금 전에도 말했듯이 십몇 년 동안 학생들의 생활지도를 위해 온갖 노력을 다했는데도, 저에게 남아 있는 것은 쓰디쓴 배신감뿐입니다. 학생들과 교사들 모든 사람이 '너는 대체 학교와 학생들을 위해서 한 것이 무엇이냐?'고 하면서 비난만 퍼부어 대고 있으니……."

그는 말을 끊고서 가스레인지 위에 있는 냄비에서 막 끓기 시작한 해물탕을 국자로 한두 번 뒤적거렸다. 그런데 별안간 목이 또 콱 메는 것을 느낀 채 수저로 밥을 급히 입 안에 쑤셔 넣었다. 그리고 그것을 우물우물 씹으면서 금세 흘러나오려고 하는 눈물을 참기 위해 안간힘을 다했다.

"이번 겨울방학 때에도 제가 방과 후 수업을 네 강좌를 신청했는데 세 강좌는 폐지가 되고 한 강좌만 하게 되었습니다. 그것도 1학년 부장이 네 개의 강좌에 몇 명씩 흩어져 있는 학생들을 한데 끌어모아서 열세 명으로 된 한 개의 강좌를 만들어 주었기 때문에……."

그러나 얼마 지나지 않아서 영문은 밥맛을 잃었는지 수저를 내려놓고는 상에서 물러난 다음 벽에다 등을 기대고 앉았다. 그리고 상 위에

다 처박고서 묵묵히 수저질만 하는 두 사람의 희끗희끗한 머리통을 물 끄러미 쳐다보며, 자기가 생활지도부장만 아니었더라면 그 한 개의 강좌를 폐강하고서 겨울방학 내내 학교에 나가지 않았을지도 모른다고 침울한 어조로 말했다. 그러나 방학 때에도 학생들의 생활지도를 위해서 어차피 학교에 나가야 하니까, 자동차의 휘발윳값이라도 벌기 위해서 그 한 강좌를 수업하게 되었다고 했다.

"그런데 겨울방학 동안 그 수업을 듣던 학생들의 태도가 어땠는지 아세요? 두세 명은 두 달 내내 책상에 엎드려서 잠만 자고, 또 두세 명은 아예 국사 문제집도 사지 않은 채 그 시간에 수학 같은 문제집을 풀기나 하더군요. 또한 나머지는 툭하면 학교에 오지 않거나 수업 시간에 교실에 들어온다고 하더라도 제가 설명하는 것을 한 번도 듣지 않고서 제 얼굴이나 멀뚱멀뚱 바라보곤 했을 뿐입니다."

비참하게 일그러져 있는 그의 얼굴에서 자조적인 웃음소리가 조그맣게 또 흘러나왔다.

"국사만 30년을 가르쳐서 국사책을 첫 페이지부터 마지막 페이지까지 달달 외울 수 있는 저를, 학생들은 아주 실력 없는 선생으로 치부하고서 제 수업을 아예 들으려고도 하지 않았다니까요? 시험을 봐야기껏 30~40점도 제대로 맞지 못하면서도, 제 수업을 하나도 들을 것이 없는데도 그냥 불쌍하니까 들어주는 척하고 있는 거라는 표정을 짓고서……"

"……"

"그런 학생들에게 제가 더 이상 할 수 있는 행동이 뭐가 있겠습니까? 수업 시간 내내 책상에 엎드려서 잠을 잔다고 깨울 수가 있나요, 아니면 국사 시간에 수학 문제를 푼다고 꾸중할 수가 있겠습니까? 자칫 잘못해서 학생들에게 미운털이라도 박히게 되면, 새 학기의 방과 후 수업을 신청할 때 제 수업을 한 명도 들으려고 하지 않을 수도 있는데……."

6.

여민구가 차에 타자마자 히터를 세게 틀어났는데도, 차 안에는 훈훈한 기운이 전혀 돌지 않은 듯했다. 곧 그는 온몸에 싸늘한 그 무엇을 느끼며 액셀을 살짝 밟고는 아파트 광장을 천천히 빠져나오기 시작했다. 그러나 얼마 되지 않아 핸들을 잡고 있는 손도 바르르 떨리는 것 같아서, 더 이상 운전을 하지 못한 채 아파트 단지의 옆쪽에 있는 어느 주택가의 골목에 차를 세워놓았다. 그리고 운전석의 시트를 뒤로 조금 젖히고는 좀 더 편안한 자세로 앉아서 차창 밖을 살펴보았다.

'오늘은 또 어디로 가야 하나?'

학교에 출근하지 않은 지 벌써 열흘이 지났는데도 그는 오늘도 평소와 마찬가지로 똑같은 시간에 집을 나왔지만, 아무리 생각해 봐도 마땅히 갈 만한 곳이 없었다.

그때 별안간 골목의 저쪽 끝에서 쏜살같이 내려온 파란 색 자가용 한 대가 그의 차의 옆을 재빨리 스치고 지나갔다. 그 뒤를 이어서 30대 초반의 젊은 여자가 칭얼칭얼 울어대고 있는 두세 살 된 어린 여자아이의 손을 잡고서 지나가는 것도 보였다. 아마 그 여자는 어린아이를 어린이집에 맡겨놓고서 직장에 급히 출근하려는 것 같았다. 또 남자 고등학생 한 명도 가방을 어깨에 둘러멘 채 저쪽 도롯가에 있는 버스 정류장을 향해 헐레벌떡 뛰어가기 시작했다. 그러나 운전석에 가만히 앉아 있는 민구는 이른 아침부터 분주하게 움직이고 있는 이 세상의 모든 것들로부터 홀로 내팽개쳐져 있는 듯한 느낌을 받았다. 그와 함께 한적한 골목의 어슴푸레한 곳에서 다른 사람들의 눈을 피해 숨어 있기보다는, 차를 이대로 몰고 가서 아무 데고 들이박거나 강물 속으로 풍덩 뛰어드는 게 훨씬 더 나을 것이라는 생각도 들었다.

새 학기에 개학한 지 며칠 되지 않아서 정신없이 바쁜 나날을 보내고 있던 그 어느 날 저녁에, 그가 고등학교 동창생들의 모임이 있어서 어느 한식집에서 저녁 식사를 하고 있는데 전선기 교장 선생으로부터 그에게 핸드폰이 걸려 왔다. 그래서 술을 마시다 말고 식당 밖으로 급히 나가서 그 전화를 받았는데, 그때 선기는 그에게 다짜고짜 직위 해제가 되었으니까, 다음날부터 당분간 학교에 출근하지 말라고 했다. 그날 오후에 늦게 교육청에서 그런 연락이 왔으나 나름대로 상황을 정리하기 위해서 몇 군데 전화해서 알아보다 보니까 시간이 지체되는 바람에, 그는 퇴근 후에 연락하게 되었다고 덧붙여서 말했다. 그러자 민구는 그 사건에 대한 수사가 완전히 끝나지도 않았을 뿐 아니라 또 재판까지 받으려면 몇 개월이 걸릴지 알 수가 없는데, 다음날부터 당장 학교에 출근하지 말라는 게 말이 되는 소리냐고 큰 소리로 항변했다. 그러나 선기는 그 모든 사항을 자기 혼자서 임의대로 결정하는 것이 아니라, 경찰서에서 학교 성폭력 방지법에 따라 피해 학생을 보호하는 차원에서 가해 교사의 접근 금지와 같은 조치를 하게 된 것이라고 했다. 그리고 민구가 뭐라고 더 이상 반박할 사이도 없이 그에게 위로의 말 한마디도 하지 않고서 전화를 뚝 끊어 버렸다.

잠시 후 선기와 통화를 끝내고서 식당에 있는 방에 도로 돌아온 민구는 묵묵히 앉아서 안주도 거의 먹지 않은 채 술만 마시기 시작했다. 가슴 한쪽이 처참하게 무너지는 듯했지만, 30명 정도 모여 있는 동창생 중에 그 누구에게도 아무런 말도 할 수가 없었다. 그가 자기는 성추행범이라고 스스로 밝히는 순간 친하든 친하지 않던지 그 모든 친구가 그를 흉측한 괴물로 볼 게 틀림없어서, 소주인지 맥주인지 가리지 않고 닥치는 대로 마시기만 했다. 그러다가 20년 만에 처음으로 만난 동창생 친구 한 명과 주먹다짐을 하기 직전의 상황에까지 이르고 말았다. 그 친구는 민구가 꽃같이 어여쁜 여고생들과 같이 생활해서 그런지 나이를 먹을수록 더 젊어지는 거 같다느니, 또는 방학 때는 실컷 놀뿐만 아니라 평소에도 수업이나 몇 시간 뚝딱 해치우고서 월급을 척척 받아먹는 교사처럼 복 받은 직업이 없다고 하며 놀려대기 시작했다. 그래서 민구는 그에게 그런 쓸데없는 말 좀 그만하라고 소리를 버럭 지르며 주먹다짐하기 일보 직전까지 갔다가, 친구들이 뜯어말리는 바람에 그곳에서 도망이라도 치듯이 빠져나왔던 것이다.

조그만 상담실에 혼자서 우두커니 앉아 있는 민구의 눈에 투명한 햇살이 하얗게 어른거리고 있는 창문 너머로 아파트 단지들이 즐비하게 늘어서 있는 것이 언뜻 보였다. 그런데 그때 만물이 생동하는 화창한 봄에 낯선 장소에 방치된 채 깊은 상념에 젖어 있는 자기 자신이 너무나 한심하다는 생각이 들었다.

'학교에서 한창 수업하고 있을 시간에 변호사 사무실에서 뭐 하고 있는 것인가?'

그러나 그의 입에서는 한숨이 저절로 흘러나오고 있건만, 그의 머릿속에는 현재 학교의 일과가 진행되고 있는 상황이 다시 떠오르기 시작했다. 오후 수업 시간에 선생님들에게 꾸지람을 들으면서 끄덕끄덕 졸고 있을 몇몇 학생들, 쉬는 시간에 깔깔깔 웃어대며 복도를 우당탕 쿵쾅 뛰어다니는 학생들, 매점에서 산 아이스크림과 과자를 먹으며 선생들의 눈을 피해 그것들을 갖고 교실로 몰래 들어가고 있는 학생들……

그는 오늘 아침에도 학교에 출근하는 것처럼 집에서 나와 차를 몰고 이리저리 돌아다니다가 시립도서관으로 갔다. 그리고 자유 열람실에 앉아서 신문들을 건성건성 훑어보며 시간을 보내다가, 거기에 있는 구내식당에서 김밥을 사 먹으며 점심을 대충 때웠다. 또 검찰청에서 공무원으로 근무하고 있는 친구에게 전화를 걸어서, 현희에 대한 일은 일절 언급하지 않은 채 집안에 좋지 않은 일이 생겨서 그러는데 유능한 변호사를 한 명 소개해달라고 했다.

잠시 후 상담실 문이 열리는 소리가 들리면서 장천일 변호사가 안으로 쑥 들어오더니, 조그만 탁자를 사이에 두고 그와 마주 보고 앉았다. 그리고 얼굴에 미소를 살짝 머금고는 화려한 경력이 적혀 있는 명함을 그에게 내밀었다. 그러자 그는 만족스러운 표정을 짓고서 그것을 대략 훑어보며 며칠 사이에 다른 두 명의 변호사를 만나 보았지만 그다지 믿음이 가지 않아서 계속 망설이고 있던 차에, 친구의 권유로 이곳에 오게 된 것을 다시 한번 잘했다고 생각했다.

"그 당시에 선생님과 그 학생과의 사이에 있었던 일에 대해서 상세하게 말씀해 주시기 바랍니다."

천일이 대뜸 입을 열었으나 민구는 나이도 자기와 비슷하게 생긴 사람에게 그 사건에 대해 자초지종 말해야 한다는 것이 너무나 부끄러워서 잠자코 있었다. 그러자 천일은 대뜸 자기에게 조금도 숨김이 없이 사실대로 말해야만, 그 사건을 해결하는데 도움받을 수가 있다고 재차 강조해서 말했다.

"이 나이에 이런 일을 저질렀다는 게…… 저 자신이 너무나 창피해서 뭐라고 말씀드릴 수가 없네요."

그는 잠시 망설이는 척하다 말고 조그만 목소리로 더듬거리며 말했다. 그리고 여전히 쥐구멍에라도 숨고 싶은 심정을 느끼며, 그동안 곽현희와 있었던 일에 대해 대략 설명하기 시작했다.

그러나 그가 두 사람 사이에 그 어떤 불미스러운 일이 일어나지 않았다는 것을 재차 강조하고 있는데도, 천일은 그의 말을 듣는 둥 마는 둥 하면서 그 여학생과 그날 있었던 상황에 대해 좀 더 정확하게 말해 줄 수 없겠냐고 조심스럽게 반문했다.

"제가 학생이 쓴 진술서의 내용을 읽어 보지 못해서 뭐라고 말할 수는 없어도, 조금 전에 선생님이 말씀하신 대로 그 학생의 생일을 맞이하여 동구 지역으로 영화를 보러 간 것, 또 선생님이 에스컬레이터에서 그 여학생의 손을 한 번 잡은 것, 또한 레스토랑에서 나이프를 쥐고 있는 왼손의 손등을 손톱으로 톡톡 친 거밖에 그 외에 다른 것은 없었습니까? 예를 들어서 영화를 보던 중이라든가 또는 저녁 식사를 하면서 그 어떤 다른 일 같은 것은 일어나지 않았는지 생각이 나는 대로 말 좀 한 번 해보라니까요?"

안경 너머로 날카롭게 쏘아보는 천일의 눈빛을 슬쩍 피하며 그는 이내 그 무엇인가 생각이 난다는 듯이 자세를 좀 더 똑바로 하고 앉았다.

"변호사님이 말씀하셔서 지금 생각해 보니까…… 영화를 보던 중에 1시간쯤 흘렀을 무렵 옆에 앉아 있던 사람이 화장실에 간다고 해서 자리를 비켜주다가, 제 어깨로 현희의 어깨를 세게 밀치고 또 제 무릎과 현희의 무릎이 살짝 닿은 적이 있었던 거 같습니다."

"그럼 두 사람이 어깨와 무릎만 닿았을 뿐이지 그 밖에 다른 일은 일어나지 않았다는 거죠?"

"다른 일이 일어날 리가 있겠습니까? 옆에 앉아 있던 사람이 그 좁은 공간을 지나갈 수 있게 하려고 몸을 움직이다 보니까 그렇게 된 거뿐인데……."

천일은 강하게 부정하는 민구를 물끄러미 쳐다보며 고개를 한두 번 끄떡였다. 그때 반쯤 벗겨진 그의 앞이마와 코에 걸치고 있는 금테 안경이 창문을 통해 흘러들어온 밝은 햇살을 받은 채 반짝거리고 빛났다.

"무슨 말인가 잘 알았습니다. 어떻든 학교 부근이 아니라 다른 곳으로 가서 영화를 본 거라든가, 또는 선생님이 그 여학생의 손을 잡거나 어깨와 무릎을 닿은 것 등 이러한 두세 가지 사항들이 앞으로 이 사건의 본질을 밝히는 데 아주 중요한 역할을 할 거 같습니다."

그런데 천일이 상세히 설명하는데도 민구는 여전히 의아스러운 표정을 지었다.

"변호사님! 영화를 다른 곳에서 보고 또 손을 한 번 잡고 또 무릎을 한 번 닿은 것 등 이러한 것들이 재판 결과에 그토록 큰 영향을 미친다는 건가요?"

"당연하죠. 재판이라는 것은 어떻게 보면 어떤 사건의 결과보다도 그 일이 일어나게 된 경위 같은 것을 밝히는 것에 더 큰 중점을 둔다고 할 수가 있으니까요? 예를 들어서 살인사건 같은 경우에도 범인에게 살인의 의도가 있었느냐 없었느냐에 따라서 형량이 크게 좌우되는 것처럼, 이번 사건에서도 선생님이 어떤 의도에 의해 그런 행동을 하게 되었는가 하는 것이 재판의 결과에 큰 영향을 미치게 될 것입니다."

그때 순간적으로 흐르고 있는 침묵을 깨고서, 아가씨가 홍차 두 잔이 들어 있는 쟁반을 들고는 안으로 들어왔다. 그러나 천일은 아가씨가 나가자마자, 그가 찻잔을 미처 들기도 전에 계속 미심쩍어하는 눈초리로 그를 보며 입을 다시 열었다.

"그런데 왜 갑자기 그 여학생이 상담 선생님과 상담하게 된 거죠?"

"……."

"혹시 선생님과 자신의 사이에 처음과는 달리 사제 간의 관계에서 벗어난 듯한 그 무엇을 느꼈기 때문에 그런 것은 아닐까요?"

"그렇지 않습니다. 현회가 저하고 같이 영화를 본 것을 친한 급우들 두 명에게 이야기했는데, 그것이 2학년 전체 학생들 사이에 순식간에 퍼져서 친구들에게 왕따당하게 되자 궁여지책으로 상담하게 된 거 같습니다. 또한 그것이 공교롭게도 생활기록부를 쓰던 시기와 맞물려서 엉뚱한 방향으로 와전되는 바람에 공부를 잘하는 학생들에게 계속 추궁을 당하다 보니까……."

민구는 사람들을 만날 때마다 매번 했던 말을 또다시 하게 된 것에 대해 너무 지겹다는 생각을 한 채 시큰둥한 표정을 짓고 퉁명스러운 어조로 말했다. 그러나 천일은 그가 한 말이 단순한 자기변명에 지나지 않는 것으로서, 사건을 해결하는 데 별다른 도움이 되지 않기라도 하는 듯이 거의 귀담아듣지 않고 있었다.

잠시 후 민구는 별다른 맛도 없이 뜨겁기만 한 홍차를 다 마셨는데도, 목에 여전히 칼칼한 그 무엇을 느끼며 천일의 얼굴을 조심스럽게 다시 살폈다.

"변호사님! 그 사건이 앞으로 어떻게 잘 해결될 가능성이 있겠습니까? 그 여학생의 생일날 영화를 한 번 보고 온 것이 이처럼 큰 사건으로 확대될 줄은 미처 생각하지 못했습니다. 그저 단순하게 그 여학생의 요구를 들어준 것이라고 생각했을 따름인데……."

"그러니까 요즘처럼 미투 운동이 들불처럼 일어나고 있는 때에 선생님께서 왜 그런 실수를 저질렀는지 너무나 안타까운 생각이 드는군요. 어떻든 최근의 사회 전반적인 분위기로 봐서는, 그 사건의 결과가 어떻게 될 것인가 하는 것에 대해서 가타부타 뭐라고 확실하게 말씀드릴 수 없습니다. 다만 최근 들어서 성추행이나 성폭행에 대한 일반적인 여론이 최악의 상황이라고 할 수 있으니, 세월이 좀 더 흘러서 그것이 어느 정도 잠잠해질 때까지 기다려 주시기를 바랄 뿐입니다. 학교에 한시라도 빨리 복귀할 생각을 갖고서 조급하게 서두르지 말고, 최소한 몇 개월이 흘러서 미투 운동에 대한 열기가 조금이라도 사그라질 때까지 만이라도……"

곧 천일은 그와의 상담을 그만 끝내려는 듯 자기의 손목시계를 힐끔 쳐다보았다. 그러자 그는 가슴이 바싹 타들어가는 것을 느끼며 다급한 어조로 천일에게 큰 소리로 말했다.

"변호사님! 그런데 이 사건에 대한 수임료는 얼마나 되죠?"

"禮백만 원인데요."

그런데 천일의 대답이 채 끝나기도 전에 민구는 물에 빠진 사람이 지푸라기라도 잡는다는 심정으로 재빨리 거짓말을 하기 시작했다.

"사실 이번 사건을 해결하기 위해서 여기에 오기 직전에 20년간 가입했던 교원공제회 적금을 해약했습니다."

"……."

"그래서 변호사님께 드리는 말씀인데…… 이 사건만 잘 해결될 수 있다면 8백만 원 외에 변호사님이 원하는 대로 수임료를 얼마든지 더 드리도록 하겠습니다."

그때 별안간 민구는 감정이 다시 격해지면서 두 눈이 뿌옇게 흐려지는 것을 느꼈다.

"변호사님! 저를 한 번만 꼭 좀 살려주세요. 연로하신 부모님이 아직도 두 분 다 살아계시고 또 현재 두 명의 자식이 고등학교와 대학교에 다니고 있습니다. 그래서 수임료는 원하는 대로 다 드리도록 할 테니까 제가 앞으로 교직 생활을 10년 정도라도 더 할 수 있도록 제발 좀……"

"여 선생님!"

분위기가 너무 달아오른 듯하자, 천일이 낮고 굵은 목소리로 그의 말을 중간에서 딱 끊었다.

"지금 수임료가 얼마가 되느냐 하는 것보다는 어떻게 하면 그 사건을 잘 해결할 수 있는가 하는 것이 가장 중요해서, 저는 현재와 같은 상황에서는 기본적으로 정해진 수임료 외에는 조금도 더 받을 수 없습니다. 그러고 나서 나중에 선생님이 의도했던 대로 그것이 어느 정도 마무리가 잘 된다면 그때 성공 보수로 어느 정도 더 받도록 할게요."

천우가 단정적으로 딱 잘라서 말하자 민구는 가슴속에 더 큰 절망감이 일어나는 것을 느꼈다. 변호사가 기본적인 수임료 외에 얼마라도 더 받을 수 없다는 것은, 사건에 대한 재판 결과를 그만큼 비관적으로 인식하고 있음을 의미하는 것이기 때문이었다.

7.

 커피숍의 통유리에는 봄날의 해맑은 햇살이 하얗게 번져 있는데도 널찍한 실내에는 서늘한 기운이 아직도 감돌고 있는 듯했다. 저녁 시간이 다 된 오후의 늦은 시간이라서 그런지, 다른 손님들은 없이 여대생들처럼 보이는 세 명만이 창가 쪽에 앉아서 소곤소곤 이야기를 나누고 있었다. 실내의 한쪽에 칸막이로 되어 있는 조그마한 공간에 앉아 있던 신영은은 다소 추위를 느끼며, 유리컵을 들고 쌉싸래한 맛이 나는 물을 조금 마셨다. 그리고 무료함을 달래기 위해 스마트폰을 꺼내고서 인터넷 기사들을 여기저기 검색하기 시작했다. 오늘은 K 여고에서 전 학년이 모의고사를 보는 날이라 방과 후 수업을 하지 않고서 평소보다 두 시간이나 일찍 끝났다. 그래서 K 여고의 상담 선생인 영은은 같은 학교의 국어 교사이면서 고등학교 동창생인 주경미를 이 커피숍에서 몇 달 만에 만나기로 했건만, 그녀는 약속 시간이 15분이 지났는데도 아직도 도착하지 않고 있었다.

 잠시 영은이 요즘에 인터넷을 뜨겁게 달구고 있는 어느 시 한 편을 읽고 있는데, 분홍색 셔츠에 회색 카디건을 걸쳐 입은 경미가 칸막이 안으로 쑥 들어왔다.

들불 축제

"오래 기다렸지?"

"아냐. 나도 여기에 온 지 한 10분밖에 되지 않았어."

곧 두 사람은 한 달 남짓 학교에서 일어났던 이런저런 일들에 대해 본격적으로 이야기를 나누기 위해 조그만 탁자를 사이에 두고 마주 앉았다. 물론 그동안 스마트폰으로 카톡과 통화를 하면서 수많은 이야기를 주고받았지만, 얼마 전부터 학교에서 대형 사건들이 계속 터지는 바람에 아직도 할 이야기들이 너무나 많이 남아 있는 듯했다.

"여민구 선생이 학교에 출근하지 않은 지 벌써 20일이나 됐다면서?"

그 사건과 직접 관련이 있는 영은이 경미와 몇 번 전화 통화를 해서 훤히 다 알고 있는 내용을 다시 확인이라도 하듯이 입을 뗐다.

"응. 이제 그걸로 여 부장은 교직 생활이 끝난 거 같아. 송영문 부장도 마찬가지이고……."

"요즘 미투 운동 때문에 이 사회가 얼마나 시끌벅적한데 모두 다 조심하지 않고서 왜 그런 쓸데없는 일들을 저지른 것일까?"

"두 사람 다 자기들이 한 행동은 미투에 걸리지 않으리라고 착각했겠지. 그전부터 늘 해왔던 대로 설마 그런 사소한 행동이 무슨 문제가 될까 하고 생각하면서……."

K 여고에서 상담 선생으로 근무한 지 1년밖에 되지 않은 영은은 고등학교 동창생이면서 그 학교의 중견 교사인 경미를 만나게 된 것은 커다란 행운이라고 할 수 있었다. 그래서 학교생활 중에 여러 가지 어려운 일을 겪을 때마다, 그녀에게 조언 같은 것을 자주 들으면서 정신

적으로나 심리적으로 많이 의지하곤 했다.

"학교의 선생님들 사이에서 나에 대해서 비난하는 말들이 많지? 곽현희 학생이 상담했을 때 그것을 여민구 선생에게 먼저 귀띔이라도 하지 않은 채 교감 선생님에게 직접 보고했다고 해서……."

"아냐. 그동안 여민구 선생의 일에 대해서 여러 선생님하고 자주 이야기를 나누었는데, 영은이 네가 행동을 잘못했다는 말을 한 사람은 단 한 명도 없었던 거 같아."

"하긴 임시교사인 내가 그런 상황에서 할 수 있는 게 뭐가 있겠어? 만에 하나 나중에 그 사건이 불거지기라도 한다면 그때 나에게 그 불똥이 다 떨어지고 말 텐데……."

사실 곽현희가 자기에게 상담했을 때 영은은 순간적으로 그것을 어떻게 해야 하나 하고 망설이다가, 우선 학교 성폭력 담당 교사인 보건 선생에게 상의했다. 그러자 그 선생은 그녀에게 독단적으로 생각해서 일을 처리하지 말고서, 학교 성폭력 방지법 매뉴얼 대로 윗사람에게 보고하라고 조언했던 것이다.

"너는 아무런 잘못을 한 것이 없으니까 조금도 의기소침해할 필요가 없어. 최근에 미투 운동으로 벌집을 쑤셔놓은 것처럼 시끄러울 때 그런 어처구니없는 짓을 저지른 사람들이 잘못한 것이지……."

"하지만 나를 대하는 선생님들의 태도가 예전 같지 않은 거 같던데? 3층에 있는 상담실로 가다가 복도 같은 데에서 선생님들을 마주쳐서 내가 인사를 해도 그것을 잘 받지도 않는 거 같았어."

"그것은 여민구 부장하고 친했던 몇몇 남자 선생들이 그러는 것일 테니까 너는 전혀 신경 쓸 거 없어. 뭐 한 사람들이 성질낸다고 하더니만 대체 그 누가 뭘 잘하고 또 잘못했다고 그러는 건지 모르겠네?"

경미에게서 몇 마디 위로의 말을 듣자, 영은은 마음이 한결 놓이는 듯했다. 그때 탁자 위에 있던 호출기에 주문한 커피가 다 되었다는 신호가 들어오자, 영은이 자리에서 일어나 두 개의 잔을 쟁반에 담아왔다.

"여 선생하고 송 선생에게는 안 됐지만 자기는 그전부터 이런 일이 터질 줄을 진즉에 알았어."

곧 경미는 잔을 코끝에 갖다 대고서 커피의 그윽한 향내를 맡으며 입을 다시 열었다.

"두 선생님만 이번에 재수 없이 걸려든 것이지, 우리 학교 남자 선생 중에서 여학생들에게 그동안 말과 행동을 함부로 했던 선생들이 얼마나 많았는지 알아? 아마 이번에 이런 일들이 연달아서 터지자 가슴이 뜨끔뜨끔한 남자 선생들이 한두 명이 아니었을 거야."

"그래. 내가 생각하기에도 몇몇 남자 선생들은 여학생들에게 '야! 인마.', '이 새끼, 저 새끼'라는 말을 너무 자주 하는 거 같더라고."

"그런데 더 큰 문제점은 그렇게 하는 선생들 대부분이 그것을 욕으로 생각하고 있지 않다는 사실이야."

경미가 어설픈 미소를 짓는 것을 보며 영은은 고개를 끄덕이고서 씁쓰레한 맛이 나는 커피를 찔끔 마셨다.

"그래서 하는 말이지만……"

"……"

"나는 우리나라에서 미투 운동이 30년 전에 일어났어야 했는데 너무 늦게 일어나지 않았나 하는 생각이 들어. 그 옛날에 우리가 중고등학교에 다닐 때도 이상한 행동을 하는 선생님들이 너무나 많았잖아? 나는 그전에 남녀공학인 중학교에 다녔는데, 그 당시에 남학생들이 특별히 잘못한 것도 없는데도 이런저런 트집을 잡아가며 무자비하게 두들겨 패거나 여학생들에게도 짓궂은 말과 행동을 한 선생님들이 한두 명이 아니었다니까?"

"맞아. 내가 다니던 중학교에서도 60살이 다 된 남자 선생님은 수업 시간에 책상에 엎드려서 자는 여학생의 뒷덜미를 만지작거린 적도 있었어. 그런데 더욱더 어처구니가 없는 것은 그런 행동을 했던 그 선생님뿐만 아니라 그 주위에 있던 다른 여학생들도 그 학생이 잘못을 저질렀으니까 당연히 당하는 것이지, 그것을 이상하게 생각한 사람들이 단 한 명도 없었던 거 같아."

경미는 맞장구를 치다 말고 자신의 목소리가 너무나 큰 듯하자 헛기침을 짧게 했다. 그리고 요즘에는 학생들이 유치원에 다닐 때부터 성폭력 예방 교육을 받고 있으므로 학생들을 대하는 모든 교사의 인식이 바뀌어야 한다고 덧붙여서 말했다. 그래서 교사들이 학생들을 지도할 때 학생들이 자존심이 상하거나 인격적으로 모욕감이 들지 않도록 말과 행동을 조심해야 한다고 했다.

커피잔을 여전히 들고 있는 경미의 두 눈에 계산대 위의 벽에 걸려 있는 동그란 시계가 5시 25분을 가리키고 있는 것이 언뜻 띄었다. 다른 학교의 교사인 남편과 대학교에 다니고 있는 아들과 함께 7시에 저녁 식사를 하기로 했으니까, 이 커피숍에서 조금만 더 있다가 가더라도 시간이 충분할 것 같았다.

그때 순간적으로 흐르고 있는 침묵을 깨고서 영은이 커피를 거의 다 마신 잔을 내려놓으며 말을 또 했다.

"최근 들어서 이런저런 일들이 계속 일어나는 통에 마음이 너무나 심란해서, 나는 신문이고 텔레비전이고 아무것도 보고 싶지 않은 생각이 들 정도야. 정치계이든 연예계이든 문학계이든 그 어느 곳에서든 추악하고 황당무계한 일들이 끊임없이 일어나는 거 같아서……"

"그래, 네 말대로 정말 이 나라의 남자들은 전부 다 왜 그런지 모르겠어. 모두 다 젊고 예쁜 여자들만 보면 건드리지 못해서 안달이 나 있는 거 같다니까?"

별안간 영은은 주위를 한 번 슬쩍 휘둘러보고는 스마트폰을 켜고서 조금 전에 자기가 봤던 시를 찾아냈다.

"너도 이 시에 대해 잘 알고 있지? 어느 여류 시인이 우리나라에서 가장 명성이 자자한 어느 시인을 비방하기 위해 썼던 이 시를……"

영은이 그 시가 적혀 있는 스마트폰을 내밀자, 경미는 얼굴이 조금 불그스름하게 달아오르는 것을 느끼며 그것을 힐끔 쳐다보았다.

"그럼, 나도 그 시를 읽고서 얼마나 깜짝 놀랐는지 몰라. 그런데 우리만 까마득하게 몰랐을 뿐이지, 그 시인은 젊었을 때부터 그런 해괴

망측한 짓을 자주 했다고 하더군."

"……."

"그런데 사실 그 당시에 그런 이상한 행동을 했던 사람들이 어디 한두 명이었겠어? 술에 좀 취하면 예술가랍시고 목에 힘준 채 거들먹거리면서 그런 행동을 한 사람들이 한두 명이 아니었을 텐데……."

"그렇기는 하겠지만…… 어떻든 내가 그토록 존경했던 그 시인에게 그런 면이 있었다는 게 너무나 기가 막힐 따름이야."

영은은 다소 흥분된 마음을 가라앉히기 위해 거의 다 식어 버린 커피를 마저 다 마셔 버렸다.

통유리를 가득 채우고 있던 빛이 서서히 사라짐과 동시에 그 뒤를 이어서 어두운 빛이 얇게 번지기 시작했다. 그 유리 너머에 길게 뻗어 있는 2차선 도로에는 퇴근 시간이 가까워져서 그런지 조금 전보다도 더 많은 차가 빠른 속도로 지나갔다.

"그런데 네가 그때 그 시인과 똑같은 사람이 한두 명이 아니었을지 모른다고 조금 전에 말했던 것처럼, 그 무렵의 그릇된 사회 풍조가 더 큰 문제였던 거 같아. 그래서 모두 다 그 시인의 그런 돌출 행동을 고되고 열정적인 창작 활동에서 비롯된 단순한 일탈 행동으로 치부한 채 그것을 감추기에만 급급했을 뿐이지."

"맞아. 나도 너처럼 그런 사실에 대해 전혀 모르고 있다가 이제야 미투 운동이 일어나니까 알게 됐잖아? 그래서 그 옛날에 문학부 기자들이 그 시인의 추한 행동에 대해서는 일절 말 한마디도 하지 않은 채 오직 위대한 시인이라고만 계속 떠들어 댄 것을 생각하면 너무나 어처구니가 없어. 기자들이란 원래 숨겨진 진실을 밝혀서 일반 사람들에게 알려줘야 할 의무가 있는 사람들이라고 할 수 있는데……."

"하지만 그 당시에 말단 기자들이 그와 같은 것을 취재해 왔다고 하더라도, 언론계 윗분들이 그것을 매스컴에 터트릴 수 있도록 허락해 주기나 했겠어? 오히려 그 시인의 위상에 흠집을 낼 수 있는 그런 쓸데없는 짓을 하지 말라고 하면서 화를 버럭 내며 호통이나 쳤을 게 뻔하지."

"……."

"그래서 하는 말이지만…… 내 생각에는 예나 지금이나 이 사회를 전반적으로 장악하고 있는 기득권자들이 가장 큰 문제인 거 같아."

그때 경미는 영은이 자기가 미처 생각하지도 못했던 것을 말하자, 그녀가 매사에 통찰력이 깊다는 것을 다시 한번 깨달을 수 있었다.

K 여고에서 국어 선생으로 근무하면서 문단에 정식으로 등단하지 못하고 자비로 장편 소설 한 권과 시집 한 권을 출간한 적이 있던 주경미에게는 마음속에 커다란 상처가 남아 있었다. 그 누구에게도 문학의 주류로서 한 번도 인정받지 못하고 천대만 받아왔던 서러움 같은 것이…….

그녀는 10년쯤 전에 서울에 있는 어느 유명한 문학잡지의 편집부장에게, 오랜 시간 동안 단편소설 한 편을 공들여서 써놓은 게 있는데 시간 좀 내서 검토해 줄 수 있냐며 전화를 한 번 했던 적이 있었다. 그러나 그 편집부장이 쉿소리가 날 정도로 갈라진 탁한 목소리로 '우리 문학 잡지사는 청탁원고만 받지 그 외에 원고는 받지 않습니다.'라고 이 말만 한마디 하더니, 그녀의 말을 조금이라도 더 듣지도 않고서 전화를 딱 끊고 말았다. 그래서 그녀는 이 나라에 살면서 더러운 글 같은 것을 더 이상 쓰지 않겠다고 굳게 결심을 한 후에 그때부터 글을 거의 쓰지 않기 시작했다.

"그 옛날에 나도 문학 활동을 한창 할 때 문학계의 비주류로서 그 집단의 주류들로부터 온갖 설움을 다 당하곤 했어. 물론 문학부 기자들이나 출판사의 편집부장들이 검토해 달라는 원고들이 너무나 많다 보니 그럴 수도 있겠지만, 신인 작가들이 몇 년 동안 피땀 흘려 쓴 소설책이나 시집을 한 번만 읽어달라고 아무리 애걸복걸해도 거들떠보지도 않는다니까? 오직 몇몇 저명한 작가들이 쓴 작품들이나 신줏단지 모시듯이 소중하게 취급할 따름이지."

영은은 인제 그만 집에 가서 남편의 저녁 식사를 준비해야 할 때가 되었다고 생각하며 손목시계를 힐끔 보았다. 그러나 시계는 6시 20분을 가리키고 있는데도, 이상하게도 자리에서 일어서고 싶은 생각이 전혀 없었다.

"아무튼 지금 우리나라에서 일어나고 있는 적폐 청산과 미투 운동으로 이 사회의 부조리한 것들을 계속 올바르게 뜯어고쳤으면 좋겠어."

그러나 영은이 그녀의 말이 채 끝나기도 전에 코웃음을 치며 강하게 부정의 뜻을 나타냈다.

"흥! 얘가 아직도 꿈같은 이야기를 하고 있네."

"……."

"옛날과 마찬가지로 현재에도 여전히 권위주의와 남성 우월주의 사고방식이 이 사회 전반을 지배하고 있는데, 그러한 것들이 얼마나 오래 지속되겠어? 적폐 청산이든 미투 운동이든 당분간 시끌벅적한 척하다가 좀 더 세월이 흐르면 그 모든 것이 다 흐지부지 끝나고 말 테지."

II

1.

아담하게 생긴 음식점 안의 바닥에 늘어서 있는 탁자들과 또한 천장과 벽 등이 온통 새까만 색으로만 꾸며져 있어서 그런지 무척 산뜻한 느낌을 주었다. 그 실내의 장식물 중에서 검은색이 아닌 것은 누리끼리한 색깔로 된 탁자 의자들과 진한 회색으로 칠해져 있는 바닥뿐이었다. 그런데 여민구는 이곳이 K 여고의 선배 교사인 하명우와 서너 번 왔던 곳인데도 오늘따라 너무나 낯설게만 느껴졌다. 아니, 지금 이 순간만이 아니라 K 여고에서 직위 해제를 당한 이후에 그의 주위에 있던 익숙하고 친근했던 그 모든 것들이 그에게 등을 돌린 채 그를 서서히 배척하고 있는 듯했다.

"그동안 잘 지냈어?"

"잘 지내기는요? 그냥 죽지 못해서 살고 있을 뿐이죠."

쓴 미소를 짓고 있는 명우에게 민구도 얼굴을 붉히며 멋쩍은 미소를 지어 보였다.

"학교에 출근하지 않은 지 60일밖에 지나지 않았는데, 몸무게가 벌써 3~4kg은 빠진 거 같아요."

민구의 핼쑥한 얼굴과 퀭하게 들어간 두 눈을 바라보며 명우는 침통한 표정으로 고개를 끄떡였다.

　민구는 가족들에게 그 사건에 대해서 아직도 일절 말하지 않은 채 아침 7시만 되면 늘 하던 대로 밥 한 그릇을 뚝딱 해치우고서 집을 나섰다. 만일 그가 그 사건에 대해 가족들에게 밝혔을 때, 아내와 딸과 아들이 그 사실을 어떻게 받아들일 건가 하는 생각만 해도 등골이 오싹해져서 도저히 말할 엄두가 나지 않았다. 그래서 시립도서관이나 텅 빈 공원 같은 데에서 무료하게 시간을 보내다가, 초저녁에 학교에서 퇴근하는 것처럼 집에 들어간 다음 사소한 일에도 아내와 자식들에게 화를 버럭 내며 소리나 지르곤 했다.

　"소주하고 돼지갈비 좀 시킬까?"

　"그래요. 아무거나 먹도록 하죠."

　"미안해. 진즉에 연락해야 하는데 학교가 너무나 어수선하고 또 이런저런 일로 바쁘다 보니까……."

　"아니에요."

　그러나 민구는 말은 이렇게 하면서도 학교에 가지 않던 그 동안 몇몇 선생들에게 얼마나 연락하고 싶었는지 모른다. 그런데 그런 생각이 들 때마다 그들이 자기의 전화를 받을 것인지, 또는 용케 통화가 되었다고 하더라도 자기를 만나려고 할 것인지 의구심이 들어서 아무런 행동을 할 수가 없었다.

　"그동안 학교에는 별일 없었죠?"

　"무슨 특별한 일이 있겠나? 항상 그렇고 그렇지 뭐……."

아주머니가 가져온 소주의 뚜껑을 따고서 민구는 두 개의 잔에 가득 따랐다. 그리고 목이 바싹 타는 듯한 갈증을 느끼며 아무 말도 없이 자기의 잔을 홀짝 비웠다.

"이제 저는 학교에 더 이상 돌아갈 수 없겠죠?"

그런데 잔을 내려놓은 순간 민구의 입에서 자신도 모르는 사이에 이 말이 툭 튀어나왔다.

"담당 변호사는 앞으로의 결과를 어떻게 전망하고 있는데?"

"저에게 특별히 이렇다 저렇다 하고 말해주는 게 아무것도 없어요. 그저 세월이 좀 더 흘러서 미투 열풍이 어느 정도 잠잠해질 때까지 기다려보자는 말만 되풀이할 따름이지……"

민구는 명우와 K 여고에서 친한 사람들 11명이 15년 전에 만든 모임의 회원들이라서, 자기보다 여덟 살 더 많은 그를 사적인 자리에서는 형님이라고 불렀다. 또 두 사람이 5년쯤 전에 신시가지의 아파트 단지에 거의 같은 시기에 입주해 살면서 자주 만나기도 하는 등, 여러 가지의 이유로 그들의 관계는 무척 돈독한 사이라고 할 수 있었다.

"형님! 그런데 솔직히 말하면 그동안 학교 선생님들한테서 전화이건 문자이건 아무런 연락도 오지 않아서 얼마나 야속했는지 몰라요. 우리 모임의 선생님들뿐만 아니라 또한 매일 점심을 같이 먹으러 다니던 선생님들이든 그 누구한테서도……"

"그거야 여 부장만큼이나 모든 선생이 다 충격이 너무나 크다 보니까 그랬을 거라는 생각이 들어. 여 부장이 단순한 징계를 받거나 몸이 아파서 당분간 병원에 입원해 있는 게 아니라, 당장 학교에 출근 못 하는 너무나 엄청난 일을 당했기 때문에……."

명우는 말을 끊고는 어둡게 그늘이 져 있는 민구의 얼굴을 슬쩍 살폈다. 그리고 잔을 반쯤 비우고 나서 변명하듯 말을 다시 이었다.

"학교 성폭력 예방법에서 가해자와 피해자를 한 공간에서 분리해 놓아야 한다는 조항을 누가 만들었는지 모르겠어. 그런 가혹한 규정이 있다 보니까 조금이라도 이상한 일이 일어나면, 그것에 대한 철저한 수사가 이루어지거나 재판 결과도 나오기 전에 다음 날부터 당장 학교에 출근을 못 하게 하고 있잖아?"

"아뇨. 그것은 그러한 법 조항이 잘못된 것이 아니라 그것을 집행하고 있는 사람들의 무자비한 횡포에 불과한 거 같아요. 예를 들어서 그 어떤 교사와 1학년 학생 간에 그런 일이 일어났다면 그 교사를 3학년 수업에 배치하면 되고, 또한 3학년 학생하고 발생했다면 그 교사를 2학년 수업에 배치하면 두 사람이 학교에서 단 한 번도 마주치지 않을 거 아니에요? 그런데 그것을 무모하게 적용한 채 다음 날부터 그 교사를 당장 학교에 출근하지 못하게 하니까, 이처럼 멀쩡한 사람을 완전히 폐인으로 만드는 일이 일어나고 있는 것이죠."

그의 말대로 아무리 사소한 사건을 저질렀다고 하더라도 그 어떤 혐의를 뒤집어쓰고서 학교에서 수업 정지를 당한 선생은 더 이상 교단에 설 수가 없게 된다. 순박하고 준수하게 생겼던 그 얼굴에 성폭행을 저지른 흉악범의 이미지가 덧씌워진 채 학생들과 학부모들에게 영원히 매도되어 버리기 때문에…….

사실 그는 교사의 신분이지만 그 옛날에는 혈기 왕성한 남자로서 다른 남자들과 마찬가지로 자정이 되도록 술을 마시며 가끔 엉뚱한 짓을 저지르기도 했다. 노래방에 가서 도우미들에게 짓궂은 장난을 치거나, 또는 몇 년에 한 번씩 나이트클럽 같은 데에 가서 다른 여자들과 부킹 같은 것을 하기도 하면서……. 또한 30대 중반 때에는 같은 또래의 유부녀와 1년간 바람이 나서 아내의 속을 박박 썩인 적도 있었다. 그런데 그러한 것들 때문에 학교에서 직위 해제를 당했더라면 그리 억울하지 않겠지만, 여학생과 영화만 한 번 봤을 뿐이지 별다른 말과 행동을 하지도 않았는데도 이런 상황에서 처하게 된 것을 쉽게 받아들일 수가 없었다.

잠시 침묵이 흐르는 사이에 민구는 명우에게 술을 권하지도 않고서 혼자서 소주 두 잔을 연거푸 마셨다. 또한 시퍼렇게 멍이 든 가슴에 쓰디쓴 액체를 들이붓는 것밖에는 달리 다른 방법이 없기라도 하듯이 자기의 빈 잔에 술을 또 따랐다. 그리고 미처 익지도 않은 돼지갈비를 젓가락으로 한 개 집어서 그것을 입에 넣고는 우물거리고 씹어댔지만, 꼭 나무껍질이나 돌멩이를 씹는 듯한 느낌밖에 들지 않았다.

"여 부장이 학교에 안 나온 지 얼마 되지 않아서 송영문 부장도 학교에 사표를 쓰고서 그만둔 것을 잘 알고 있지?"

"네."

"누구한테 그 얘기를 들었는데?"

"4월 초쯤에 뭔가 알아볼 일이 있어서 최성진 선생에게 전화했다가 그 사실을 알게 되었어요."

학교에 나가지 않게 된 지 한 달쯤 지났을 무렵에 민구는 학교 상황이 너무나 궁금해서, 전에 교무실에서 자기 옆자리에 앉았던 최성진에게 큰마음 먹고 핸드폰으로 전화를 한번 한 적이 있었다. 그러자 성진은 퇴근한 저녁 시간인데도 뭐가 그리 바쁜지 송영문 사건에 대해서만 간략하게 얘기하는 척하다가 서둘러서 핸드폰을 끊기에, 그는 그다음부터는 그 누구에게도 더 이상 아무런 전화도 하지 않게 되었다.

그런데 그때 이 식당의 주인 여자가 출입구 쪽에 서서 수심이 가득한 얼굴로 거리에 지나가는 사람들을 초조하게 내다보고 있는 모습이 민구의 두 눈에 언뜻 보였다. 저녁 8시가 다 되었는데도 넓은 홀에는 두 사람을 포함해서 두 테이블에 다섯 명의 손님밖에 앉아 있지 않았다. 그리고 보니 그가 작년에 이곳에 왔을 때는 홀에서 서빙 하는 아르바이트생이 두 명인가 있던 거 같았는데 지금은 한 명도 보이지 않았다.

'최근 들어서 경기가 너무 안 좋다는데 앞으로는 뭘 하면서 먹고 살아야 하나?'

그는 나중에 정말로 학교를 그만두게 되면 뭘 하면 좋겠는가 하는 생각이 들어서, 그는 언제부터인가 식당이든 편의점이든 그 어느 곳에 가더라도 그곳이 장사가 잘되나 그렇지 않나 하고 유심히 살펴보곤 했다. 그런데 그가 아무리 눈을 씻고 찾아봐도 다른 일은 하지 않은 채 교사 생활만 25년 동안 해서 그런지, 요즘과 같은 상황에서 할 수 있는 것은 아무것도 없는 듯했다.

"검찰에서 수사는 받았어?"

"아뇨, 검찰에서 수사받으려면 앞으로 좀 더 기다려야 하나 봐요. 그리고 또 법원에 가서 재판까지 받으려면 몇 개월 더 기다려야 하고요. 저에게는 제 인생의 모든 것이 달린 대단한 사건인데도, 변호사 말로는 검찰과 법원에서는 별로 신경을 쓰지 않는다고 하더라고요. 굵직굵직한 사건들이 너무나 많다 보니까 그런 것들을 처리하기에도 정신이 없는 바람에……."

민구가 술병을 들고서 비어 있는 자기의 잔에 술을 또 따르려고 하자, 명우가 그것을 재빨리 뺏어서 그의 잔을 채워주었다.

그런데 두 사람은 그전에 술을 마실 때는 집안 문제와 학교의 선생님들과 학생들에 관한 이야기로 시간 가는 줄 모르고 떠들었는데, 지금은 말이 잘 이어지지 않고서 수시로 끊기곤 했다. 그래서 다시 어색한 침묵이 막 흐르려던 순간 무슨 말을 해야 하나 하고 궁리하던 중에, 명우의 입에서 그 사건에 관한 이야기가 불쑥 또 튀어나왔다.

"여 부장! 얼마 전에 교감 선생님이 여 부장이 그 학생의 학부모로부터 탄원서를 한 장 받을 거라고 하더니만 그게 잘 해결됐는지 모르겠네?"

"현희 어머니를 두 번 다시 만나지도 못했는데 탄원서를 받기는 뭘 받아요? 제가 현희 어머니를 만나고 나서 이틀 정도 지났을 때 현희

아빠가 제 핸드폰으로 문자를 한 통 보내왔어요. 한 번만 더 집에 찾아오거나 현희 어머니에게 전화해서 탄원서를 써달라느니 어쩌니 하면 그때는 공갈 협박 혐의로 경찰에 신고하겠다고 하더라고요. 저 때문에 자기 딸이 학교를 제대로 다닐 수 없게 되었건만, 자기들을 계속 괴롭히면 그때는 절대로 가만히 있지 않겠다고 하더군요."

새빨간 숯불 위에서 돼지갈비가 지글지글 타고 있었으나 두 사람 다 그것들을 뒤집거나 접시에다 꺼내놓지 않고서 그대로 내버려두었다. 그러자 출입문 쪽에서 계속 우두커니 서 있던 주인아주머니가 연기가 뿌옇게 일어나고 있는 것을 보고는, 이쪽으로 급히 뛰어와서 고기들을 그들의 접시에다 올려놓기 시작했다.

잠시 후 그 여자가 저쪽으로 사라지자, 명우는 분위기가 너무 무겁게 가라앉아 있는 것을 느끼며 민구의 표정을 슬쩍 살폈다.

"하지만 내 생각에는 현희의 어머니한테서 탄원서를 받지 못했다고 해서 너무 의기소침할 필요는 없을 거 같아. 얼마 전에 여 부장의 일이 터지고 나서 나도 나름대로 법조계에 있는 친구들한테 알아봤는데, 학생의 진술서라든가 부모님의 탄원서 같은 것들보다도 요즘과 같은 상황에서 사람들이 여 부장의 일을 어떻게 받아들이느냐 하는 것이 가장 중요할 따름이라고 하더군."

그런데 명우가 민구를 위로하기 위해서 애써 한 말인데도 그것이 오히려 그의 마음을 더욱더 울적하게 만든 듯했다.

곧 민구는 한숨을 짧게 내쉬고서 침울한 어조로 입을 또 열었다.

"형님 말씀대로 그 모든 원인이 미투 문제에 대해 사회적인 여론이 최악일 때 아무 생각 없이 그런 바보 같은 행동을 저지른 제 잘못이라고 할 수가 있죠. 하지만 제가 아무리 대단한 죄를 지었다고 하더라도, 이번에 우리 학교에서 저와 송 부장만이 마녀사냥의 희생양이 된 것이라는 생각을 떨쳐 버릴 수가 없어요. 그전에 수십 년 동안 몇몇 선생님들이 여학생들에게 심하게 체벌하거나 장난삼아 성희롱을 저지른 것들은 모든 것이 다 흐지부지되어 버린 채……."

"그래, 여 부장 말이 맞아."

명우는 조금 전에 자기가 실언했던 것에 대해 만회하려는 듯 재빨리 고개를 끄떡이며 그의 말에 동조의 뜻을 나타냈다.

"아무튼, 내가 사회 선생이라서 그런지는 몰라도 일반적인 사회 현상에 대한 관심이 많다 보니 그와 관련된 책들을 자주 읽곤 하지. 그런데 그 어떤 책에서 읽어 본 내용에 의하면 최근의 우리나라의 상황이 마치 1960년대에 중국에서 일어났던 문화 대혁명과 같다고 하더군. 붉은 완장을 찬 홍위병들이 중국의 구시대적 문화유산과 부르주아적 요소를 제거한다는 명분 아래 수많은 사람을 무자비하게 처형시켰던……."

"……."

"그런데 그 어떤 사태가 발생했을 때 가장 위험한 존재들은, 그것을 선동하는 사람들보다도 그러한 것에 대해 전혀 의심하는 것 없이 무조건 행동에 옮기는 대다수의 평범한 사람들이라고 하더라고. 그래서 문화 대혁명 때도 앳된 청소년들이 주축이 된 채 결성되었던 홍위병들이, 사람들을 일렬로 쭉 세워놓고는 자기들이 마음먹기에 따라서 이 사람은 살리고 저 사람은 죽이면서 전 국토를 피로 물들이곤 했지. 그리고 현재 우리나라에서도 그와 같은 마녀사냥식 적폐 몰이가 진행되고 있는데, 거기에 일단 한 번 걸려들면 그 모든 것을 다 순식간에 잃게 되는 것이란 말이야."

그러나 명우가 장황하게 설명했음에도 불구하고 민구는 가슴속에 분노의 감정이 여전히 웅어리져 있는 것을 느낄 수 있었다. 그래서 안주를 거의 먹지도 않으면서 자기 혼자서 소주를 두 병 가까이 마셔서 취기가 상당히 올랐는데도 잔을 또 홀짝 비웠다.

"형님! 사람들이 흔히 하는 말 가운데 다른 사람들의 불행이 곧 나의 행복이고 또 나의 불행이 다른 사람들의 행복이라는 말이 있잖아요? 그래서 우리 학교 선생님들은 겉으로는 저와 송 부장을 동정하는 척해도 두 사람이 이런 절체절명의 상황에 부닥쳐 있는 것을 은근히 즐기고 있을지도 몰라요. 어리석은 두 사람이 어처구니없는 실수를 저질러서 인생이 처참하게 망가졌지만, 자기들은 그전과 마찬가지로 항상 행복하게 살고 있는 것에 감사를 드리며……."

"무슨 말을 그렇게 해? 우리 학교 선생님 중에서 두 사람의 일에 대해 진심으로 마음 아파하는 사람들이 얼마나 많은데……. 그리고 또 학교의 분위기도 상당히 많이 달라져서 새로 부임한 선생님들에 대한 환영식이라든가 그 외에 다른 회식 같은 것 등을 일체 아무것도 하지 않고 있단 말이야."

그 순간 명우는 한층 숨 막히는 접전을 벌이고 있을 프로야구를 언뜻 생각하고 있던 차에 건성으로 아무렇게나 대답했다. 그리고 지금이라도 당장 집으로 부리나케 간 다음 현재 3~4회 정도 진행되고 있을 프로야구를 텔레비전으로 봐야 하건만, 민구는 두 번째 소주병을 다 비우기 전까지는 자리에서 절대로 일어나지 않을 거 같았다.

"이따가 형님하고 헤어지고서 집에 들어갈 생각만 하면 숨이 콱콱 막혀서 죽을 거 같아요. 가족들 눈치나 슬금슬금 보면서 아무렇지도 않은 듯이 태연하게 소파에 앉아 텔레비전을 보고 있을 생각을 하면……."

"……."

"형님! 그래서 하는 말인데…… 차라리 여기에 이렇게 앉은 채로 혀를 깨물고 죽어 버릴까요? 아니면 내일 아침에라도 학교에 달려가서 저를 교육청에 신고한 교감과 교장 선생을 칼로 찔러 죽인 다음에 저도 그 자리에서 자결하고 말까요?"

그 순간 명우는 퍼뜩 정신을 차리고서 불그스름하게 충혈된 민구의 두 눈을 빤히 쳐다보았다.

"여 부장! 대체 아까부터 계속 무슨 소리를 하는 거야? 혀를 깨물고 죽는다느니 또는 그 누구를 칼로 찔러 죽이고서 자결한다느니 하면서 ……. 이런 때일수록 두 자식을 생각해서라도 이대로 좌절한 채 쓰러질 것이 아니라 이를 악물고서 그 모든 역경을 다 이겨내야 할 거 아냐?"

들불 축제

"하지만 그 무엇이 조금이라도 남아 있어야 그것을 발판 삼아 일어서든지 말든지 할 거 아니에요? 손과 발이 다 잘리고 나무토막 같은 빈 몸뚱어리만 달랑 남아 있는 상태에서 오직 재판만이 제가 원하는 대로 끝나기를 애가 타게 기다리고 있는데……."

$$2.$$

    산 위로 길게 뻗어 있는 황톳길을 터벅터벅 걸어가고 있는 송영문의 귀에 풀들이 바짓가랑이를 사각사각 스쳐 지나가는 소리가 들렸다. 또 솔솔 불어오는 산들바람이 싣고 온 꽃냄새와 함께 마른 흙냄새도 은은 하게 풍겼다. 곧 그는 등허리에 땀이 조금씩 배어나는 것을 느끼며 걸음 을 우뚝 멈추고는, 새까만 선글라스를 쓰고 있는 눈으로 하늘의 한가운 데에서 이글이글 타오르고 있는 동그란 원반을 바라보았다.

    '날씨가 이렇게 무더운 것을 보니 벌써 여름이라도 된 것일까?'

    그러고 보니 그가 학교를 그만둔 지가 벌써 70일 정도 지난 거 같은 데, 그는 그동안 햇빛을 피해 땅속 깊숙이 숨어 사는 두더지처럼 지냈 다. 아니, 낮에는 어두운 동굴 속에서 잠을 자다가 밤만 되면 먹을 것 을 찾아 이리저리 날아다니는 박쥐처럼 살았다. 처음에 한 열흘 동안 은 다른 사람들의 눈에 띄지 않기 위해 밖에 거의 나오지 않고서 집 안에서만 틀어박혀 있었다. 그러다가 아내의 잔소리가 점점 더 심해질 무렵부터 오전 10시쯤에 배낭에 싸구려 김밥 한 줄과 물통과 담배 한 갑을 쑤셔놓고서 집을 나섰다. 그리고 그 누구도 자신을 알아보게 하 지 않기 위해서 챙이 넓은 모자에다 새까만 선글라스를 쓰고는 무작정 걷기 시작했다. 이 산에서 저 산으로…… 계곡을 건너서 저수지를 지나며.

그는 이미 올바른 교사가 아니라 오직 꽃처럼 순수하고 순결한 여학생을 무참히 짓밟은 성추행범에 지나지 않지만, 요즘에도 여전히 새벽에 잠을 자다가 숨이 콱콱 막히는 듯해서 벌떡벌떡 일어나곤 했다. 또 낮에는 시퍼렇게 멍든 가슴을 달래기 위해 아무런 생각도 없는 무념무상의 상태에 빠져서 무작정 앞만 보고 걷기 시작했다. 대체 수업 시간에 그 무엇을 설명하다가 장난삼아 여학생의 옆구리를 잣대로 한 번 찌른 것이 직장에서 쫓겨날 만큼 큰 죄라도 지은 것이란 말인가? 아니, 그것은 그가 그 무슨 잘못을 저질러서 그런 것이 아니라 여학생들을 업신여기며 너무나 오만하게 학교생활을 한 결과인지도 모른다. 의욕적으로 수업을 전개한답시고 한층 자신감에 들뜬 목소리로 이것저것 설명하다가, 다소 지루함을 느낄 때면 여학생들에게 쓸데없이 농담하거나 행동을 함부로 했기 때문에…….

만일 그때 사표를 쓰지 않고서 여민구처럼 끝까지 버텼다면 어떻게 되었을까? 경찰서와 검찰에 불려 다니며 수사를 받고 또한 몇 달 후에 재판받고서 승소를 한 다음 학교에 복직할 수 있었을까? 아니면 추악한 성추행범으로 낙인이 찍힌 채 학교에서 파면당한 후 퇴직금도 제대로 챙기지 못하게 되었을까? 그런데 그때는 불붙은 갈대밭이 세차게 불어오는 바람을 맞고서 순식간에 다 타버리는 것처럼, 그 모든 것이 한꺼번에 걷잡을 수 없이 밀려왔기 때문에 이것저것 생각할 겨를이 전혀 없었다. 사표를 쓰고 그 학교를 한시라도 빨리 떠남으로써 퇴직금이라도 온전하게 받을 수 있을 뿐 아니라, 또한 경찰에서 전체 학생들의 전수조사를 하지 않게 함으로써 K 여고에 또 다른 피해가 가지 않도록 해야만 했다.

어느새 1시간 30분가량 등산을 해서 그런지 아침 식사를 두둑이 먹고 왔는데도 벌써 허기가 지는 듯했다. 곧 그는 걸음을 멈추고 김밥한 줄과 삶은 계란 두 개를 먹을 수 있는 적당한 장소가 있나 하고 주위를 한 번 휘둘러보았다. 만일 집에 있다면 오후 1시경에 점심을 먹을 테지만, 등산을 왔을 때는 학교에서 근무할 때와 마찬가지로 똑같은 힘을 써야 하는 것이라서 정오가 되었을 무렵에 식사하곤 했다.

잠시 후 그가 마땅한 장소를 찾기 위해 몇 발짝 더 걸어가자, 다소널찍한 산마루에서 술과 간단한 음식물들을 파는 간이주점이 나타났다. 그래서 목에 심한 갈증을 느끼고 있던 차에 막걸리나 한잔 마실생각을 하고서 좌판 앞에 서 있는 주인 남자에게 다가가는데, 그 누군가가 자기를 향해 큰소리를 지르는 게 들렸다.

"송 부장님!"

영문이 깜짝 놀라며 그 간이주점의 한쪽 구석을 힐끔 쳐다보자, K여고의 생물 교사인 이승원이 멋쩍은 미소를 머금고는 자리에서 부스스 일어났다.

"이쪽으로 오셔서 술 한잔하세요."

승원과 마주 앉아 있던 K 중학교의 수학 선생인 안민성도 손을 번쩍 들어 보인 채 고개를 한 번 끄떡하며 인사를 했다. 그래서 영문은 어디로 피하지도 못하고 우물쭈물하다가, 두 사람이 술을 마시고 있는 그 조그만 탁자를 향해 천천히 다가갔다.

"두 사람이 입사 동기들인가?"

영문이 민성의 옆에 비어 있는 의자에 걸터앉으며 승원에게 넌지시 물었다.

"예. 2002년도 3월에 다섯 명이 K 여고에 같이 입사했어요. 그런데 나중에 안민성 선생하고 정근택 선생 둘이 K 중학교로 발령을 받고서 그리로 가는 바람에 뿔뿔이 흩어지게 되었지만……."

"어떻든지 토요일에 이렇게 같이 등산을 온 것을 보면 두 사람이 유난히 친한 사이인 거 같군."

갈증이 났던 영문은 승원이 두 손으로 정중하게 유리컵에 따라준 막걸리를 단숨에 쭉 들이켰다.

"부장님! 그동안 잘 지내셨어요?"

"잘 지내기는 뭘……. 천하에 몹쓸 짓을 저지른 죄인으로서 항상 속죄하는 마음으로 살아가고 있을 뿐이지. 그래서 그 어느 때는 당장 죽고 싶을 정도로 절망감을 느낄 때도 있지만, 헛된 생각이라든가 이런저런 번민 등 그 모든 것들을 다 떨쳐 버린 채 살아가기 위해 온갖 노력을 다하고 있어."

영문은 막걸리를 반 컵 정도 또 비우고는 오이 한 조각을 고추장에 찍어서 와삭와삭 깨물어 먹었다.

그런데 그때 학교에서 같이 근무하던 선생님들을 막상 만나게 되자, 그는 가슴속에 그 무엇이 또다시 울컥 치밀어 오르는 것을 느꼈다. 사실 두 달을 전후로 해서 너무나 많은 변화가 일어나는 바람에 그 짓눌리는 듯한 중압감에서 한시도 벗어난 적이 없었다. 마른하늘에 날벼락이라고, 현직에 있을 때는 교감과 교장이 되는 것을 갈망하고, 또 퇴임 후에는 교육감 선거 같은 것에도 한 번 나가볼까 하는 생각을 하고 있었는데 한순간에 그 모든 것이 물거품이 되어 버리다니……. 그리고 현재는 추악한 범죄자가 되어서 하루도 빠짐없이 고개를 푹 숙이고 털레털레 발걸음을 떼며 여기저기 떠돌아다니고 있을 뿐이었다.

그러나 사실 한 걸음 한 걸음 내디딜 때마다 자기 자신을 끝없이 반성하려고 노력하고 있으나 그것은 겉으로 드러난 허상에 불과하고, 그 이면에 그의 가슴속에는 덧없는 증오심과 분노로 항상 들끓고 있었다. 어처구니없게도 그런 경거망동한 행동을 저질렀던 자기 자신과, 또 단 한 번의 사소한 실수를 끈질기게 물고 늘어져서 끝내 파멸의 구렁텅이로 떨어뜨리는 이 잔혹한 현실과, 또한 자기 자신들은 무사하다고 안도의 한숨을 내쉬며 절망의 늪에 빠져서 지푸라기라도 잡으려고 안간힘을 다하고 있는 그에게 한껏 비웃음을 보내고 있는 그 학교의 모든 교사에게…….

영문은 가슴을 진정시키기 위해 입을 조금 벌리고서 산골짜기에서 불어오는 시원한 바람을 길게 들이마셨다.

"요즘에 학교는 더 이상 아무 일도 일어나지 않고 있지?"

"그렇지 않아요. 모두 다 재수가 좋아서 미꾸라지처럼 요리조리 용케 빠져나가고 있는 것이지, 실상은 이런저런 일이 계속 터져서 학교가 얼마나 시끌벅적한지 몰라요."

승원은 주위를 한 번 슬쩍 휘둘러보고는 목소리를 착 낮추더니 소곤거리는 듯한 어조로 입을 다시 열었다.

"부장님이 사표를 쓰고서 학교에 나오지 않았던 직후에도 교장실로 학부모들과 졸업생들로부터 몇 통의 전화가 걸려 오는 바람에 교장 선생이 아주 큰 곤경에 처했다고 하더라고요. 몇 년 전에 다른 남자 선생들이 여학생들에게 성희롱했거나 성추행했다는 아주 구체적인 내용의 신고 전화 같은 것들이⋯⋯. 그런데 그 남자 선생들이 몇 년 사이에 K 중학교로 발령을 받고 전근 가서 현재 K 여고에서 근무하고 있지 않는다는 이유로 극단적인 상황을 모면할 수가 있었다는 거예요. 교장 선생이 K 여고를 그만두고서 다른 학교로 떠난 선생님들을 어떻게 처벌할 수 있겠냐고 딱 잡아떼며 적당히 둘러대곤 해서⋯⋯."

"⋯⋯."

"또한 'K 여고는 말한다.'라는 페이스북에도 여 부장님이나 송 부장님보다도 여학생들에게 더욱더 심한 행동과 말을 했던 몇몇 교사들의 행적이 적나라하게 밝혀졌는데도, 그러한 것들이 성적인 것에 대한 노골인 표현을 교묘하게 빗겨났다고 해서 흐지부지 끝나고 말았다고 하더군요."

승원이 푸념하는 말을 들으며 영문이 쓴 미소를 짓고서 맞장구를 쳤다.

"그러니까 강물에 투망을 던졌을 때 재수 없는 물고기들만 몇 마리 걸려드는 것처럼, 그 누가 무엇을 잘했느니 못했느니 하는 것은 이차적 인 문제이고 그 모든 것이 팔자소관이라고 할 수가 있지. 그래서 우리 학교 선생님 중에서도 팔자가 박복한 사람은 우연찮은 기회에 인생이 끝장났지만, 상팔자를 타고난 사람은 K 중학교의 교감으로 발령 나거 나 주식으로 큰돈을 벌기도 했잖아?"

그런데 그때 민성이 술이 다 떨어진 듯하자, 빈 주전자를 들고서 자 리에서 슬그머니 일어났다. 그러나 한 사람이 자리를 비우는 등 분위 기가 다소 어수선한데도 이승원은 아직도 할 말이 많다는 듯이 착 가 라앉은 목소리로 다시 말을 이었다.

"어떻든지 그 오랜 세월 동안 K 여고의 발전을 위해 송 부장님만큼 고생한 사람이 없는데도 이 세상은 너무나 불공평한 거 같아요. 몇 년 전에도 선생님들이 아침 등교 맞이를 서로 하지 않으려고 했던 탓에, 송 부장님이 혼자서 비가 오나 눈이 오나 하루도 빠짐없이 정문에 서 서 학생들 등교 지도를 했잖아요? 또 그 누가 시키든 말든 송 부장님 은 쉬는 시간이건 점심시간이건 아무 때고 가리지 않고서, 1층에서 5 층까지 오르락내리락하며 실내 정숙 지도를 하거나 학생들 복장 검사 를 하기도 했는데……"

"그렇다니까?"

막걸리를 가득 채운 주전자와 함께 쥐포와 마른안주가 들어 있는 접시를 들고 온 민성이 큰소리로 맞장구를 쳤다.

"그리고 또 학생들이 축제 준비를 한다고 하면서 몇 달 동안 강당이나 무용실에서 밤 10시까지 연습을 할 때도, 모든 학생이 그것을 무사히 마치고서 귀가할 때까지 송 부장님 혼자서 그 뒤처리를 다 하시는 것을 나도 몇 번이나 봤다고."

곧 그가 의자에 앉아서 세 개의 빈 컵에 막걸리를 가득 따르자, 영문은 그만 마셔야 한다고 생각하면서도 뿌연 막걸리가 들어 있는 컵을 또 들었다.

"그런데 들리는 소문에는 교장과 교감 선생이 송 부장님께 사표를 쓰라고 강요했다고 하던데, 그게 사실이에요? 송 부장님이 사태가 어느 정도 진정이 될 때까지 기다리지 않고서, 사표를 너무 일찍 쓰지 않았나 하는 안타까운 생각이 들어서 드리는 말씀인데……."

승원도 컵을 반쯤 비우더니 뿌연 막걸리가 묻어 있는 입술을 손등으로 한 번 쑥 문지르고서 입을 또 열었다.

"하지만 그 당시에는 상황이 너무나 긴박하게 흘러서 나로서도 도저히 그럴 수밖에 없었어. 우선 그런 실수를 저지른 나 자신을 용서할 수 없는 데다가, 또 마녀사냥하는 식으로 내 목을 옥죄어 오던 그 모든 것들을 그처럼 해서라도 피할 수밖에 없었기 때문에……."

한순간에 그 모든 것이 봇물 터지듯 하던 그 당시의 상황이 눈앞에 또 펼쳐지자, 영문은 자기도 모르는 사이에 숨결이 다소 가빠지는 것을 느꼈다.

"수업 정지를 당하고서 학교에 출근하지 않은 지 이틀인가 지났을 무렵에, 교장과 교감이 누렇게 뜬 얼굴을 하고서 나에게 허겁지겁 찾아온 적이 있었어. 그리고 내가 사표를 쓴 다음 당장 학교를 그만두지 않으면 학교가 완전히 뒤집힐 거 같다고 하면서 애걸복걸하며 사정하더라니까? 'K 여고는 말한다.'라는 페이스북에 과거의 내 행적이 며칠 동안 계속 거론이 되면서 경찰서와 교육청에서 난리가 났다고 하더라고. 즉, 내가 학교를 그만두지 않으면 경찰에서 전체 학생들을 전수조사해서 우리 학교가 쑥대밭이 될지도 모른다는 거야. 그래서 30년간 그토록 고생하면서 교직 생활을 한 결과가 이것밖에 되지 않나 하는 자괴감과 함께 너무나 수치스러운 생각이 들어서 욱하는 심정으로 그 자리에서 사표를 쓰고 말았지."

그런데 승원이 영문의 말이 채 끝나기도 전에 손에 들고 있던 빈 컵을 탁자에 탁하고 내려놓으며, 전선기 교장 선생도 그 옛날에 별의별 짓을 다 하고 다녔으면서 영문에게 사표를 쓰라고 강요할 수 있는 거냐고 반박의 말을 했다.

"한 15년쯤 전에 전선기 교장 선생님이 과학부장을 할 때 어처구니없는 일이 일어났던 것을 여기에 있는 사람들도 다 알고 있을 거 아니에요? 전체 회식이 끝난 다음에 2차로 간 노래방에서 교생으로 나온 졸업생을 꼭 껴안고는 블루스를 추기도 하고, 또한 모두 다 노래방에서 나와서 집에 가려고 할 때도 그 졸업생하고 단둘이서 술 한 잔 더 하겠다고 하면서 그 졸업생을 막무가내로 술집으로 끌고 가기도 했건만……."

그때 분위기가 너무 달아오른 듯하자 영문이 헛기침을 짧게 하며 주위를 재빨리 훑어보더니, 승원에게 목소리가 다소 큰 거 같으니까 조금 낮추어서 이야기하라고 했다. 그리고 그가 이제 와서 그 무슨 소용이 있다고 지난날의 이야기를 자꾸 꺼내는 것이냐고 만류하는데도, 승원의 입에서 다소 카랑카랑한 목소리가 또다시 터져 나오기 시작했다.

"그런데 최근 들어서 우리 사회의 전반적인 분위기가 성에 관련된 문제에 대해서 너무나 과민반응을 하는 거 같아요. 교사들이 여고에서 몇십 년 동안 학생들을 지도하다 보면 생각지도 않게 우연히 말과 행동을 실수할 수도 있지, 단 한 번 그랬다고 해서 곧바로 직무 정지를 시켜 버리다니……."

"그래, 내 생각에도 이 선생의 말이 맞는 거 같아. 그 어떤 사안이 발생했을 때 그것에 대한 철저한 수사와 재판을 한 다음에 그 결과에 따라서 감봉하거나 정직하거나 해임하거나 해야 할 거 아냐? 그런데, 그것에 대한 진위를 제대로 따지기도 전에 어떤 일이 발생한 순간부터 수업 정지를 시키는 게 말이나 되는 소리냐고?"

혀를 끌끌 차면서 승원의 말에 동조하고 있는 민성의 입에서도 퀴퀴한 막걸리 냄새가 풀풀 풍겼다.

그러나 송영문이 여태껏 수십 번이나 생각했던 것처럼 대부분의 남자 선생도 그와 같은 문제점을 지적하고 있지만, 현실에서는 그 모든 상황이 정반대로 펼쳐지고 있을 따름이었다.

"그래서 하는 말인데⋯⋯ 만일 10년쯤 전에 미투 운동이 일어났더라면 현재 우리 학교에 남아 있을 남자 선생들은 몇 명 되지 않을 거 같다는 생각이 들어요. 그때만 하더라도 우리 학교 남자 선생들이 한창 혈기 왕성했던 때라서 학교생활을 하면서 별의별 일들이 다 일어나곤 했잖아요?"

승원이 자신을 위로하기 위해서 이런 말을 계속하는 거 같은데도 영문은 조금도 마음이 편하지 않았다. 그 대신에 만일 두 달 전에 그런 일이 발생하지 않았을 때 그가 학교 선생들과 같이 등산을 왔더라면 얼마나 좋을지 하는 생각이 그의 머릿속을 언뜻 스치고 지나갔다. 등산하고 난 후에 땀이 조금 축축이 젖어 있는 몸으로 한데 어울려서 술을 마시면서, 교장과 교감 선생에 대한 흉을 보거나 문제 학생들과 공부를 잘하는 학생들에 관한 이야기를 주고받으며 한층 웃음꽃을 피웠을 것이다.

두 번째 주전자의 술도 거의 다 마셨을 뿐 아니라 시간도 꽤 흐른 듯해서 영문은 인제 그만 이 두 선생과 헤어져야 할 때가 된 거 같았다. 조금 후에 헤어지고 나면 가슴속에 더 큰 번민과 고통만이 남게 될 텐데, 자신과 처지가 완전히 다른 사람들과 계속 같이 앉아서 넋두리를 늘어놓은들 그 무슨 의미가 있겠는가?

"얼마 되지도 않은 연금을 갖고서 생활하기는 불편하지 않으세요?"

영문이 손목시계를 힐끔 보고 있는데 민성이 불그스름하게 달아오른 그의 얼굴을 슬쩍 보며 말을 또 꺼냈다.

"당연히 얼마 되지도 않은 연금으로 받아서 살기가 무척 힘들다고 할 수가 있지. 아파트의 부금과 공과금을 내고, 또 생활비와 용돈을 쓰려면 너무나 빠듯하기 때문에⋯⋯. 하지만 있으면 있는 대로 살고 또 없으면 없는 대로 사니까 그다지 불편한 것은 느끼지 못하고 있어. 그래서 옛날에는 등산을 간다고 하면 집사람이 맛있는 김밥에다가 캔 맥주와 마른안주와 과일 같은 것들을 한가득 싸주었을 테지만, 오늘 도 1,500원짜리 김밥 한 줄과 삶을 계란 두 개만 배낭에 넣어서 갖고 왔을 뿐이야."

곧 그는 쓴 미소를 지으며 바닥에 놓여 있던 배낭을 들고서 자리에 서 부스스 일어났다.

3.

주경미는 유리컵에 들어 있는 콜라를 조금 마시고서 매콤하면서도 칼칼한 맛을 내는 황태찜에 젓가락을 또 갖다 댔다. 몇 년 만에 처음으로 먹어보는 것인데 황태에 곁들여 있는 쫄깃쫄깃한 낙지가 입맛을 더욱더 돋우는 듯했다. 오늘은 새로 부임한 국어과 시간 강사가 연구수업을 한 데다가, 또한 이것저것 겸사겸사해서 새 학기 들어서 처음으로 국어과 회식을 하게 되었다. 그런데 어수선하고 냉랭한 학교의 분위기 탓인지 국어과의 열 명의 선생 중에서 네 명은 이런저런 핑계를 대며 참석하지 않은 채 여섯 명만 조촐하게 모여서 저녁 식사를 하기 시작했다.

"내가 올해로 교직 경력이 32년째가 되는데 요즘처럼 선생 노릇 하기가 힘든 때는 없는 거 같아. 몇몇 정치가들이 흔히 말하는 것처럼 나도 마치 교도소의 담장 위를 걷는 기분으로 학교생활을 하루하루 하고 있다니까?"

침묵이 다소 길어질 무렵에 국어과에서 나이가 제일 많은 서대현 교사가 젓가락으로 황태의 머리를 여기저기 파먹으며 입을 열었다. 그러자 그와 마주 보고 앉아 있던 윤현수가 사이다를 조금 마시더니 컵을 내려놓으며 맞장구를 쳤다.

"맞아요. 학생들이 그 무슨 행동을 해도 못 본 척하고 또 그 무슨 말을 해도 못 들은 척하면서 학교생활을 해야 하니 정신이 꼭 돌아버릴 거 같다니까요? 학생들이 수업 시간에 한 시간 내내 잠을 자든 말든, 또 선생이 뭐라고 한마디 할 때마다 구시렁거리며 빈정거리든 말든 꼭 장님과 귀머거리가 된 것처럼 아무런 반응을 보일 수가 없으니……"

일하는 아가씨가 미닫이문을 열고는 소주 두 병과 맥주 한 병이 든 쟁반을 들고서 안으로 들어왔다. 오늘은 선생들이 전부 다 술을 마시지 않겠다고 해서 사이다와 콜라를 세 병을 시켰는데, 대현이 반주로 한 잔씩만 하자고 하면서 조금 전에 그것들을 시켰던 것이다.

곧 남자 선생 중에서 나이가 가장 젊은 임재성이 상 위에 놓여 있는 빈 잔들에 각각 소주와 맥주를 따랐다. 그러자 대현이 잔을 들고서 소주를 홀짝 마시며 또다시 푸념을 늘어놓기 시작했다.

"미국에서는 장례식장 같은 곳에서도 농담을 주고받으면서 웃거나 떠든다고 하던데, 우리나라에서는 학교에서조차도 말 한마디 잘못했다가는 큰일을 당하고 만다니까? 오랜 세월 동안 도덕과 격식만을 너무 중시하는 유교 문화의 영향을 받아서 그런 것인지는 잘 모르겠지만……"

'스승의 은혜는 하늘 같아서 우러러볼수록 높아만 지네. 참 되거라 바르거라 가르쳐 주신 스승의 마음은 어버이시다.'

서대현이 1960년대와 1970년대에 중고등학교를 다녔던 때만 하더라도 이 노래의 가사처럼 스승이라는 대상은 제자들에게 하늘과도 같은 존재라고 할 수 있었다. 그 당시에 학생들은 선생님들의 말씀은 무조건 따라서 수업 시간에 떠들다가 걸리면 주먹으로 머리를 쥐어박히거나, 또는 아침마다 교문 통에서 수시로 쪼그려 뛰기를 하는 등 자질구레한 잘못들을 저지를 때마다 처벌받는 것을 당연하게 여겼다.

그러나 최근 들어서 학생들의 말 한마디로 교사들이 학교에서 쫓겨나는 놀라운 일이 일어나서 그런지, 어느새 학교라는 공간은 사제간의 정은 사라진 채 불신의 장소가 되고 말았다. 교사들은 수업 시간에 사회적 규범이라든가 학생으로서 지켜야 할 예절 같은 것들에 대해서는 일절 말하는 거 없이, 처음부터 끝까지 교과서 진도만 나가야 한다. 만일 수업을 시작한 지 30분 정도 지나서 잠시 지루해졌을 무렵에 어느 학생이 그때까지 계속 졸고 있다고 해서 '이놈아! 그만 일어나.'라고 소리치거나, 또는 쉬는 시간에 복도에서 우당탕 쿵쾅 뛰어다니며 짓궂게 장난을 친다고 해서 '여학생이 품행이 방정해야지.'라는 말을 했다가는 그 무슨 봉변을 당하게 될지 알 수가 없다. 교사가 학생에게 놈이라는 욕을 했다고 해서 학교 폭력으로 신고당할 수 있고, 또한 여학생이라는 단어를 썼다고 해서 성희롱에 걸릴 수도 있으므로…….

그리고 과거에 스승의 날에는 학생들이 놓고 간 정성이 깃든 선물들이 책상 위에 수북이 쌓여 있기도 하고, 또한 교사들은 수업을 잘해줘서 고맙다거나 또는 사랑한다든지 하는 내용을 깨알같이 쓴 손편지들을 몇 통씩 받곤 했다. 그러나 대현은 올해 한 달 전에 있었던

들불 축제

스승의 날에는 학생들로부터 '스승의 은혜'라는 노래를 듣기는커녕 카네이션 한 개와 편지 한 통도 받지 못했다.

작은 방안에 잠시 침묵이 흐르는 사이에 두세 명의 남자 선생들도 소주를 한두 잔씩 마시기 시작했다. 대현도 소주를 마시고서 젓가락으로 커다랗게 듬성듬성 썰어놓은 새파란 파가 얹혀 있는 황태찜을 집어 들었다. 그런데 그때 생활지도부의 기획을 맡고 있는 임재성이 자기 옆에 앉아 있는 민정선을 힐끔 쳐다보며 입을 열었다.

"민 선생님! 엊그저께 그 반 학생하고 있었던 일은 잘 해결됐어요?"

"……."

"별 탈이 없이 잘 마무리가 되었죠?"

그러나 재성이 재차 묻는데도 정선이 아무 대답도 없이 머뭇거리기만 하자, 대현이 의아스러운 표정을 짓고서 두 사람을 번갈아 바라보았다.

"樓학년 2반에서 무슨 일이 있었어? 어차피 다음 주 월요일 날 교무회의 시간 때 교장 선생과 교감 선생이 번갈아 가며 모든 것을 다 말하게 될 텐데, 답답하게 그러고만 있지 말고 말 좀 한번 해 봐."

그가 계속 재촉하자 재성이 정선의 눈치를 슬쩍 보며 말했다.

"우리 학교 선생님들이 모두 다 알고 있어야 할 거 같아서 말씀드리는 건데……."

"……."

"엊그저께 3학년 학생들이 우리 학교 선생님들을 비난하는 대자보를 써서 학교 담에 붙이려고 했던 거 같아요."

"뭐라고? 학생들이 대자보를 써서 학교 담에 붙이려고 했다고? 학교가 돌아가는 꼴을 보면 너무나 개탄스러워서 할 말이 없군. 이제는 학생들이 대자보를 써서 붙이느니 뭘 어쩌느니 하기까지 하니……"

대현은 금세 불그스름하게 달아오른 얼굴로 깜짝 놀라며 큰 소리로 반문했다. 그리고 혀를 끌끌 차며 굳게 닫혀 있는 방문을 힐끔 쳐다본 다음 조그만 목소리로 말을 다시 이었다.

"그래서 그게 어떻게 됐는지 담임 선생님이 말 좀 해 보라고?"

"엊그저께 저희 반의 지보경 학생이 느닷없이 교무실로 저를 찾아와서 그 대자보에 대한 말을 하기에, 제가 그걸 듣는 즉시 교감 선생님께 보고했어요. 그래서 3학년 부장 선생님하고 또 생활지도부의 선생님들이 몇몇 주동자들을 불러서 잘 설득하는 등 재빨리 손을 써서 겨우 무마시켜 놓았어요."

지보경이라면 서대현도 잘 알고 있는 학생으로서 성격이 무척 활달한 데다가 선생님들하고 장난도 잘 치는 학생인데, 그는 한 달쯤 전에도 점심시간에 식당에서 그 학생한테 엉뚱한 일을 당한 적이 있었다. 그 누군가 뒤에서 그의 어깨를 툭 치기에 깜짝 놀라서 뒤돌아봤더니, 그 학생이 그에게 엄지손가락을 척 세워 보이며 감색 양복이 너무 잘 어울러서 10년은 더 젊어 보인다고 했다. 만일 요즘과 같은 시기에 교사가 여학생의 어깨를 쳤더라면 큰 곤경에 처하게 되었을 것이라는 생각이 들어서 무척 불쾌했지만, 일을 더 이상 확대하지 않은 채 꾹 참기로 했다. 학생이 친한 선생에게 농담 한 번 한 것을 갖고서 교무실로 끌고 간 다음 벌점을 준다며 학생과 실랑이를 벌였다가는 자칫 구설에 오를 수 있던 것이다.

"그럼, 3학년 학생들이 대자보에 쓰려고 했던 내용은 뭐야?"

"뻔하죠, 뭐? 몇몇 남자 선생들이 폭언과 욕을 많이 한다거나 가끔 성희롱이나 성추행하기도 한다는 것들이었던 거 같아요."

여태껏 말 한마디 없던 윤정수가 마치 민정선이 그런 잘못을 저지르기라도 한 것처럼 그녀를 쳐다보며 딱딱한 어조로 톡 쏘아붙였다.

"학생들이 너무나 말을 안 들으니까 선생님들이 가끔 화를 내면서 큰소리를 지를 수도 있는 것이지, 그런 것을 갖고서 툭하면 경찰에 신고를 하네 대자보에 써서 붙이네 하면 우리보고 대체 뭘 어떻게 하라는 건지 모르겠네요?"

"맞아요. 학생들이 선생님들의 언행을 그토록 못마땅하게 생각한다면, 그 반면에 학생들이 선생들에게 폭언과 막말을 하는 것은 어떻게 해야 하는 거죠? 요즘에 학생들은 선생님이 앞에 있건 말건 자기들끼리 대화를 할 때 보면 '좆나게'라는 말을 안 붙이면 대화하지 못하더라고요. 또 오늘 오후에도 2학년 7반에서 수업을 할 때 어떤 학생이 계속 떠들기에 너무나 화가 나서, '야, 인마! 조용히 좀 해.'라고 하니까 여기저기에서 내 귀에 들리도록 '경찰에 학폭으로 신고해.'라는 말을 공공연하게 하더라니까요?"

곧 정수의 말이 끝나자마자 임재성이 붉으락푸르락한 얼굴로 맞장구를 쳤다.

다른 사람들은 술을 거의 마시지 않고 있는데도 대현이 또 소주의 병마개를 따더니 자기의 빈 잔에 소주를 직접 따랐다. 바로 그때 1학년 4반 담임인 방영순이 선생님들의 얼굴을 조심스럽게 살펴보고 나서 조그만 목소리로 말하기 시작했다.

"모든 선생님과 마찬가지로 제 생각에도 요즘 학생들은 윗사람들에 대한 공경심이 전혀 없이 너무 버르장머리가 없는 거 같아요. 하지만 이런 말을 하기는 좀 그렇지만 시대가 시대인 만큼 우리 학교의 몇몇 선생님들도 학생들에게 말과 행동을 좀 더 조심해야 할 거 같아요. 제 딸이 지금 E 여중 3학년에 다니고 있는데, 그 학교의 학생들 사이에서 우리 학교에 대한 평판이 너무나 좋지 않게 났다고 하더라고요. 우리 학교에서 올봄에 있었던 두 가지 사건 외에도 여러 가지 헛된 소문이 계속 퍼지곤 하다 보니⋯⋯."

"그래. 그건 방 선생 말이 맞는 거 같아. 그래서 그런지 최근 들어서 월요일 날 아침에 간부 회의를 할 때마다 교장 선생님이 내년에도 올해처럼 1학년에 학급 수가 줄면 어떻게 하냐고 하면서 걱정이 태산이더라니까? 우리 학교에 지원하는 학생들 수가 자꾸 감소하다 보면 우리 학교의 존립 자체가 위기에 직면할 수 있다고 하더라고."

대현이 심각한 표정으로 고개를 한두 번 끄떡이며 영순의 말에 동조의 뜻을 나타냈다.

그런데 그때 오늘따라 별다른 말이 없이 다른 선생님들이 말하는 것을 듣고만 있던 주경미도 방영순의 생각과 별반 다를 게 없다고 생각했다. K 여고의 선생들은 몇 년 사이에 그토록 혼이 나거나 망신을 당했는데도 아직도 정신을 못 차린 사람들이 무척 많은 거 같았다. 그래서 몇몇 남자 선생들은 요새도 여전히 여학생들에게 상스러운 말투를 즐겨 쓰거나, 또는 말끝마다 '새끼'라든가 '이놈아.'라는 욕을 말끝마다 뱉어대곤 했다. 특히 K 중학교에서 전근을 온 선생들은 중학교에서 제멋대로 날뛰는 남학생들을 오랫동안 상대하다 보니 그 욕들이 입에 배기라도 한 것처럼, 학생들을 지도하다가 화가 조금이라도 나면 그러한 것들을 아무렇지도 않게 사용하고 있었다.

"아무튼, 우리 학교뿐만 아니라 학교의 역사가 어느 정도 되는 여학교들은 최근 들어서 여러 가지 문제들이 상당히 많이 발생하는 거 같아요. 그래서 우리 학교 인근에 있는 J 여고에서 영어 선생으로 근무하는 대학교 동창생 말에 의하면, 그 학교도 우리 학교처럼 개교한 지가 50년이 넘어서 그런지 이런저런 사건으로 정신을 못 차릴 정도라고 하더군요."

재성이 말하는 것을 듣고 있던 정수가 그의 말에 이어서 자신의 불만도 늘어놓기 시작했다.

"그러니까 윤 선생님이 아까도 말했지만, 여학교에서 근무하는 남자 선생들은 완전히 벙어리와 장님이 되어서 학교생활을 해야 한다니까? 자칫 말이라도 한마디 실수하면 미투라는 올가미에 걸려든 채 학교에

서 당장 쫓겨나야 하는데 대체 어떻게 교사 생활을 올바르게 할 수 있
겠냔 말이야? 말 한마디 잘못했다고 해서 경고나 감봉이나 몇 개월 정
직 처분을 당하는 것이 아니라 여차하면 평생직장을 영원히 그만둬야
할지도 모르는데……."

　회식한 지 한 시간 반가량 지났기 때문에 음식과 술이 거의 다 바
닥이 나서 그만 자리에서 일어날 때가 된 듯해서, 모두 벽에 등을 기
대거나 차림상 주위에 엉거주춤 앉았다. 그때 미닫이문이 열림과 동시
에 일하는 아가씨가 사과가 세 쪽씩 들어 있는 접시 두 개와 홍차 여
섯 잔을 가져왔다. 그러자 경미는 홍차를 대충 마신 다음에 그만 자리
에서 일어날 생각을 하고는 뜨거운 잔을 재빨리 들었다. 오늘 회식 자
리에 올까 말까 망설이다가 어쩔 수 없이 오게 된 것이 너무 후회되었
다. 여자 선생들이 아무리 이야기해도 사태의 심각성을 제대로 깨닫지
못하고 얼굴을 여전히 잔뜩 찌푸린 채 이 자리에 앉아 있는 몇몇 남자
선생들처럼, 미투 운동이 이 사회의 전반에 걸쳐서 실제로 이루어지기
에는 아직도 요원한 것 같았다. 얼마 전에도 사회적으로 큰 이슈가 되
었던 어느 영화 남자 감독과 남자 배우의 경우만 하더라도, 그들은 며
칠 동안 다른 지역에 가서 영화 촬영을 할 때 여자 배우들을 성폭행하
기 위해 그녀들이 잠을 자는 방문을 두들겨 대며 밤새도록 돌아다녔
다고 한다. 그러나 한동안 매스컴에서 요란하게 떠들어댔을 따름이지,
얼마 되지 않아서 수사도 제대로 하지도 않고서 그 모든 것이 흐지부
지 끝나는 듯했다.

마침내 그녀는 찻잔이 너무 뜨거워서 입에 대지도 못한 채 그대로 내려놓고서, 그 대신에 사과 한 개를 포크로 쿡 찍어서 입에 넣으며 입을 열었다.

"물론 여러 선생님이 말한 것처럼 최근 들어서 교사들에게만 너무 엄격한 도덕적 잣대를 들이대다 보니 이런저런 문제를 야기할 수 있겠죠? 하지만 사람들이 흔히 말하기를 친한 관계일수록 서로 존중하며 예의를 더 지켜야 한다는 말이 있는 것처럼, 제 생각에는 우리 학교 선생들도 학생들이 자존심 같은 것이 상하지 않도록 매사에 말과 행동을 신중하게 해야 할 거 같아요."

"……."

"그래서 얼마 전에 성폭력 예방 교육에 대한 교직원 연수를 받았을 때 그 강사가 한 강연 중에서, 어른들이 청소년들을 성폭력 하는 그 근본적인 원인은 타인의 경계를 존중하지 않는 태도 때문이라고 했던 것이 가장 기억에 남았어요."

그때 그 강사는 경계 교육의 중요성을 역설했는데 경계 존중 교육은 생명 존중의 가치를 담고 있는 것으로서, 자신의 생명 가치가 중요한 만큼 타인의 경계를 존중하고 배려하는 태도를 지녀야 한다고 설명했다. 예를 들어 우리의 일상적인 생활 중에 노크 없이 상대방의 공간을 침해하고, 또 상대방의 동의 없이 신체 일부를 접촉하고, 또 상대방의 의사를 무시하고서 계속 쫓아다니고, 또 상대방의 동의 없이 사진이나 동영상을 유포하는 것 등 다른 사람들의 경계를 침해하는 행동을 절대로 해서는 안 된다는 것이다.

그 순간 방영순이 홍차가 들어 있는 잔을 입술에 대며 경미의 말에 마지막으로 맞장구를 쳤다.

"그래요. 그 강사가 지적했던 것처럼 아이들이 성폭행당할 때 자기보다 훨씬 더 크고 힘이 센 가해자로부터 자기 몸을 보호하는 것은 거의 불가능하다고 할 수가 있죠. 그래서 앞으로 성폭력 교육은 그와 같은 무자비한 상황에서 아이들한테 '싫어요.', '안 돼요.'라고 하는 거부 의사를 밝히도록 교육하는 것에 주안점을 두기보다는, 그런 일이 절대로 일어나지 않도록 어른들의 그릇된 성인식을 개선하는 쪽으로 바뀌어야만 해요."

4.

아무도 없이 쓸쓸한 정적 속에 묻혀 있는 공원에서 여민구는 혼자 벤치에 앉아 안주도 없이 캔 맥주를 마시기 시작했다. 희뿌연 한 가로 등 너머의 아득히 먼 곳에는 초승달 한 개가 희미하게 떠 있는 것이 보였다. 술을 마시고 싶을 때 밤늦게 이 공원에 혼자 몰래 숨어 들어오곤 했던 것이 벌써 네댓 번은 되는 거 같았다. 친구라든가 그 외에 만나고 싶은 사람이 아무도 없었던 탓에, 그는 몇 달 동안 식당에서든 그 어디에서든 거의 혼자서 술을 마셨다. 쓰라린 가슴을 달래기 위해 소주이든 막걸리이든 캔 맥주이든 닥치는 대로 가리지 않고서…….

오늘도 저녁 6시경에 시립도서관에서 나온 후 집에 들어가지도 않고, 집 부근에 있는 순댓집에서 순대국밥에 곁들여서 소주 한 병을 마셨다. 또 저녁 8시쯤에 거기서 나왔을 때도 슈퍼마켓에 들러서 캔 맥주 2개와 담배 1갑을 샀다. 그리고 나서 얼굴에 땀이 얇게 맺히는 것을 느끼며 15분가량 걸어서 아파트 단지 뒤쪽의 야산에 있는 조그만 공원으로 왔다.

'이대로는 숨이 막혀서 더 이상 살 수가 없다.'

오늘 오후에 시립도서관에 있을 때 그는 4층에서 1층의 로비를 바라보며 그 딱딱한 시멘트 바닥으로 떨어지고 싶은 충동을 몇 번이나 느꼈다. 학교에 나가지 않게 된 지 벌써 100일이 훨씬 더 지난 이 시점에서, 이제는 너무나 고통스러워서 피가 마르고 가슴이 바삭바삭 타는 듯했다. 만일 교육청에서 경찰한테 그 사건에 대한 수사를 의뢰했을 때, 그도 송영문처럼 사표를 냈다면 이런 고통을 계속 겪지 않았을지도 모른다. 그러나 일단 그 사건에 대한 수사가 시작되는 바람에 그가 사표를 내더라도 그것이 처리되지 않았을 수도 있었다. 더군다나 결과가 어떻게 나오든지 끝까지 싸워야만 하지 더러운 오명을 쓴 채 학교를 그대로 그만두고 싶지 않았다.

곧 민구는 두 번째 캔의 맥주를 다 마시고는 그 빈 캔을 바짝 우그러뜨렸다. 그리고 담배를 입에 물고서 라이터 불을 붙이고는 후덥지근한 공기와 함께 매캐한 연기를 깊숙이 들이마셨다. 얼마 전부터 그는 이 세상에서 자기를 진정으로 대해 주는 사람이 한 명도 없이 오직 자기 자신 혼자뿐이라는 것을 절실하게 깨닫기 시작했다. 만일 그가 정말로 절체절명의 순간에 빠졌을 때 그 누가 그에게 구원의 손길을 내밀어 줄 것인가? 평생 같이 울고 웃고 떠들면서 지냈던 중고등학교 동창생들이? 아니면, 그 오랜 세월 동안 같이 근무하며 희로애락을 겪었던 K 여고의 선생 중에서 그 누군가가? 그러나 아무리 생각해 봐도 확실하게 믿을 수 있는 사람이 한 명도 없어서, 그 누구에게 다른 그 무엇을 바란다는 것은 사치스러운 감정의 낭비에 지나지 않는 듯했다. 그래서 다른 사람들이 아무리 손가락질하거나 비웃어도 자기는 절대로 성추행범이 아닐 뿐 아니라, 오히려 그들보다도 자기 자신이 더 깨끗한 사람이라는 생각을 하루에도 몇 번씩 한 채 스스로 위로하곤 했다.

그가 오늘 오후에 도서관에서 어느 사회학자가 쓴 논문을 읽어 본 바에 의하면 현재 한국 사회는 만인의 만인에 대한 투쟁이 벌어지고 있는 거 같다고 한다. 즉, 자기 자신만이 옳고 다른 사람들은 옳지 않다고 생각하고 있어서, 상대방이 조금이라도 잘못을 저지르면 그 자신은 정의라는 탈을 쓴 채 그를 끝없이 미워하며 헐뜯기 시작한다. 특히 익명이라는 온라인 공간 같은 곳을 이용해서 반감을 지닌 대상들에게 그들을 비하와 경멸하는 의미로서, 성인 남자들을 '한남충', 아이들을 키우는 여성을 '맘충', 노년층은 틀니를 딱딱거린다고 해서 '틀딱충'이라고 부르면서⋯⋯.

잠시 후 그는 어둠 속에서 새빨갛게 타들어 가던 담뱃불을 구둣발로 눌러 끄고서 부스스 일어났다. 그리고 잠시 후에 집에 들어간 다음 가족들에게 모든 사실을 밝힐 것이라고 마음속 깊이 다짐하며 발걸음을 천천히 떼기 시작했다. 무슨 일을 해서라도 돈을 조금이라도 벌어야 하는데 한창 일할 나이에 아무것도 하지 않고서 빈둥빈둥 노는 것은 너무나 가혹한 형벌과도 같았다. 직무 정지를 당한 후로 3개월 동안은 월급에서 본봉의 70%가 나오기 때문에, 그는 여태껏 30%가량 부족한 부분을 교원 공제에서 해약한 돈으로 충당한 다음 그것을 아내에게 갖다주곤 했다. 그러나 그 이후에는 교육청에서 징계가 완전히 확정될 때까지 본봉의 40%밖에 나오지 않는다고 하니까, 다음 달부터는 60%나 더 보태서 갖다줘야 하는데 이제는 더 이상 그럴 만한 여력이 없었다. 아니, 그 무엇보다도 돈이고 뭐고 다 떠나서 그 모든 의욕을 다 상실한 탓에 아내와 자식들이 자기에게 그 어떤 비난의 소리를 하든 말든 그들을 계속 속이고 싶지 않았다.

얼마 후 민구가 현관문을 열고서 안으로 들어간 후에, 소파에 앉아 텔레비전을 보고 있는 유지경을 힐끔 쳐다보았다. 그리고 거실로 올라가서 그녀를 향해 조심스럽게 몇 발짝 떼다 말고, 헝클어진 머리카락에 핼쑥한 그녀의 얼굴을 다시 마주 본 순간 그 자리에 무릎을 털썩 꿇어 버렸다.

"여보! 미안해."

"……."

"내가 죽을죄를 지었어."

"아닌 밤중에 홍두깨라고 그게 대체 무슨 소리야?"

그녀는 그 무엇인가 불길한 것을 느끼며 소파에서 벌떡 일어섰다.

"나에게 죽을죄를 지었다니 그게 무슨 소리냐고?"

"……."

"빨리 말 좀 해보란 말이야!"

"3월 초에 학교에서 직무 정지를 당하고 나서…… 여태껏 학교에 출근하지 않고 있었어."

그가 고개를 처박고서 울음기 섞인 어조로 말하고 있는데, 두 눈에 뜨거운 그 무엇이 언뜻 맺히는 듯했다.

"뭐? 3월부터 학교에 출근하지 않았다고?"

"……"

"당신이 대체 그 무슨 잘못을 저질렀는데?"

"전학을 온 우리 반 여학생하고 영화를 한 번 보러 갔다가……"

그는 아랫입술을 질끈 깨물면서 터져 나오려는 울음을 꾹 참았다.

"그것이 학생들에게 소문이 나는 바람에 그렇게 되고 말았어."

그녀는 그 언제부터인가 그의 행동이 뭔가 이상하다는 것을 느꼈지만, 설마 최근 들어서 광풍처럼 일어나고 있는 미투 운동에 그가 연루될 것이라고는 미처 생각하지도 않았다.

"요즘이 어떤 세상인데…… 왜 바보같이 그런 일을 저지른 거야?"

마침내 그녀는 아련한 현기증이 일어나는 것을 느끼며 다소 비틀거리는 걸음으로 그에게 두세 발짝 다가갔다. 그때 그가 몇 달 동안 가족들에게 들키지 않고서 혼자서 해결하기 위해 얼마나 마음고생을 심하게 했던지, 자신도 모르는 사이에 그의 두 뺨에서는 눈물이 줄줄 흘러내리기 시작했다.

"미안해. 하지만 그 학생하고 영화만 한 편 봤을 뿐이지 그 외에 엉뚱한 말이나 행동 같은 것은 전혀 하지 않았어. 그런데 그 소문이 와전된 채 여학생들 사이에서 잘못 퍼져나가는 바람에 직무 정지를 당하게 된 것이란 말이야."

그가 조그맣게 흐느껴 우는 소리가 거실에 울려 퍼짐과 동시에 그녀도 무너져 내리듯이 그의 옆에 주저앉았다. 그리고 그의 절망감이 자기에게 고스란히 전달된 듯한 것을 느끼며, 어깨를 들썩인 채 울고 있는 그를 꼭 끌어안았다.

"그럼 우리는 앞으로 어떻게 살아야 해?"

"……"

"당신이 학교를 영원히 그만두게 되면 우리 가족은 어떻게 살아야 하냐니까?"

그녀가 절망감으로 가슴이 찢어지는 듯한 고통을 느끼는 순간 두 눈에서 눈물이 왈칵 쏟아져 나왔다.

그런데 잠시 후 두 사람의 울음소리가 베란다의 밖으로 막 새어 나가려고 하는데, 그녀는 퍼뜩 정신을 차리고서 벌떡 일어났다. 그리고 목에 타는 듯한 갈증을 느끼며 주방에 간 다음 정수기에서 냉수를 한 컵 따라 마셨다.

"정말로 그 여학생하고 영화를 같이 본 것 외에는 다른 행동은 전혀 하지 않았어?"

곧 그녀는 정수기에서 물 한 컵을 더 받더니 그것을 거실 바닥에 여전히 앉아 있는 그에게 갖다주었다.

"빨리 말 좀 해 봐?"

"응. 하늘에 대고 맹세하지만, 나는 그 여학생한테 그 어떤 이상한 말과 행동을 조금도 하지 않았다니까?"

그도 엉거주춤 일어선 다음 그녀가 건네준 컵을 받아서 냉수를 단숨에 들이켰다. 그리고 마음이 다소 안정을 찾은 듯하자, 소파에 가서 그녀의 옆쪽에 조심스럽게 걸터앉았다.

"그런데 어떻게 여학생하고 영화를 한 번 봤다고 해서 학교에 출근할 수 없게 된 거야?"

"그것은 새로 개정된 학교 폭력 예방법이 적용되는 바람에 그렇게 된 거 같아."

그는 울음기가 아직도 섞여 있는 목소리로 그녀에게 그동안 곽현희와의 사이에서 일어났던 일을 띄엄띄엄 설명하기 시작했다. 또 거기에 덧붙여서 아침마다 집을 나와서 3개월 넘게 시립도서관에서 온종일 신문이나 책들을 읽으면서 지낸 것과, 또한 교원 공제 적금을 해약한 것으로 변호사 비용을 대거나 월급의 부족한 부분을 충당한 다음에 그녀에게 갖다준 것에 대해서도 덧붙여서 말했다.

그러나 그녀는 그가 변명하듯 말하는 것을 제대로 듣다 말고, 암담한 그 무엇이 가슴을 또다시 짓누르고 있는 것을 느끼며 베란다로 갔다. 그리고 베란다의 문을 활짝 열어젖히고는 허공 속에 짙게 엉켜 있는 어둠을 물끄러미 내려다보았다. 냉수를 마신 지 얼마 되지도 않았는데도 목이 다시 착 감긴 상태에서 뱃속은 계속 부글부글 끓어오르는 듯했다.

"어떻든 다시 한번 말하지만, 나는 곽현희에게 그 어떤 말과 행동을 눈곱만큼도 실수를 저지르지 않았어. 그러니까 이 세상 사람들이 모두 다 나를 의심하며 비난해도 당신만은 내가 결백하다는 것을 꼭 믿어주기 바라."

"알았으니까 그런 바보 같은 말 좀 제발 그만해."

"정말이야. 오죽했으면 너무나 억울하고 원통해서 가족들에게 유서를 몇 통 써서 그것들을 차 안에 보관해 놓은 후에 자살까지 하려고 했겠어?"

"뭐? 당신이 자살하려고 했다고?"

그녀는 깜짝 놀라며 고개를 홱 돌려서 그를 빤히 쳐다보았다.

"그까짓 일 때문에 자살하려고 했다니 지금 그게 나에게 할 소리야? 이제 당신 나이가 50대 초반인데 교직 생활을 못 하게 되면 다른 것을 해서 먹고살아야지, 나하고 두 아이는 앞으로 어떻게 살라고 그런 어처구니없는 말을 하는 거냐고?"

"그럼 마땅한 직업이 없어서 당장 먹고살 수가 없는데 어떻게 해?"

"먹고 살 수가 없기는 왜 못 먹고 살아? 우리 둘이 힘을 합쳐서 식당을 하든 슈퍼마켓을 하면 되는 것이지."

곧 그녀는 소파가 있는 곳으로 다시 다가오더니 탁자 밑에 있던 신문을 꺼냈다. 그리고 그것을 탁자 위에 활짝 펼쳐놓고는 어느 한쪽 부분을 손가락으로 가리키고서 생기 있는 목소리로 입을 또 열었다.

"이 신문의 인물란에 실려 있는 이 기사 좀 한 번 봐. 이 사람도 젊을 때 몇 번이나 실패했건만 그때마다 오뚝이처럼 일어나서 끝내 대단한 성공을 거두었잖아?"

이어서 그녀는 10년 전에 그의 아버지가 생전에 운영하다가 돌아가

시면서 그에게 유산으로 물려준 가내 공장용지에 대해서 장황하게 말하기 시작했다. 며칠 전에 부동산에서 그것을 시세보다 조금 싼 가격에 팔 의향이 없냐는 전화 문의를 했는데, 이번 기회에 그것을 적당한 가격에 판 다음 두 사람이 단 얼마라도 벌 수 있는 자영업을 하자고 했다.

그런데 그때 그가 예상했던 거와는 달리 그녀가 비관적으로 좌절하는 것 없이 의연한 자세를 보이는 듯하자, 그는 마음이 한결 놓이는 것을 느꼈다. 사실 얼마 전에 도서관에서 유서를 한두 장 끼적거리다가 그것을 곧바로 찢어 버린 적은 있지만, 자살을 실제로 실행한다는 것은 거의 생각해 보지 않았다. 남아 있는 가족들에 대한 걱정이 앞서기도 한데다가, 또한 그 무엇보다도 온갖 누명을 다 뒤집어쓴 채 억울하게 죽음을 선택하고 싶지 않았다. 단언컨대 곽현회에게 사제 간의 신분에서 벗어난 그 어떤 말과 행동을 하지 않았다고 스스로 확신하고 있기에……

"자기가 그 학생에게 아무런 잘못을 저지르지 않았다면 그것을 끝까지 밝혀야 하는 것이지 왜 중도에서 포기하려고 하는 거야? 만일 당신이 자살한다면 당신을 불쌍하다고 하면서 그것을 애석하게 생각할 사람이 이 세상에 한 명이라도 있을 거 같아? 자기에게 동정심을 보내기는커녕 뒤에서 온갖 비난의 소리를 퍼붓기나 할 게 뻔하지."

"그래, 맞아."

그는 고개를 끄떡이며 그녀의 말에 맞장구를 쳤다.

"죄는 미워하되 사람은 미워하지 말라는 말이 있지만, 그것은 다 허울 좋은 말에 불과해. 몇 달 전에 성추행 혐의를 받던 어느 영화배우가 자살한 사건이 있었는데, 그것을 보니까 현실이 얼마나 냉혹한가 하는 것을 새삼스럽게 깨달을 수 있겠더라고."

얼마 전에 인터넷에 실려 있던 그 영화배우에 관한 기사로 미루어 보건대, 사람들은 그가 얼마나 정신적인 고통과 갈등에 시달리다가 끝내 죽음을 선택하게 된 것을 조금도 이해하려고 하지 않는 것 같았다. 오히려 가해자가 피해자들에게 진심 어린 사죄를 하지 않은 채 이 세상을 훌쩍 떠나 버린 것은 그들을 두 번이나 죽이는 무책임한 행동이라고 하면서, 죽음으로써 자신의 죄에 대해 속죄하려고 한 그 영화배우를 온통 비난하는 댓글만 쓰여 있었다.

그때 별안간 침묵이 막 흐르려고 하는데 지경이 TV 위쪽의 벽에 걸려 있는 동그란 벽시계를 힐끔 보며 소파에서 벌떡 일어섰다.

"벌써 10시가 넘어서 예은이가 야간 자습을 끝내고 집에 올 시간이 다 됐으니까, 자기는 그만 화장실에서 씻은 다음 안방에 들어가도록 해. 내가 당신의 일에 대해서는 시간이 나는 대로 예은이에게 잘 설득하고, 또 서울에 있는 명은이에게도 전화해서 잘 말하도록 할 테니까."

그녀의 말대로 그도 무척 피곤함을 느끼고는 화장실에 가기 위해 소파에서 엉거주춤 일어섰다. 그러나 그가 화장실을 향해 걸음을 막 떼려고 하는데 그녀가 그의 뒤에 대고서 다시 큰소리로 물었다.

"그런데 참 그 학생의 부모님은 그 사건에 대해 어떻게 생각하고 있어? 당신에게 탄원서라도 한 장 써 주기라고 했어?"

"아니. 처음에는 그까짓 일을 교육청과 경찰서에 신고했냐고 하면서 학교를 원망하는 듯하더니만, 시간이 좀 더 흐르자 강경한 태도로 바뀌고 말았어. 그래서 내가 2월 말경에 찾아가서 탄원서를 써달라고 했을 때는 그러겠다고 했는데, 그 이후에는 내가 아무리 하소연해도 아예 들은 척도 하지 않더라고."

"그럼, 경찰과 검찰에서 수사가 진행되는 동안 아직도 탄원서를 제출하지 못했겠네?"

그녀의 물음에 그는 침통하게 일그러진 얼굴로 고개를 끄떡였다.

"좋아. 그렇다면 내가 그 탄원서를 그 학생의 어머니에게 어떻게 해서든지 받아올 테니까 조금도 걱정하지 마. 열 번이든 백 번이든 찾아간 다음 무릎을 꿇고 싹싹 빌어서라도 꼭 받아오도록 할게."

5.

"영문아! 네가 1학년 교실에서 수업하던 중에 잣대로 여학생의 옆구리를 한 번 쿡 찌르는 바람에 학교를 그만두게 되었다는 게 사실이야? 얼마 전에 보신탕집을 하는 최영수와 전화 통화를 하다 보니까 그 애가 그렇게 말하더구먼……."

여기저기에서 왁자지껄 떠들어 대던 소리가 잠잠해질 무렵에 느닷없이 김종대가 마주 보고 앉아 있는 송영문을 향해 입을 열었다. 술에 취해서 벌겋게 달아오른 채 걸걸한 목소리로 말하고 있는 그의 얼굴에는 멋쩍은 미소가 언뜻 스치고 지나갔다.

종대는 이 동네의 인근 지역에서 카센터를 운영해서 돈을 꽤 많이 벌어서 그런지, 자기와는 달리 중학교 때 우등생이었으면서도 교사 생활이나 하면서 근근이 먹고 살고 있는 영문을 옛날부터 은근히 업신여기는 듯했다. 그래서 오늘도 고향의 죽마고우들이면서 중학교 동창생들인 14명이 만든 모임이 거의 끝나갈 때쯤 되자, 서로 눈치나 보며 입에 올리기를 주저하던 것을 거침없이 꺼내고 말았다.

"그래. 한 30년 동안 교사 생활을 하다 보면 이런저런 일이 생겨서 학교를 그만둘 수도 있으니까, 대체 뭐가 어떻게 된 것인지 말 좀 한번 해 봐?"

작년에 은행에서 명퇴한 후에 현재 집에서 쉬고 있는 이택상이도 종대의 옆에서 한마디 거들었다. 그러나 세 개의 상에 빙 둘러앉아 있는 11명의 사람의 시선이 순식간에 자기에게 쏠려 있는 것을 느끼면서도, 영문은 아무 말도 없이 고개만 가만히 숙이고 있었다.

"영문아! 그러지 말고 대체 뭐가 어떻게 된 것인지 속 시원하게 말 좀 해보라니까? 불알친구들 사이에 숨길 게 뭐가 있다고 그러는 거야?"

"내가 듣기로도 네가 무슨 큰 잘못을 저질러서 그렇게 된 것이 아니라고 하는 거 같던데……"

변기호와 박진규도 번갈아 가며 계속 재촉을 하자 영문은 하얗게 굳어 있는 얼굴을 슬며시 들었다. 그리고 마른침을 꿀꺽 삼키고서 자기의 입만 뚫어지게 쳐다보고 있는 사람들의 얼굴을 한번 휘둘러보았다.

"내가 뭘 숨기려고 그러는 것이 아니라 너희들이 알고 있는 게 사실 그대로라서 아무 말도 안 하는 것뿐이야. 국사 수업 시간에 조선 시대의 전쟁 무기 중에 지렛대 원리를 이용한 것들에 관해 설명하다가, 졸고 있는 여학생의 옆구리를 잣대로 장난삼아 한 번 찔렀는데 그것이 성추행으로 오해받아서 그렇게 된 것이라고."

그런데 영문의 말이 끝나자마자 저쪽의 끝에 앉아 있던 양두만이 빈 잔을 상에다 탁하고 내려놓으며 큰 소리로 말했다.

"아니, 세상이 아무리 변했다고 해도 선생이 졸고 있는 여학생의 옆구리를 잣대로 한 번 찔렀다고 해서 학교에서 쫓겨난다는 게 말이나 되는 소리야? 그 옛날에 우리가 학교에 다닐 때는 선생님들한테 하루 에도 몇 번씩 주먹이나 봉 걸레 자루로 두들겨 맞곤 했는데……."

곧 그는 혀를 끌끌 차며 수저를 들고서 다 식어 버린 해물탕 국물 을 한두 번 떠먹었다. 그러자 종대가 쓴 미소를 머금고는 고개를 끄떡 이며 맞장구를 쳤다.

"암, 그렇고말고. 우리가 중학교에 다닐 때도 전교생 중에서 강만기 한테 맞지 않은 사람이 한 명도 없었잖아? 친구들하고 싸우거나 수업 시간에 졸다가 매 맞는 것은 말할 것도 없고, 또 시험 같은 것을 봐서 1점만 떨어져도 봉걸레 자루로 엉덩이를 대여섯 대씩 두들겨 맞곤 했 으니까."

"……."

"그런데도 그 독종인 강만기는 N 중학교에서 승승장구해서 나중에 는 몇 년 동안 교장까지 하다가 정년퇴임을 했다고 하더라고? 수업 시 간에는 제대로 가르쳐주지도 않으면서 우리하고 마주치기만 하면 별 의별 트집을 다 잡은 채 소리를 빽빽 지르거나 손바닥으로 뺨을 후려 치곤 하던 그 인간이……."

이 모임에 올 때마다 입에 침을 튕겨가며 강만기의 욕을 해대던 두 만이 다시 핏대를 올리며 큰 소리로 말했다.

옛날에 학교에서 성적은 항상 하위권에서 맴도는 데다가 또한 이 지 역에서 농사를 짓던 가난한 집안의 6남매 중 막내였던 두만은 강만기에게 수시로 혼이 나거나 매를 맞곤 했다. 수업 시간에 침을 질질 흘리며 잔다고 해서 출석부로 뒤통수를 얻어터지고, 또 공납금을 몇 번이나 밀렸다고 해서 주먹으로 이마를 몇 번 쥐어박히기도 하고, 또한 아침에 지각하거나 점심시간에 학교 담의 개구멍을 통해서 몰래 밖에 나갔다 오다가 걸려서 봉걸레 자루로 엉덩이를 맞기도 하면서……

그 이후에 두만은 성인이 되어서 그 동네의 재래시장에서 벽지와 장판 도매상을 하다가, 부모님으로부터 물려받은 논과 밭에 아파트 단지가 들어서면서 상당한 액수의 보상을 받았다. 그러나 몇 년 전에 분양받았던 아파트 단지의 상가 가격이 폭락하고, 또한 땅 투기를 잘못하는 바람에 최근 들어서 경제적으로 큰 어려움을 겪고 있었다.

"그런데, 페이스북에 그런 내용이 한 줄 떴다고 해서 그것이 사실인지 아닌지 수사를 하지도 않은 채 그다음 날부터 당장 학교에 나오지 말라고 하는 게 말이나 되는 소리야? 나는 도저히 이해되지 않아서 그러니까 법원에서 근무하고 있는 경수가 그것에 대해서 설명 좀 한 번 해봐."

괄괄한 성격에 매사에 직설적으로 말을 잘하는 택상이 한쪽에서 우두커니 앉아 있는 길경수를 바라보며 다시 입을 열었다. 그러자 6급 공무원으로서 법원 민원실에서 근무하고 있는 경수가 쓴 미소를 지으며 소주를 반 잔 정도 마시고서 천천히 입을 열기 시작했다.

"그것은 모든 범죄는 죄가 없다는 가정에 의해 사건을 취급하는 무죄 추정의 원칙이 적용되지만, 성범죄만은 예외적으로 피해자의 말만 듣고서 피고인이 무조건 죄가 있다고 규정짓는 유죄 추정의 원칙이 적용되기 때문에 그러는 거야. 그래서 영문이도 아주 사소한 실수를 저질렀는데도 그것이 페이스북에 몇 개 뜨자마자, 그다음 날부터 학교에 출근하지 못하도록 한 것이라고 할 수가 있어. 2차 피해를 막기 위해 사건을 조사할 단계부터 가해자와 피해자를 공간적으로 분리해 놓아야 한다는 규정에 따라서……."

경수가 상세히 설명했는데도 택상은 아직도 이해 못 하겠다는 듯이 고개를 갸우뚱한 채 일하는 아주머니를 부르더니 소주 두 병을 더 시켰다. 그리고 방안이 아직도 후덥지근한 것 같으니 에어컨을 좀 더 세게 틀어달라고 소리를 버럭 지르고 나서, 여전히 격앙된 목소리로 입을 또 열었다.

"어떻든 최근에는 대부분의 부모가 자식들이 한두 명밖에 없다고 해서 너무나 애지중지하며 키우다 보니, 그런 어처구니없는 일이 발생하는 거 같아. 그 옛날에 우리는 학교에서 선생님들한테 아무리 벌을 받거나 매를 맞아도 그 누구한테도 말 한마디 하지 않았잖아? 그런데 요즘 애들은 때리는 것은 고사하고 듣기 싫은 소리를 한마디만 해도 집에 가서 엄마 아빠께 모든 것을 다 고자질한다고 하더라고."

"하지만 어떻게 보면 그런 것은 아무것도 아니라고 할 수가 있어. 집에서도 부모님의 속을 박박 썩이는 자식에게 계속 참다가 뺨이라도 한 대 때리면, 당장에 112에 전화해서 자기 부모님들을 경찰에 신고한다고 하더라니까?"

계속 투덜거리고 있는 택상의 말을 받아서 다시 맞장구를 치고 있는 두만이의 얼굴에 히죽 미소가 번졌다.

아주머니가 소주 두 병을 가져오자 두세 명이 먹다 남은 해물탕에 육수를 조금 더 넣고는 그것을 다시 끓이면서 자리가 소란스러워졌다. 그런데 그때 종대가 젓가락으로 김치를 집다 말고 영문에게 고개를 홱 돌리더니, 최근 들어서 최고의 직장으로 각광받던 교직의 인기가 뚝 떨어졌을 뿐 아니라 또한 몇 년 전부터 명예퇴직을 신청하는 교사들이 상당히 많아졌다고 하던데 그게 사실이냐고 물었다. 그러자 영문은 머쓱한 표정을 짓고서 학생들과 학부모들에게 이런저런 일로 시달리다 보면 자존심이 상하기도 하고, 또한 정신적인 고통도 너무나 심해서 그런지 정년퇴임 전에 학교를 그만두는 사람들이 무척 많아졌다고 대답했다. 그리고 현재 학교에 있는 교사들도 학생들이 그 무슨 행동을 하든지 일절 상관하지 않고서 내버려두는 실정이라고 덧붙여서 말했다.

잠시 침묵이 흐르는 사이에 영문은 몇 번이나 망설이다 4개월 만에 오늘 저녁에 이 모임에 참석한 것을 또다시 후회했다. 두 달 만에 한 번씩 열리는 이 모임에 학교를 그만둔 이후로 한 번도 나오지 않았다. 그러나 엊그저께와 어제 이틀 동안 회장과 총무로부터 그에게 꼭 참석하라는 연락이 연달아서 오는 바람에 부득이 올 수밖에 없었다.

그런데 그때 박진규가 택상에게서 받은 잔을 홀짝 비우고서 막 끓기 시작한 해물탕을 수저로 뒤적거리며 입을 또 열었다.

"너희들은 작년부터 우리나라에서 일어나고 있는 미투 운동이 언제까지 계속 이어질 거로 생각해? 여러 가지 부작용도 많다고 하던데 이제 할 만큼 했으면 그만 잠잠해졌으면 좋겠구먼……."

"그런데 네 말처럼 그게 그렇게 쉽게 잠잠해지겠어? 최근 들어서 사회 전반적으로 여기저기에서 계속 터지고 있는 사건들을 보면 그 미투 운동이 몇 년은 더 지속될 거 같던데……."

해물탕 국물을 두세 번 떠먹고 있던 길경수가 코웃음을 치며 진규의 말을 재빨리 반박했다. 그때 맨 끝에 앉아서 사람들이 쉴 새 없이 떠들어대는 것을 가만히 듣고만 있던 강재성이 그들이 대화 사이로 넌지시 끼어들었다.

"내 생각에도 우리나라에서도 미투 운동이라는 게 일어나기는 해야하지만, 진규가 말한 것처럼 그 부작용이 너무 심한 거 같아. 그래서 언제부터인가 남자들은 지하철을 타더라도 한 손이 아니라 두 손으로 손잡이를 잡고, 또한 스마트폰이 울려도 그것을 잘 받지를 않는다고 하더군. 다른 손으로 앞에 있는 여자를 슬쩍 건드리거나 스마트폰으로 몰카를 찍는다고 오해를 받을까 봐서……. 그리고 또 밖에서 여자를 만난 후에 서로 좋아서 성관계를 가질 때도, 성폭행범으로 몰리지 않기 위해서 아주 조심한다고 하더구먼. 두 사람이 주고받은 말을 스마트폰에 녹음해 놓거나, 또는 모텔에 들어갈 때도 CCTV에 찍힐 수 있도록 다정스럽게 포옹하기도 하며……."

영문은 수저로 해물탕을 먹는 척하면서 모임이 언제 끝날지는 모르겠지만, 자기 혼자서라도 슬그머니 밖으로 나갈 생각을 하며 손목시계를 힐끗 쳐다보았다. 그런데 그때 변기호가 아주머니를 다시 큰 소리로 불러서 방 안의 공기가 너무 차가우니까 에어컨을 좀 약하게 줄여 달라고 했다. 또 사람들을 휘둘러보며 화난 목소리로 언성을 높인 채 대한민국의 남자들을 대부분 잠재적 성범죄자로 몰아붙이는 미투 운동인가 하는 것 좀 이제 그만했으면 좋겠다고 했다. 그리고 작년 여름에 여기저기에서 돈을 끌어 모아서 황기선 국회의원에 관련된 테마주를 잔뜩 사두었는데, 몇 달 전에 유혜림이라는 여자가 그 사람을 성폭행범으로 고소하는 바람에 4천만 원을 손해 봤다고 투덜거렸다.

그런데 영문이 생각하기에는 기호는 보험회사의 팀장으로 잔뼈가 굵어서 그런지, 젊을 때부터 주식에 투자하기 시작했다는 소문이 자자한 것으로 미루어 볼 때 그의 말은 사실인 듯했다.

"다음 대통령 선거 때 야권의 대선주자로 손꼽히던 4선의 국회의원이 여비서 때문에 한순간에 몰락한 것을 보면 너무나 어처구니가 없더라니까? 몇 년만 지나면 대통령 선거에서 압승을 거둘 수 있는 아주 훌륭한 정치가인데……."

"훌륭하기는 뭐가 훌륭해? 겉으로는 가장 청렴결백한 정치가인 것처럼 하면서도 그 이면에는 젊은 여자나 농락한 망나니인데……."

"하지만 옛날부터 영웅들은 술과 여자를 좋아한다는 말이 있잖아? 그까짓 여자 비서하고 한두 번 놀아난 것이 뭐가 그리 대단한 것이라고 자꾸 그러는 거야?"

변기호는 불그스름하게 충혈된 눈으로 반대편에 마주 앉아서 자기의 말을 계속 반대하고 있는 경수를 뚫어지게 쳐다보며 한 마디 툭 내던졌다. 그리고 보글보글 끓고 있는 해물탕 국물을 수저로 한 번 떠먹고는 가스레인지를 껐다. 그러고 나서 올해 황기선이 당에서 제명당한 이후에 자기가 두 사람의 행적에 대해서 상세히 조사를 해봤는데, 그가 그녀를 강압적으로 성폭행한 것이 아니라 서로 사랑하다가 성관계를 맺은 것이라고 말했다. 그래서 인터넷에 떠도는 글을 보면 사랑한다느니 하는 내용의 문자를 혜림이 기선에게 먼저 보내기도 하고, 또한 외국에 출장을 갔을 때도 두 사람이 만날 밀회 장소인 호텔을 직접 예약하기도 했다고 한다.

그런데 그때 전체적인 분위기가 점차 이상한 방향으로 무르익어 가고 있을 무렵에, 정수기 대리점을 크게 운영하는 박진규가 음흉한 미소를 머금고서 넌지시 입을 열었다. 그는 3년 전에도 자기 사무실에서 경리로 근무하고 있던 젊은 여자와 불륜을 저지르다가, 아내에게 들켜서 한바탕 난리를 친 적이 있었을 정도로 생활이 문란하기로 상당히 소문이 나 있었다.

"암 그렇고말고. 손바닥은 부딪혀야 소리가 나는 것이지 부딪히지 않고서는 소리가 나지 않는 법이야."

"……"

"끼리끼리 눈이 맞아서 욕망에 빠진 두 남녀를 법으로 어떻게 처벌할 수 있겠어? 50대 후반의 남자는 자기보다 스무 살이나 나이가 적은 젊은 여자의 육체를 원했던 것이고, 또한 그 비서도 그 남자의 막강한 권력을 원하다 보니까 둘이 함께 놀아난 것이라고 할 수 있는데……."

그러나 그의 말이 끝나는 순간 양두만이 쿡 하고 웃음을 터트림과 동시에, 그 누군가가 저쪽에서 낄낄거리며 웃는 소리가 조그맣게 울려 퍼졌다. 그러자 영문이 느닷없이 고개를 번쩍 들고서 붉게 충혈된 눈으로 좌중을 한 번 휘둘러보았다.

"왜 갑자기 내 얘기를 하다 말고서 황기선 국회의원에 대한 이야기를 하고 그러는 거야? 나는 황기선처럼 성폭행범도 아니고 또 성추행범도 아니니까 모두 다 쓸데없는 소리 좀 제발 그만하라고. 나는 그저 수업 시간에 엉뚱한 실수를 저질렀다가 그것이 페이스북에 한 번 뜨는 바람에 결국 이 지경에 이르게 된 것이란 말이야."

그는 순간적으로 목이 착 감기는 것을 느끼며 자리에서 부스스 일어났다. 그리고 밖으로 나가기 위해 몸을 조금 돌리다 말고 도로 똑바로 서서, 침통한 어조로 말을 다시 이었다.

"요즘 들어서 학교에서 근무할 때보다 수입이 조금 더 줄었지만, 부족한 대로 그럭저럭 살아가고 있어서 그런지, 학교를 몇 년 더 일찍 그만두었다고 해서 그다지 안타깝게 생각하지 않고 있어. 다만 이곳 고향 땅에서 아직도 살고 계시는 부모님에게 뵐 면목이 없다는 것이 너무나 마음 아프게 생각할 따름이지. 이 동네에 있는 동사무소에서 공무원으로 평생 근무하시다가 퇴임하신 아버님의 귀에 얼토당토않은 헛된 소문이라도 들어갈까 봐 노심초사하고 있다는 것 외에는……."

6.

"원장 선생님이 누구야?"

"원장 선생 좀 빨리 나오라고 해."

30대 초반에서 중반 정도 되어 보이는 네 명의 여자들이 유치원의 교무실로 우르르 몰려 들어오더니 큰 소리로 막 말하기 시작했다. 그러자 교무실에 혼자 우두커니 앉아서 노트북을 보고 있던 송민아가 자리에서 벌떡 일어났다.

대형 에어컨에서 세차게 흘러나온 차가운 바람이 땀방울이 얇게 맺혀 있는 그들의 얼굴을 시원하게 적셨다.

"원장 선생님한테 남서정 선생을 이리로 빨리 데리고 오라고 하세요."

화려한 청록색 꽃무늬의 비치 원피스를 입고 있는 여자가 민아에게 소리를 또 버럭 질렀다. 그 순간 교무실 안쪽에 붙어 있는 조그만 원장실의 문이 벌컥 열림과 동시에 안에 있던 차지혜가 교무실로 재빨리 뛰쳐나왔다.

"제가 이 유치원의 원장인데 무슨 일로 그러시는 거죠?"

"……."

"대체 왜 그러는 건지……."

지혜가 어리둥절한 표정을 짓고서 기세가 등등한 자세로 서 있는 네 명의 여자들에게 또 물었다.

"어제 이 유치원에서 원생들을 데리고 수영장에 갔었죠?"

곧 허미선이 너풀거리고 있는 그 비치 원피스를 한쪽으로 여미며 그녀에게 한 발짝 성큼 다가섰다.

"예."

"그런데 수영장에서 남서정 선생이 제 아들을 확 떠밀어서 넘어지는 바람에 그 애의 왼쪽 손바닥에 상처가 났단 말이에요."

"그게 사실이에요?"

하얗게 질려 있는 지혜의 얼굴에 경련이 살짝 스치고 지나갔다.

"병현이가 유치원에서 돌아왔을 때 아무 말도 하지 않아서 처음에는 저도 아무것도 몰랐어요. 그런데, 나중에 그 애를 샤워시키면서 손바닥이 까진 것을 발견하게 되고는 자초지종 캐물었더니, 자기 반 담임 선생님이 자기는 아무런 잘못도 저지르지 않았는데 그렇게 했다고 하더라고요."

그때 미선의 옆에 서 있던 오지현이 새까만 선글라스를 벗으며 두 사람 사이에 슬며시 끼어들었다. 하얀 반바지에 분홍색 니트를 입고 있는 그녀는 집에 있다가 민얼굴에 선글라스를 걸치고서 그대로 밖으로 뛰쳐나온 듯했다.

"그렇게 가만히 좀 서 있지 말고 그 선생을 빨리 데려오라니까요?

지금 맘카페에서 이 유치원하고 남서정 선생을 비난하는 글로 난리가 났는데 왜 그리 꾸물대고만 있는 거예요?"

잠시 후 교실에서 수업하던 서정이 송민아의 전달을 받고서 교무실로 황급히 뛰어 들어왔다. 그리고 지혜에게 그녀들이 이곳에 온 이유에 대해서 간략하게 듣다 말고, 사색이 된 얼굴을 한 채 그녀들 앞에 무릎을 털썩 꿇었다.

"지병헌 어머니! 정말 죄송합니다. 어제 수영장에서……."

"……."

"아이들이 너무나 소란을 떨어서 정신이 없다 보니 그렇게 된 거 같습니다."

그들의 발아래에 머리를 깊숙이 처박고서 더듬거리며 말하고 있는 그녀의 두 눈에서는 자신도 모르는 사이에 한줄기 눈물이 주룩 흘러나왔다.

거센 바람을 맞고서 순식간에 번져오고 있는 들불이 대지 위의 모든 것을 훨훨 불사르고 있는 이때, 자칫 방심했다가는 그 무슨 일을 당하게 될지 알 수가 없다. 두 눈을 부릅뜨고서 이를 악문 채 정신을 똑바로 차리고 있는 것 외에는……. 어제 오후에 이 유치원에서 담임 선생 두 명과 보조 선생 한 명 등 세 명이, 두 개 반의 원생들 22명을 데리고 인근에 있는 수영장에 간 적이 있었다. 그런데 다른 유치원에서도 원생들을 그곳에 벌써 데리고 와서 그런지, 그곳은 50명 정도 되는 아이들이 한데 뒤섞인 채 북새통을 이루고 있었다. 그래서 남서정

들불 축제

이 아이들에게 그 무슨 사소한 사고라도 날까 봐 전전긍긍하고 있던 차에, 지병현이 자기 팀의 순서가 아닌데도 물속에 막 들어가려고 하기에 그녀가 그 아이의 팔을 확 잡아당겼다가 그런 일이 발생하고 말았다.

"그런데 남서정 선생은 오늘 맘 카페에 올라온 글들을 보니까 원생들에게 저지른 잘못이 한두 번이 아니던데요? 그 언젠가는 홍성희 엄마에게 아이를 너무 늦게 찾으러 왔다고 하면서 화를 버럭 낸 적도 있었다면서요?"

대체 무슨 말을 또 하는 건가 하고 생각하며 서정은 조금 뒤쪽에 서 있는 박성주를 향해 고개를 부스스 들었다. 그리고 눈물에 젖은 눈으로 하늘하늘한 점박이 블라우스를 입고 있는 그녀를 물끄러미 쳐다보았다.

"조금 전에 카페 맘에 뜬 글을 봤더니 5월에 성희 엄마가 회사에서 갑자기 일이 생기는 바람에 6시 30분까지 아이 좀 유치원에 맡아달라고 부탁했다고 하더군요. 그런데 일이 조금 더 늦게 끝난 데다가 또 차가 막히곤 해서 유치원에 7시쯤에 도착했더니, 남서정 선생이 자기를 아주 쌀쌀맞게 대했다고 하던데요?"

성주가 재차 설명하자 서정의 머릿속에 두 달쯤 전의 그때의 일이 어렴풋이 떠오르기 시작했다.

금요일이었던 그날 대학교 동창생들 세 명이 저녁 6시 30분에 만나서 식사하기로 했는데, 그날 오후 3시경에 성희의 어머니한테서 저녁

6시 30분까지만 아이 좀 꼭 맡아달라는 전화가 왔다. 그래서 서정이 퇴근하지 않고서 그녀를 계속 기다렸는데도 오지 않다가, 그녀가 7시가 넘어서 아이를 데리러 왔기에 조금 일찍 오지 그랬냐고 하면서 한마디 했을 따름이었다.

"아무튼, 지금 맘카페에서 이 유치원하고 몇몇 선생님들을 아동학대 혐의로 경찰서에 고소하겠다고 야단법석을 떨고 있어요. 그런데 제가 우선 유치원에 들러서 원장 선생님 말 좀 들어보자고 해서 이렇게 몇 명이 이리로 오게 된 것이라 말이에요."

그때 별다른 말이 없이 한쪽에 우두커니 서 있던 조은영이 한마디 슬쩍 내뱉는 순간, 지혜는 그 자리에 쓰러질 거 같은 어지러움을 느꼈다. 그래서 그녀를 향해 부스스 돌아선 다음 마른침을 목 너머로 꿀꺽 삼키고는, 네 명의 여자 중에서 나이가 가장 많이 들어 보이는 그녀의 두 손을 덥석 잡았다.

"저희 유치원을 고소한다니 그게 대체 무슨 소리예요? 저희 유치원에서는 아동학대 같은 것은 절대로 일어난 적이 없으니까 달리 오해 좀 하지 말아 주세요."

만일 맘카페 회원들이 이 유치원을 경찰서에 아동학대 혐의로 고소한다면, 경찰들이 유치원에 들락날락하며 CCTV를 분석하느니 이런저런 서류와 장부들을 조사하느니 하면서 부산을 떨기 시작할 것이다. 또 기자들이 벌 떼처럼 달려들고, 또한 인터넷에도 온갖 악성 댓글로 도배되면서 이 유치원은 완전히 초토화가 되고 말 것이다.

"자모님들! 이러지 마시고 원장실에 들어가셔서 냉커피라도 한 잔씩 마시면서 이야기 좀 나누도록 하죠."

나이가 예순 살이 다 된 지혜가 자기보다 나이가 20~30년이나 덜 먹은 젊은 여자들에게 비굴한 미소를 머금고서 다시 한번 머리를 깊숙이 조아렸다.

다섯 명이 타원형의 탁자 주위에 빙 둘러앉아 있는 조그만 원장실에는 벽걸이 에어컨에서 교무실만큼 차가운 바람이 흘러나오고 있었다. 곧 송민아가 과자를 담은 네모난 나무 그릇과 냉커피가 들어 있는 잔들을 쟁반에 담아서 가져왔다.

"물론 수영장에 안전요원이 있기는 해도 선생님들이 아이들의 안전 문제를 너무 신경 쓰다 보니 그런 일이 발생한 거 같으니까…… 너그럽게 좀 이해해 주었으면 합니다."

지혜가 민아가 원장실 밖으로 사라지는 것을 보고 나서, 네 명의 표정을 조심스럽게 살피며 입을 열었다. 그러나 미선이 그녀의 말이 채 끝나기도 전에 날카롭게 번뜩이는 눈을 지혜에게 다시 돌렸다.

"어린아이를 얼마나 세게 밀었으면 딱딱한 시멘트 바닥에 넘어져서 손바닥이 까졌는데, 그것을 어떻게 이해하라고 자꾸 그러는 거예요?"

"그래요. 우리보고 무조건 이해하라고만 할 것이 아니라 유치원에서도 그에 맞는 합당한 조치가 있어야 할 게 아니에요?"

미선의 옆에 앉아 있는 박성주가 과자 한 개를 집어서 입에 넣고는 바삭바삭 깨물어 먹으며 한마디 거들었다.

"하지만 남서정 선생이 밀어서 넘어지는 바람에 병현이의 손바닥이 까진 것인지, 아니면 아이들이 자기들끼리 놀면서 장난치다가 그렇게 된 것인지 확실하게도 모르는데 어떻게……."

"원장 선생님! 그럼, 병현이가 저에게 거짓말을 했다는 거예요?"

미선이 지혜를 또 노려보며 소리를 버럭 지르자, 그녀는 움찔 놀라며 고개를 재빨리 숙였다.

그런데 그때 그들의 입에서 다른 말이 더 이상 나오지 않도록 그 무엇인가 확실하게 매듭져야지, 자칫 방심했다가는 그 무슨 큰일이 생길지 모른다는 생각이 지혜의 머릿속에 퍼뜩 들었다. 그래서 고개를 도로 부스스 들고는 정색을 한 채 좌중을 휘둘러보며 똑바른 어조로 말하기 시작했다.

"예, 그래요. 자모님들의 말씀이 무슨 뜻인지 잘 알겠습니다. 아무튼 어제 수영장에서 있었던 일뿐만 아니라 또한 5월에도 다른 원생 어머니에게 무례하게 행동을 했다고 하니까……."

"……."

"남서정 선생을 오늘부로 퇴사 조치를 하도록 하겠습니다."

원장이 단정적으로 말하자 한순간 그 공간에 질식할 듯한 정적이 흘렀다.

잠시 벽걸이 에어컨에서 바람이 흘러나오는 소리만이 미세하게 울려 퍼지고 있는 사이로, 각자 침통한 효정을 짓고서 냉커피를 마시기 시작했다. 그러나 1분도 채 지나지 않아 성주가 빈 컵을 탁하고 내려 놓더니, 무겁게 감돌고 있는 침묵을 깨고서 입을 또 열었다.

"그런데 제가 알기로는 어제 아이들이 갔던 수영장은 시설이 그리 좋지 않다고 소문이 나 있던데 왜 하필 그리로 가게 된 거죠?"

"그건 또 무슨 말씀이세요? 그 수영장이 저희들 유치원하고 거리가 제일 가까운 데 있고, 또한 전문 수영 강사까지 있는 어린이 전용 수영 장이라서 그곳을 선택하게 된 것인데……."

그런데 오지현이 지혜가 설명하는 것을 듣는 둥 마는 둥 하면서 여전히 뾰로통한 표정을 짓고 있는 얼굴을 들었다. 그리고 짧은 니트와 반바지를 입고 있어서 에어컨 바람에 다소 추위를 느꼈는지 팔짱을 긴 상태로, 맘카페에 뜬 글을 읽어보니 아이들이 먹는 점심 식사라든가 또는 간식 같은 것들도 너무 부실하게 나온다고 하던데 그것은 어떻 게 된 것이냐고 그녀에게 물었다. 그러자 지혜는 멋쩍은 미소를 지으 며 작년에 자기네 유치원이 이 지역에서 교육과 시설 등 모든 면에서 가장 뛰어나다고 해서 표창장까지 받았는데, 아이들이 먹는 식사와 간 식이 부실할 리가 있겠느냐고 반문했다. 그러나 지현은 요새 원생들의 어머니들 사이에 이 유치원에 대한 소문이 아주 좋지 않게 나고 있건 만 자꾸 그런 식으로 말하냐고 재차 반박하고 나서, 맘카페에 떠다니 고 있는 글들에 대해 지혜에게 간략하게 설명하기 시작했다.

즉, 원생들이 수업 시간에 조금만 잘못해도 한쪽에 오랫동안 세워 놓는다거나, 또는 반찬이 맛이 없다면서 밥을 안 먹으려는 아이들에게 억지로 먹이려고 한다거나, 또는 친구들하고 싸우다가 울음을 터트려도 달래주지 않고서 혼자 계속 울도록 방치해 둔다든지 하는 것 등을 ……

　잠시 지혜는 발갛게 상기된 얼굴로 지현이 공박하는 말들을 다 듣더니, 앞으로는 그런 일이 더 이상 발생하지 않도록 세심하게 주의를 기울이겠다고 그들에게 몇 번이나 강조해서 말했다. 그리고 나서 이제 다섯 명이 커피를 다 마시고 또 이야기들도 거의 다 주고받았기에 그녀들이 그만 자리에서 일어나기를 내심 바라고 있는데, 그럴 만한 기미가 전혀 보이지 않은 채 성주가 착 가라앉은 어조로 다시 말했다.

　"그런데 참 이 유치원에서는 성교육 같은 것을 제대로 하고 있습니까? 며칠 전에 어떤 남자아이가 장난을 치다 말고 우리 딸아이의 거기를 슬쩍 건드렸다고 하던데요?"

　갈수록 태산이라더니 뜻밖의 질문이 또다시 터져 나오자, 지혜는 내심 더 긴장하고는 마른침을 꿀꺽 삼켰다.

　"성교육은 어떻게 하고 있는지 원장 선생님이 말씀 좀 한번 해보세요?"

　"1년에 한 번씩 전문기관에서 나온 사람들이 저희 유치원을 방문해서 원생들에게 성교육을 하고 있고, 또 저의 유치원에서도 선생님들이 수시로 그것에 대해 교육도 하고 있습니다. 예를 들어서 낯선 사람들을 따라가지 말라거나 낯선 사람들이 쫓아오면 어떻게 하라고 하는 행동 요령 같은 것을 가르쳐 주기도 하고……"

"하지만 지금 원생들에게 행동 요령을 올바르게 가르치느냐 하는 것을 따지는 게 아니라 성교육을 제대로 하느냐 하는 것을 묻는 거잖아요?"

그때 성주가 원장의 말을 딱 자르더니 예의 그 딱딱한 어조로 다시 톡 쏘아붙이자, 그녀의 말을 받아서 지현도 한 마디 또 거들었다.

"맞아요. 화장실에서도 선생님들이 잠깐 다른 곳에 시선을 돌리면, 그 사이에 남자아이들이 여자아이들의 치마를 들치기도 한다던데요?"

그들은 딸을 키우고 있는 어머니들로서 성 문제에 관해 관심이 무척 많은 듯했다. 그러나 지혜는 이런 민감한 사항에 대해서 계속 설전을 벌였다가는 그 어떤 문제가 생길지 알 수 없기에 그만 마무리 지어야겠다고 생각하며 고개를 다시 똑바로 들었다.

"그런데 전문가들의 말을 들어보면 대여섯 살 먹은 어린아이들의 성에 대한 인식은 성인들이 생각하고 있는 것과는 상당히 다르므로 너무 과민반응을 보일 필요가 없다고 하더라고요. 즉, 어린 남자아이들이 남자와 여자는 손과 발은 다 똑같이 생겼는데 왜 성기는 다르게 생겼을까 하는 호기심 때문에, 그런 이상한 행동을 하는 것이지 여자아이들한테 수치심을 주기 위해서 그러는 게 아니라고 하더군요."

방의 책상 앞에 우두커니 앉아 있는 남서정은 아직도 정신이 혼미한 채 오늘 오후에 자기에게 무슨 일이 일어났던 것인가 하는 것을 도저히 가늠조차 할 수 없었다. 유치원에서 오후에 수업하다 말고 원장으로부터 느닷없이 해고 명령을 받고서 집으로 쫓겨나고 했던 그 모든 것이, 두세 시간밖에 지나지 않았는데도 며칠은 흘러간 것만 같았다.

'맘 카페에 내 이름이 두세 번 거론되었다고 해서 순식간에 해고당할 수 있는 것인가?'

6월에는 저녁 7시까지 초조하게 기다리다가 홍성희 어머니에게 '조금 일찍 오지 그랬냐?'고 한마디 한 것이고, 또한 어제 수영장에서도 어린 원생들에게 그 무슨 큰 사고라도 날까 봐서 초긴장 상태에 있다가 느닷없이 끼어드는 지병현을 그러지 못하도록 저지했을 따름이었다. 그래서 그 아이를 살짝 떠밀었건만 옆으로 힘없이 쓰러져서 울음을 터트리기에 꼭 끌어안고는 달래주었던 것인데, 사표까지 쓰게 되리라고는 미처 생각하지 못했다.

그때 그녀와 그 유치원에서 같이 근무하고 있는 선배 교사들은 그 지역의 맘카페에 가입한 다음, 거기에 자신에 대한 이상한 내용이 올라오는지 하는 것을 수시로 살펴본다고 했던 말이 그녀의 머릿속에 언뜻 떠올랐다. 그런데 그렇게 하지 않은 것은 자신의 불찰일지도 모른다는 생각이 들어서, 그녀는 책상 위에 있는 노트북을 켜 놓고는 맘카페에 관련된 내용과 그에 대한 댓글들을 찾아보기 시작했다.

　　- 자기들의 뜻은 법이고 진리가 되어 버린 맘카페들이 너무나 많은 거 같다. 그래서 남들의 갑질은 악질이고 자기들의 갑질은 정당하다고 하면서 허위 사실을 끝없이 유포하곤 한다. 그런데 내 생각에는 이런 사람들이 먼 훗날 늙으면 고리타분한 꼰대들이 되고 만다. -

- 지잡 대나 3류대를 나와 제대로 된 직장도 다니지 못하고 반거충이처럼 지내다가 시집온 것들이…… 집구석에 온종일 처박힌 채 남편들이 벌어오는 몇 푼 되지도 않은 돈으로 하루 세 끼 밥이나 먹다가…… 심심하면 여기저기 기웃거리며 키보드질하면서 다른 사람들 뒷담화나 까대는 맘 카페 회원들 …… ㅋㅋㅋㅋ -

- 나같이 직장을 다니는 사람에게는 맘카페가 너무나 좋은 거 같다. 항상 시간에 쫓기다 보니까 발품을 팔아서 정보 같은 것을 얻기도 어려운데 …… 만약에 맘카페마저 없다면 나 같은 사람은 유용한 정보를 어떻게 얻을 수 있겠는가? -

- 사람들이 그 무엇에 대한 정보를 제대로 확인하지도 않고서 무조건 카페에 올리는데, 그러한 한두 명의 의견이 대다수 사람의 생각을 대변하는 것처럼 된 것 같다. 그래서 서로 얼굴을 마주 보고서 이야기를 나눈다면 손쉽게 해결할 수 있는 것도, 잘못된 정보가 계속 확산하다 보니 아무리 사소한 일도 걷잡을 수 없이 커지게 된다. -

얼마 동안 남서정이 멍한 상태로 앉아서 노트북에 떠 있는 이런저런 댓글들을 계속 건성으로 읽고 있는데, 현관문이 열리더니 신영은이 집 안으로 들어오는 소리가 들렸다. 그러나 서정이 그녀가 들어오든 말든 신경을 쓰지 않은 채 그 자리에 그대로 앉아 있자, 그녀는 안방으로 막 들어가려다 말고 깜짝 놀라는 표정을 짓고서 서정의 방으로 들어왔다.

"유치원에서 벌써 끝나고 집에 온 거야?"

영은이 반가운 마음이 들어서 서정에게 큰 소리로 물었으나 서정이 아무 말도 없이 노트북을 계속 쳐다보기만 했다. 그러자 그녀는 뭔가 심상치 않다는 것을 느끼며, 의자 뒤에서 혼자 돌아가고 있는 선풍기를 조금 밀쳐놓고는 서정에게 좀 더 바짝 다가갔다.

"서정아! 오늘 유치원에서 무슨 일 있었어?"

"……."

"그렇게 가만히 있지 말고 빨리 말 좀 해 봐."

신영은이 재차 묻자, 서정은 핏기 하나 없는 핼쑥한 얼굴을 그녀를 향해 슬며시 돌렸다.

"조금 전에 유치원에서 해고당했어."

곧 서정은 눈물을 글썽이며 조금 전에 유치원에서 있었던 일에 대해 그녀에게 대략 말하기 시작했다.

그러나 그 순간 그녀는 서정의 말을 채 다 듣기도 전에 하얗게 질린 얼굴로 거실로 뛰쳐나와서 소파에 힘없이 주저앉았다.

'내가 그전에 여민구 선생에게 지은 죄 때문에 혹시 지금 벌을 받는 것은 아닌가?'

영은은 가슴이 터질 거 같은 답답함을 느끼며 자기의 앞에 놓여 있는 선풍기를 가장 세게 틀어 놓았다. 그런데 윙윙거리며 돌아가고 있는 날개에서 흘러나온 바람이 자기의 얼굴을 세차게 때리고 있건만, 시원하다는 것을 조금도 느낄 수가 없었다.

서정이 조금 전에 울먹이는 듯한 어조로 말하는 동안 영은은 자기가 올해 2월에 여민구에게 했던 일을 계속 떠올리고 있었다. 그가 학교에 출근하지 않게 된 이후로 꿈속에서 그를 한두 번 만난 거 같은데, 그는 수척한 얼굴에 원망스러운 눈초리로 그녀를 바라본 채 무슨 말을 하려는 듯하다가 이내 사라졌을 뿐이었다. 어쩌면 그가 저질렀던 그 하찮은 일로 인해 평생직장에서 쫓겨날 수도 있다는 생각이 들었다면, 그녀는 그것을 교감 선생한테 보고하지 않았을까? 아니, 좀 더 솔직히 말한다면 그와 같은 결과를 초래하리라는 것을 충분히 예상했으면서도, 그가 어떻게 되든 말든 자기는 조금이라도 피해를 보지 않기 위해서 교감 선생에게 일러바쳤을 것이다.

　사실 최근에도 체육계에서 봇물 터지듯 터져 나오고 있는 것처럼, 이 나라뿐 아니라 이 세상 곳곳에서는 얼마나 무자비한 폭력과 성폭행이 음양으로 계속 자행되고 있는가? 그런데 피해자가 아무리 용기를 내서 고발한다고 해도 그 집단의 조직적인 은폐와 협박으로 그 모든 것이 흐지부지 묻히는 것이 비일비재하게 일어나는 듯했다. 만일 그 당시에도 신은영이 곽현희와 상담한 내용을 교감 선생께 보고하지 않고서 민구에게 먼저 말했더라면, 그가 재빨리 손을 써서 그 모든 것을 감쪽같이 수습할 수 있었을까? 그러나 그가 여학생을 성폭행이나 성추행을 한 것도 아니고 그저 영화 한 번 본 것에 불과한 것인데도, 그녀가 다른 방법을 취함으로써 그와 그의 가족 삶은 모조리 다 파괴된 것인지도 모른다.

그런데 잠시 후 그녀는 헛된 상념에서 깨어난 채 이대로 가만히 있으면 안 될 거 같아서 탁자 위에 있는 스마트폰을 집어 들었다.

'내 목숨보다도 더 소중한 딸이 그처럼 어처구니없는 실수를 저질렀다고 해서 범죄자라는 오명을 쓰게 되면 어떻게 하나?'

곧 그녀는 정신을 가다듬고서 숨을 두세 번 몰아 내쉬며, 서정이 근무했던 그 유치원의 원장에게 전화를 걸었다.

"원장 선생님! 남서정 엄마 되는 사람인데요?"

"……."

"오늘 서정이에게 그 무슨 안 좋은 일이라도 있었습니까?"

그녀는 인사를 하는 둥 마는 둥 하고서 단도직입적으로 본론부터 끄집어내자, 차지혜가 원생들의 자모들이 그 유치원에 들이닥쳤던 일에 대해 막 설명하기 시작했다. 그러나 그녀는 그 얘기를 몇 마디 듣다 말고 음울하게 착 가라앉은 목소리로 반문했다.

"아무리 그렇다고 해도 자모님들이 말만 듣고서 사실 확인도 제대로 하지 않은 채 다짜고짜 해고부터 할 수가 있나요? 보름이나 한 달 정도 대기발령을 시켰다가 다시 출근하는 것도 아니고……."

"어머니! 지금 대기발령을 시켰느니 어쩌느니 할 때가 아니라니까요? 요즘에 아동학대 혐의가 얼마나 중대한 범죄인가 하는 것을 남서정 선생의 어머니도 잘 아실 거 아니에요? 더군다나 몇몇 자모님들의 말을 들어보니까 남서정 선생은 이번뿐만 아니라 그전에도 그 무슨 잘못을 저질렀다고 하더라고요."

들불 축제

"네? 그건 또 무슨 소리예요?"

"아니, 이번처럼 폭행 사건 같은 것은 아니지만 어떻든 간에 이런저런 사소한 일들을……."

원장이 얼버무리는 소리를 듣자, 영은은 마음이 한결 놓이는 것을 느끼며 안도의 한숨을 짧게 내쉬었다.

"그런데 사실 엊그저께 그 아이의 손바닥에 난 그 상처가 서정이가 그 아이를 밀어서 쓰러지는 바람에 생긴 거라는 것이 확실하지가 않잖아요? 개구쟁이 어린아이들을 올바르게 지도하다 보면 사사로운 실수를 저지를 수도 있지, 그것을 갖고서 무조건 해고를 하고 말다니……."

그러나 영은의 말이 채 끝나기도 전에 지혜가 다소 화난 어조로 재빨리 반박했다.

"남 선생 어머니! 아까부터 자꾸 무슨 소리를 하는 건지 정말 모르겠네요. 재차 말하는 것이지만 그것은 남서정 선생이 단순히 실수한 것이 아니라 아동학대에 속하는 폭행 사건이라니까요?"

"……."

"그래서 만일 우리가 빨리 조치하지 않고서 미적거리다가, 그 사이에 그 자모님이 진단서라도 뗀 다음 경찰서에 신고라도 하면 그때는 어떻게 하려고 그래요? 자칫 잘못하면 남서정 선생이 경찰서에 끌려가서 큰 곤경을 치를 수 있을 뿐 아니라, 우리 유치원도 당장 폐원될 수 있는 위기에 처할 수도 있는데……."

7.

 초가을의 해맑은 햇살을 싣고 온 바람이 열렬로 늘어서 있는 가로
수들의 나뭇가지와 새파란 잎을 사르르 스치며 지나가는 소리가 났다.
그와 함께 신영은이 3개월 만에 주경미를 만나기 위해 어느 커피숍을
향해 한 발자국씩 뗄 때마다, 그 산뜻한 바람이 그녀의 얼굴에도 살랑
살랑 부딪혔다. 그런데 이제 몇 달 있으면 임용 재계약을 해야 하는데
그것이 뜻대로 될 수 있을까 하는 불안한 생각 때문인지, 모처럼 시간
을 내서 가는 길인데도 그녀의 발걸음은 그리 가볍지 않았다. 예쁘고
착한 여학생들과 같이 생활하면서 학교에서 오랫동안 근무할 수 있다
면 얼마나 좋을까? 그전처럼 매일 아침에 눈을 떠서 출근할 곳도 없이
온종일 집 안에 틀어박혀 있을 생각을 하면 숨이 콱 막히는 듯했다.
 얼마 후 영은이 커피숍 안에 들어섰을 때 경미는 안쪽에 칸막이로
되어 있는 조그만 곳에 앉아서, 까르르 웃으며 그 누군가와 통화를 하
고 있었다. 곧 그녀는 회색 원피스 안에 분홍색 셔츠를 받쳐 입은 채
한가득 미소를 머금고 있는 경미의 앞에 마주 앉았다. 정규직 부부 교
사로서 남부럽지 않게 살고 있는 경미를 볼 때마다 그녀는 공연히 의
기소침해지면서 주눅이 들 때가 한두 번이 아니었다. 그 모든 것이 다

팔자소관이라고 하지만, 고등학교 때 자기보다 훨씬 더 공부를 못했던 경미와 자기의 신세가 이렇게 뒤바뀔 줄은 미처 생각하지도 못했다. 대부분 학생이 적성 같은 것을 따지기 전에 오직 성적에만 맞추어서 대학교에 진학했던 고등학교 시절에, 교육 대학에 진학하라는 담임 선생님과 부모님의 뜻과는 달리 영은은 일반 대학교의 심리학과를 선택했다. 그리고 장차 심리학 박사 학위를 딴 채 대학교의 강단에 서겠다고 생각했으나, 대학교를 졸업한 후에 대학원에 진학하기는커녕 개인회사에서 전공과목과는 상관없는 허드렛일이나 하다가 결혼하고 말았다.

"누구하고 그렇게 통화를 오래 한 거야?"

통화를 끝내고서 스마트폰을 탁자 위에 올려놓고 있는 경미를 보면서 영은이 물었다.

"응. E 중학교에서 국어 선생을 하는 대학교 때 친구인데 자기 남편을 입에 침이 마르도록 흉을 보는 것 좀 들으라고 그랬어."

"그 여자의 남편은 뭐 하는 사람인데?"

"한의원을 하는 한의사야."

영은은 고개를 갸우뚱하고서 아직도 엷은 미소를 머금고 있는 경미의 얼굴을 물끄러미 바라보았다. 능력 있고 돈도 잘 버는 남편을 흉볼 게 뭐가 있다고 그러는 건지 그 여자를 도저히 이해할 수가 없었다.

"우리 반 학생 전수정하고의 상담은 어떻게 됐어?"

"어떻게 되긴 뭐가 어떻게 돼? 학생들에게 늘 하던 대로 가정환경이 어렵더라도 용기를 잃지 말고서 공부나 열심히 하라는 이야기를 몇 마디 해주었을 따름이지."

영은이 오늘 학교에 출근한 후 두 시간쯤 지났을 무렵에 경미가 상
담실로 찾아와서, 자기 반에 전수정이라는 학생과 상담 좀 해달라고
그녀에게 부탁했다. 몇 달 전부터 부모님이 이혼한다느니 어쩐다느니
하는 것 때문인지는 확실하게 알 수 없지만, 그 학생이 성적이 뚝 떨어
진 채 방황하고 있다고 하면서…….

잠시 후 자기들이 주문한 커피 두 잔이 나오자, 경미가 그것들을 쟁
반에 담아왔다. 그래서 영은이 자기의 찻잔을 들고서 혀끝을 살짝 갖
다 댔는데도, 그 씁쓰레한 맛처럼 암울한 그 무엇이 가슴속 깊이 계속
남아 있는 듯했다.

"경미야, 요새 남편하고의 사이는 어때?"

"……."

"두 사람 사이는 괜찮으냐니까?"

"괜찮기는…… 항상 그렇고 그렇지 뭘."

경미는 커피잔을 손바닥으로 어루만지며 심드렁한 표정으로 대답
하다 말고, 의아스러운 눈초리로 그녀를 힐끔 쳐다보았다.

"왜 너는 남편하고 싸웠어?"

"싸우기는커녕 거의 말 한마디도 하지 않고서 지낸 지가 벌써 열흘
은 더 됐을 거야."

커피를 찔끔 마시고 있는 영은의 입에서 한숨이 저절로 흘러나왔다.

"오늘 전수정 학생하고 부모님의 이혼 문제에 대해서 상담했지만,

사실 그런 상담은 내가 받아야 할 거 같아. 내일이라도 당장 남편하고 이혼할 수 있으면 좋겠다는 생각을 한 적이 한두 번이 아냐."

"남편이 그렇게도 싫어?"

"응."

경미의 물음에 고개를 끄떡이고 있는 영은의 두 눈에 얇은 이슬이 언뜻 어리는 듯했다.

"기껏해야 자기도 쥐꼬리만 한 월급을 받은 채 중소기업에 다니고 있으면서도, 내가 비정규직으로 직장 생활을 하고 있다고 얼마나 사람을 무시하는지 몰라. 여자가 집에서 아이들이나 잘 키우고 또 살림이나 잘할 것이지, 그까짓 몇 푼 벌려고 학교에 아침마다 꼬박꼬박 출근하느냐고 비아냥거리곤 해."

그녀는 커피를 조금 빨리 마시면서 계속 울렁거리고 있는 가슴을 진정시키기 위해 애썼다. 그 옛날에 그녀에게도 직장과 결혼 중 한 가지를 선택할 기회가 두세 번 있었는데, 일시적이나마 사랑이라는 것에 눈이 멀기도 하고 또한 부모님이 강요로 결혼을 선택한 것이 너무나 후회가 되었다. 별다른 애정도 없이 미움만이 남아 있는 이 결혼생활이 언제까지 지속이 될 것인지, 잔뜩 찌푸리고 있는 남편의 얼굴이 떠오를 때마다 마음이 더욱더 우울해지는 듯했다.

"사실 이번에 추석을 지내고 나서 남편과 이혼하려다가 말았어."

"뭐? 정말로 이혼하려고 했다고?"

"응. 남정태는 자기밖에 모르는 너무나 이기적인 사람이라서 도저히 더 이상 같이 살 수가 없다니까? 자기와 마찬가지로 나도 똑같이 직장 생활을 하고 있는데도 그 인간은 집에서 손 하나 까딱하지 않으려고 해. 그래서 내가 퇴근한 후에 밤 12시까지 집 안 청소와 설거지와 빨래 같은 살림살이들을 모조리 다 혼자서 해야 한단 말이야."

그녀는 올해 추석에, 시댁에 갔을 때도 나이가 여든세 살인데도 아직도 정정한 시어머니의 이런저런 잔소리를 다 들어가며, 이틀 동안 온몸이 파김치가 될 정도로 온갖 일을 다 해야만 했다. 명절 전날에는 거의 잠을 못 자고서 밤을 꼬박 새워가며 음식물을 만들고, 또 그다음 날에도 늦은 저녁때까지 수많은 사람의 뒷수발을 다 하기 시작했다. 콧구멍만 한 미장원을 운영하는 그녀의 막내 동서는 매년 명절 전날 밤까지 손님들을 받아야 한다면서 다음날 차례를 지낼 때가 되어서야 시댁에 왔다. 그래서 그녀는 시댁에 도착하자마자 형님 동서하고 둘이 소고깃국을 큰 가마솥에 한가득 끓이거나 부침개를 큰 소쿠리 3개에 가득 찰 정도로 만들고, 또한 명절날에는 안방과 두 개의 윗방에 꽉 들어차게 앉아 있는 사람들에게 쉴 새 없이 음식들을 날라다 주곤했다. 그리고 식사가 끝날 때마다 산더미처럼 쌓여 있는 빈 그릇들을 전부 다 설거지를 한 채 단 한 번도 마음 편하게 엉덩이를 방바닥에 붙이고 앉아 있을 수 없었다.

"시댁이 있는 농촌에 가서 명절만 쇠고 오면 몸무게가 2~3kg은 빠지는 거 같아. 추석 전날에는 3형제가 새벽 2시까지 고스톱을 치면서 삼겹살을 구워 오라느니 과일을 깎아 오라느니 하면서 소리를 지르고,

또 추석 당일에는 차례를 지낼 때부터 그날 저녁 8시까지 아침 점심 저녁으로 삼시 세끼 30명 정도 되는 사람들의 상을 차려야 한다고. 시댁이 장손 집이라고 해서 사촌과 육촌들이 자식들까지 다 데리고 와서 식사하고, 또 그 마을 노인네들이 전부 다 들락날락하며 술을 마시네 식사를 하네 하면서 부산을 떠는 통에……."

"……."

"하지만 허리가 휘고 손발이 다 닳도록 일을 해봤자 나에게 돌아오는 것은 아무것도 없다니까? 그 마을의 노인네들은 온종일 방안에 틀어박힌 채 이것저것 다 시켜 먹으면서, 차례상에 음식들이 성의가 없이 차려졌다느니 또는 나물무침이 너무 짜다느니 또는 소고깃국에 고기가 너무 없다느니 하며 얼마나 잔소리를 많이 늘어놓는지 몰라. 그뿐만 아니라 나에게 고생이 많았다고 위로를 해주는 사람이 한 명도 없이, 오히려 남편은 내가 불평불만을 한마디라도 하면 일 년에 한두 번밖에 없는 명절을 치르는 게 뭐가 그리 대단해서 그러냐고 하면서 구박이나 할 따름이라고."

실내의 한가운데 기둥에 걸려 있는 동그란 시계가 저녁 6시에 점점 더 가까워지고 있는 것이 칸막이 너머로 영은의 두 눈에 언뜻 보였다. 그러나 그녀는 자리에서 일어서서 집으로 가고 싶은 생각이 거의 들지 않았다. 현재 직장을 그만둔 채 다른 유치원 자리를 알아보고 있는 딸은 임시로 하는 아르바이트 때문에 밤늦게 집에 올 것이고, 또 고등학교 3학년인 아들도 야간 자습이 끝나고서 밤 11시가 넘어서 집에 올

텐데 그때까지 썰렁한 집안에서 남편하고 둘이 뭘 하면서 지내야 할까? 조금 후에 된장찌개라도 급히 끓여서 남편과 저녁 식사를 같이 해야 하나, 아니면 아침에 먹던 찌개를 데워 놓은 다음에 식탁에 남편 식사만 달랑 차려놓고서 안방으로 휑하니 들어가 버려야 하나? 얼굴만 마주치면 이런저런 시비를 걸며 말다툼이나 하다가 마음에 상처를 입은 채 며칠 동안 말 한마디도 않고 지내는 생활이 생각만 해도 넌더리가 날 지경이었다.

"어떻든지 먹고 살 능력만 있다면 당장이라도 집을 나와서 10평짜리 원룸이라도 얻어서 혼자 살았으면 좋겠어. 그런데 여차 잘못하다가는 몇 달 후부터 학교를 그만둘지도 모르는데 달리 다른 방법이 없잖아?"

"내년에 우리 학교에서 임용받지 못하면 다른 학교에서 근무하면 될 거 아냐?"

"글쎄, 어떻게 될지 모르겠어. 교육청에다 일단 이력서를 제출했는데 그 모든 것이 다 내 뜻대로 될는지……."

경미는 실내의 벽시계가 보이지 않자 쓴 미소를 짓고 있는 영은의 얼굴에서 시선을 떼고는 자기의 손목시계를 힐끔 쳐다보았다. 남편은 퇴근한 후에 상갓집에 들렀다가 집에 늦게 온다고 했으니까 대학교 2학년생인 아들에게 전화한 후, 영은에게 시내에서 간단하게 저녁 식사나 하자고 할까 하고 생각했다.

그런데 경미와는 달리 자리에서 일어날 생각이 거의 없던 영은은 새로운 내용을 갖고서 입을 다시 열기 시작했다.

"한 달쯤 전인 한여름에 황기선 국회의원에게 1심 판결이 난 것에 대해 너는 어떻게 생각해? 유혜림 비서가 나처럼 비정규직이라서 그런지 나는 그 사건에 관심이 무척 많았는데, 권력을 이용한 무자비한 성폭행을 서로 사랑하는 연인 사이에서 벌어진 일로 판결하다니 뭔가 아주 잘못된 거 같더라고."

"그래. 네 말대로 자신의 생존권을 거머쥐고 있는 막강한 권력 앞에서 아무런 힘도 없는 여비서가 자기 의사 표현을 제대로 할 수가 없었을 텐데, 어떻게 그런 판결을 할 수 있었을까?"

"그래서 옛날보다는 많이 좋아졌다고는 하더라도 우리나라에서는 여자들이 살기에는 아직도 너무 힘든 거 같다는 것을 그 판결을 보고서 느꼈어. 대학을 나와서 어렵게 취업해도 결혼하면 직장을 그만둬야 하고, 또 용케 직장 생활을 지속하게 되었다고 해도 애를 낳거나 키우려면 어쩔 수 없이 직장을 그만둬야 하니……."

"어디 그것뿐이야? 일상적인 생활공간에서도 남자들은 아무런 거리낌 없이 마음대로 살아가지만, 여자들은 전혀 그럴 수가 없잖아? 예를 들어서 여자 혼자서 엘리베이터를 탔는데 낯선 남자가 뒤따라서 타면 공연히 가슴이 두근거리기도 하고, 또 어두운 밤길도 그 무슨 위험한 일이라도 생길까 봐 제대로 다닐 수가 없기도 한데……."

경미가 자기의 목소리가 다소 큰 듯하자 입을 재빨리 다물고서 엉거주춤 일어났다. 그리고 칸막이 너머로 주위를 한 번 휘둘러보았으나 저쪽 창가에 있는 테이블에 두 명의 여자만 앉아 있을 뿐, 다른 손님들은 더 이상 보이지 않았다.

그런데 그때 영은은 느닷없이 핸드백 밑에 놓여 있던 스크랩북을 들고서 그녀의 옆 빈 의자에 가서 앉더니 스크랩북을 펼쳤다. 그리고 손가락으로 그 무엇인가 가리키며, 자기가 나중에 학생들에게 성 문제에 대해 상담하거나 강의하기 위해서 한 달 전에 있었던 황기선 국회의원에 대한 1심 판결문을 모아놓았던 자료들이라고 했다. 그러면서 그것을 얼마나 엉터리로 판결했는가 하는 것을 잘 들어보라고 하며, '이 사건은 정상적 판단력을 갖춘 성인남녀 사이의 일이고, 저항을 곤란하게 하는 물리적 경제력이 행사될 구체적 증거가 보이지 않는다.'라고 속삭이는 듯한 어조로 읽었다. 즉, 그 당시에 그 여비서가 혀를 깨물고 죽어서라도 거부 의사를 분명히 밝혔어야 하는데, 그렇게 하지 않았기 때문에 성폭행이 아니라 서로 호감을 느끼고서 한 행위라고 판결했다고 덧붙여서 말했다.

다소 흥분한 상태에서 열변을 토하던 영은은 목이 꽉 메는지 말을 끊고서 헛기침을 짧게 한두 번 했다. 그리고 유리컵에 있던 물을 쭉 들이켜고서 컵을 탁자에 탁하고 내려놓더니, 스크랩북의 다른 부분을 손가락으로 가리켰다.

"어떻든 그 국회의원에 대한 1심 판결 중에서 아무리 생각해도 이해할 수 없는 것들이 몇 가지가 있는데, 여기에 적혀 있는 기사의 내용 좀 한 번 보도록 해 봐. 황기선 씨가 혜림 씨에게 그 어떤 물건을 가져

들불 축제

오라고 심부름을 시켰을 때도 '그 물건을 황기선 씨의 방문 앞에 두고 서 문자 메시지를 보내기만 했어도 그것을 가져다주는 업무는 지시대 로 수행하되, 간음에는 이르지 않을 수 있었을 것으로 보임에도 그러 하지 않았다.'라고 하면서 그 모든 사건의 발생 원인을 그 비서의 부주 의 탓으로만 돌렸다니까?"

"네 말대로 여비서가 그 물건을 방문 앞에 갖다 놓고서 돌아오지 않 은 채, 방 안에 들어가서 그것을 직접 전달해 주는 바람에 그런 일이 일어났다고 판결하다니 너무나 어처구니가 없군."

경미가 혀를 끌끌 차며 고개를 끄떡이고 있는데 영은은 스크랩북의 다른 페이지를 또 펼쳤다.

"그에 반해서 그 무죄 판결에 대해 유혜림 씨가 반박하는 기고문을 쓴 것을 보면, 자기 자신은 황기선 씨의 눈밖에 벗어나지 않은 채 직장 을 계속 다니기 위해 그 모든 지시 사항을 다 수행했다고 했어. 그런데 오히려 그 모든 것이 재판 중에는 가해자의 억지 주장을 뒷받침해 주 기 위한 근거로만 사용되었다고 하면서 너무 억울하다고 하소연했더 라고."

"······."

"물론 유혜림 씨도 여자이기 때문에 가끔 황기선 씨가 자기를 진 정으로 사랑하고 있다고 착각해서, 그 폭력에 길들어진 채 그것에 적 극적으로 대항하지 못했을 수도 있어. 하지만 내 생각에는 황기선 씨 는 이 사회의 지도자로서 넘어서는 안 될 선을 넘었기에 성폭력범이라고 규정지을 수밖에 없는 거야. 서로 사랑하네, 그렇지 않네 하는 것은 이차적인 문제이고, 그 모든 것을 떠나서 목사는 여신도하고 또 교사는 여학생하고 또 정치가는 비서하고 또한 회사의 사장님은 부하 여직원과 성관계를 맺어서는 안 되는 것이 이 사회의 절대적인 금기이기 때문이지."

잠시 침묵이 흐르는 사이에 경미는 다소 답답함을 느끼며 그녀에게 그만 밖에 나가자고 말할까 하고 망설였다. 그러나 영은은 유리컵에 남아 있던 냉수를 마저 다 마시고는, 목이 아프지도 않은지 다소 착 가라앉은 목소리로 말을 또 이었다.

"그 국회의원에 대한 판결문에서 알 수 있듯이 대한민국 사람 중에는 아직도 편협한 사고방식에 사로잡혀 있는 사람들이 너무나 많다니까? 여자가 남자에게 성폭행당할 때 자칫 잘못하면 죽을지도 모른다는 공포심과 이 사실이 다른 사람들에게 알려지면 어떻게 하나 하는 수치심 같은 것을 전혀 이해하지 못하고서 얼토당토않은 생각을 하는 ……."

다소 흥분된 듯이 발갛게 상기되어 있는 영은의 얼굴에 미소인지 그 무엇인지 알 수 없는 야릇한 그 무엇이 살짝 스치고 지나갔다.

"그와 같이 여러 가지 사례에서 알 수 있듯이 우리나라에서는 여자가 자기 목숨을 내놓기 전에는 어지간해서 성폭행당했다는 것을 인정받기가 그리 쉽지 않은 거 같아. 그래서 그 언젠가도 여자가 남자의 성폭행을 피하다가 모텔의 창문에서 떨어져 죽었는데도, 두 사람이 말다툼하다가 여자 혼자서 창밖으로 뛰어내렸다는 남자의 말만 믿고서 그 남자에게 무죄가 선고되었다고 하더라고."

III

1.

송영문이 어깨를 축 늘어뜨리고서 터벅터벅 걸어가고 있는 보도 위를 어스름한 황혼이 얇게 깔리기 시작했다. 엊그저께와 어제 이틀 동안 비가 계속 쏟아지더니 기온이 뚝 떨어지면서 계절은 완연히 가을로 접어든 듯했다. 건물 뒤쪽에서 불어온 한결 싸늘해진 바람이 모멸감과 자괴감으로 일그러져 있는 그의 얼굴을 스치고 지나갔다. 오늘 오후에 올해 들어서 두 번째로 채용박람회에 갔다 왔지만, 몇 달 전에 처음 갔을 때와 마찬가지로 그가 얻은 것은 아무것도 없었다. 그저 인생의 낙오자들같이 생긴 늙수그레하게 생긴 사람들 틈에 섞여서 우왕좌왕 휩쓸려 다니며 시간이나 허비했을 따름이지…….

'그전에, 학교에 있을 때 정신을 좀 더 차리고서 근무를 똑바로 할 것을 지금 대체 무엇을 하는 것인가?'

그는 오후 3시에 그곳에 도착했을 때부터 당장 뛰쳐나가고 싶은 충동을 가까스로 참고는, 별다른 생각도 없이 사람들이 그다지 붐비지도 않는 두 군데의 부스에다 이력서를 제출했다. 또 여기저기 돌아다니다가 다리가 아프면 부스에 앉아 있는 상담원들과 쓸데없는 이야기나 몇 마디 주고받은 채 두 시간쯤 보내고서 그곳을 쓸쓸히 빠져나왔다.

어느새 학교를 그만둔 지 7~8개월이라는 세월이 흘렀는데도, 30년 동안 해온 직장 생활이라서 그런지 그의 모든 생체리듬과 감각은 아직도 학교라는 울타리에 얽매여 있는 거 같았다. 그래서 의식적으로 아무리 잊으려고 해도 그것에서 좀처럼 벗어나지 못한 채 그의 머릿속에는 온종일 수업 시간과 점심시간과 청소 시간 같은 장면들이 저절로 그려지곤 했다. 그리고 요즘에도 밤에 잠을 잘 때도 가끔 꿈속에서 그 학교의 선생들과 학생들을 만나기도 했다. 그런데 그 무엇보다도 교사 생활을 할 때와 그렇지 않을 때 수입 면에서 큰 차이가 나서, 그전처럼 정상적인 가정생활을 꾸려나가기에는 너무나 부족했다. 물론 연금을 받아서 근검절약하면 그럭저럭 먹고 살 수는 있지만, 50대 후반밖에 되지 않았는데도 언제까지나 빈둥빈둥 놀 수만은 없어서 마땅한 일거리가 있을까 하고 아무리 애를 쓰고 찾아봐도 그 뜻을 전혀 이룰 수 없었다.

그런데 얼마 후 15년 가까이 된 낡은 차를 달달 끌고서 집에 도착하여 현관문을 열고서 안으로 들어서자, 그는 집안의 분위기가 심상치 않음을 느꼈다. 곧 그가 구두를 벗고서 거실로 조심스럽게 올라서고 있는데, 뾰로통한 표정을 짓고서 소파에 앉아 있던 그의 아내인 김미애가 그를 향해 대뜸 입을 열었다.

"나혜 결혼식이 앞으로 몇 달 남지 않았는데 당신은 어떻게 하려고 해? 도형이의 휴가 시기에 맞추어서 두 사람이 1월 초에 결혼한다고 하니까, 기껏해야 3~4개월밖에 시간이 남아 있지 않은데……."

"……."

"신부 아빠로서 당신이 그 무엇이든 빨리 결정해 줘야지 나혜가 결혼하든지 말든지 할 거 아냐?"

"결혼할 당사자인 두 사람이 알아서 하면 되는 것이지 나보고 뭘 어떻게 결정하라고 하는 거야?"

영문은 톡 쏘아보는 미애의 시선을 피하며 딸인 송나혜의 옆에 살짝 걸터앉았다.

"요즘에 젊은 사람들이 결혼하는 것이 무슨 어린아이들이 소꿉장난하는 것인 줄 알아? 아무리 검소하게 결혼식을 치른다고 해도 신부 측에서 드는 비용이 몇억이나 된다고 하더라고."

"뭐? 그까짓 결혼식을 한 번 치르는데 신부 측에서 몇억이나 써야 한다고?"

현재 자신이 처해 있는 상황에서 대체 무엇을 어떻게 하라고 그러는 건지, 그는 너무나 어처구니가 없어서 코웃음을 쳤다.

일반 대학교의 불문과를 졸업했던 송나혜는 마땅한 직장에 들어가지 못하고 3~4년간 공무원 시험공부를 했지만, 그것이 별다른 가능성이 없자 그 도시에 있는 화학연구소에 임시직으로 취업했다. 그런데 그곳에서 연구원으로 근무하고 있던 마도형을 만나 2년쯤 사귀다가 결혼까지 하기에 이르렀다. 현재 나이가 32살인 도형은 미래가 촉망받는 청년으로서, 나중에 대학원에서 박사과정까지 밟은 다음에 대학교에서 교수 생활을 할 예정이라고 했다.

"도형이가 우선 신혼집인 전셋집을 1억 7천만 원에 얻는다고 하던데, 우리가 5천만 원가량 도와줘야 할 거 같아."

"도형이가 현재 회사 부근에 있는 전셋집에서 살고 있다고 했잖아? 그럼 두 사람이 결혼한 후에 거기서 살면 되는 것이지 무슨 전셋집을 또 얻는다고 하는 거야?"

"그 전셋집은 아주 오래되고 낡은 다가구주택의 1.5룸인데 그곳에다가 어떻게 신혼살림을 차리라고 그런 말도 안 되는 소리를 하고 그래?"

"……."

"아무튼, 두 사람이 결혼하자마자 새로 지은 아파트의 28평 정도 되는 곳으로 이사 갈 건데, 나혜에게 그 정도의 돈을 보태 달라고 하는 것 같더라고."

영문은 30년 전에 미애와 결혼했을 때 양옥집의 2층에 있는 손바닥만 한 다락방에 전세를 얻어서 신혼살림을 차렸다. 또 거기서 두 아이를 낳고서 키울 때까지 네 식구가 7~8년 동안 함께 살았건만, 두 사람은 딸린 자식들도 없는데도 28평 아파트에서 산다는 것이 이해되지 않았다.

그런데 그가 다소 답답함을 느끼며 베란다 너머에 깔린 어둠을 향해 고개를 막 돌리는 순간, 그녀의 날카로운 목소리가 그의 상념을 다시 깨버렸다.

"또한 혼수와 예단도 준비하려면 몇천만 원을 더 써야 한다고."

"뭐라고? 그건 또 무슨 소리야?"

"……."

"혼수는 뭐고, 또 예단이라는 것은 무엇을 말하는 건데?"

어리둥절한 표정을 짓고서 반문하는 그를 보며 미애가 어처구니가 없다는 듯이 혀를 끌끌 찼다.

"신부 아버지가 되어서 그런 것들도 제대로 모르다니…… 예단은 신부가 시집 식구들한테 예를 갖추기 위해 선물을 하는 것이고, 또 혼수는 신혼살림을 차릴 때 필요한 물건들을 말하는 거야. 그런데 그것들을 제대로 하려면 몇천만 원을 더 써야 한단 말이야."

별안간 그녀는 소파의 탁자 위에 놓여 있던 연습장을 집어 들어서 그것을 그의 두 눈앞에 펼쳐 보였다.

"자, 며칠 동안 나혜하고 둘이 상의해서 혼수품의 목록들을 적어놓은 것들이니까 한번 쭉 읽어 보도록 해."

곧 그는 그것을 받아 쥐고서 대충 훑어보기 시작했다.

<가전제품: 세탁기, 냉장고, TV, 컴퓨터, 오디오, 청소기, 홈시어터, 가스오븐레인지, 김치냉장고, 전기밥통, 믹서기, 전화기, 다리미, 토스터, 가습기, 헤어드라이어

가구: 장롱, 침대, 화장대, 식탁, 소파, 책상, 책장, 수납장, 스탠드

주방용품: 그릇, 수저, 냄비, 프라이팬, 김치통 세트, 티스푼, 상, 머그잔, 쟁반, 주전자 등등>

"그럼 결혼하려면 신부 측에서 이 많은 것들을 다 준비해야 하는 거

야?"

"그걸 말이라고 해? 그것도 최소한으로 줄여서 신혼생활에 꼭 필요한 물건들만 적어놓은 것이건만……."

그는 한숨을 짧게 내쉬며 그 노트를 탁자 위에다 휙 집어 던졌다.

"그럼 신랑댁에 보낼 예단으로는 무엇을 준비해야 하는 건데?"

"예단은 보통 반상기 세트와 은수저 세트와 이불 같은 것들 하고, 또한 현금을 보내는 건데 최근에는 주로 현금만 보낸다고 하더라고. 그래서 나도 결혼식을 올리기 한 달쯤 전에 손 없는 날을 잡아서 도형이네 집으로 2천만 원을 보낼 생각을 하고 있어."

"뭐? 요즘과 같은 우리 집 형편에 예단으로 2천만 원을 보내다니 그걸 지금 제정신으로 하는 소리야?"

그는 조금 전보다도 더 깜짝 놀라는 표정을 지었지만, 그녀는 조금도 아랑곳하지 않고서 다시 말을 이었다.

"도형이의 할아버지와 할머니, 또 부모님과 그 부모님의 형제자매들, 또한 도형이의 두 누나까지 합쳐서 그쪽 집안사람들이 대략 스무 명이 넘는다는데 적어도 그 정도는 해야 할 거 아냐? 그리고 우리가 2천만 원을 보내면 도형이네 집에서 그것의 반인 천만 원을 우리에게 도로 보낼 테니까, 예단에 대해서는 너무 걱정하지 않아도 돼."

그는 그 무엇이 어떻게 되든 말든 그녀의 말을 조금이라도 더 듣고 싶지 않아서 안방으로 들어가기 위해 자리에서 부스스 일어났다. 그러나 걸음을 막 떼려고 하는 그를 향해 미애가 형광등 불빛 아래에 반들거리며 빛나고 있는 얼굴을 곧바로 들었다. 차갑게 경직된 그 얼굴에는 자식들의 일이라면 그 무슨 일이 있어도 단 조금도 양보할 수 없다는 어미로서의 완고함이 그대로 드러나 있는 듯했다.

"지금까지 결정된 것이 아무것도 없는데, 아무 말도 없이 그냥 일어서서 방으로 들어가려고 하면 어떻게 해?"

"그럼, 직장에 다니지도 않으면서 집에서 빈둥빈둥 놀고 있는 나보고 뭘 결정하라고 자꾸 그러는 거야?"

"그래서 그동안 곰곰이 생각해 왔던 건데……"

순간적으로 뜸을 들이는 척하다 말고, 뜻밖의 말이 그녀의 입에서 툭 흘러나왔다.

"아무래도 이번에 Y 아파트를 팔든지 해야겠어."

"뭐라고?"

결국 그녀가 하고 싶던 말이 이것이었나 하는 생각이 들자, 그는 낙담한 표정을 짓고서 자리에 도로 털썩 주저앉았다.

"내가 엊그저께 부동산에 Y 아파트의 시세를 알아보니까 현재 시세로 9천2백만 원을 받을 수 있다고 하더군. 그래서 그것을 팔아서 대출로 2천만 원을 받은 것을 갚고서, 그 나머지는 나혜 시집가는 데 쓰도록 할 생각이야."

"안 돼! 그것만은 절대로 안 돼."

그는 그녀의 말이 채 끝나기도 전에 불그스름하게 상기된 얼굴로 단호하게 딱 잘라서 말했다.

아버지가 돌아가실 때 유산으로 물려받은 변두리에 있던 땅을 그는 5년 전에 팔아서 어머니와 함께 4 형제자매가 7천만 원씩 나누어 가졌다. 그리고 그 돈에다가 2천만 원을 대출받아 재개발될 것이라는 소문이 나 있던 40년 가까이 된 28평 아파트를 노후 대책을 위해 샀던 것이다. 그러나 몇 년이 지나도 가격이 조금이라도 오를 기미가 보이지 않자, 조만간에 그것을 적당한 가격에 판 다음 조그만 장사라도 해볼 생각을 하고 있었다.

"나혜가 그동안 직장을 다니면서 얼마라도 모아놓은 돈에다가 은행에서 대출 좀 받은 다음에 결혼식을 올리면 되는 것이지, 그것을 왜 느닷없이 판다고 그러는 거야?"

"나혜가 직장 생활하면서 모아놓은 돈이 얼마나 된다고 그런 말도 안 되는 소리를 하고 그래? 그리고 또 우리가 조금 전에 말했던 것 말고도 아직도 준비해야 할 것들이 수두룩하게 더 남아 있다고. 신랑의 결혼반지와 결혼 시계를 마련해야 하고, 또 예식장도 예약해야 하고, 또한 여행사에다 신혼여행 갈 것도 예약해야 해. 그뿐만 아니라 신랑 아버지가 자기와 자기 집안의 체면을 생각해서라도 예식장도 지방에 있는 것이 아니라 서울에 있는 호텔에서 할 생각인 거 같더라고."

갈수록 태산이라더니 그녀가 말하는 것이 너무나 가관이라서 그는 도저히 더 이상 들을 수가 없었다. 그래서 가슴속에 그 무엇이 불끈 치밀어 오르는 것을 느끼며 큰 소리로 톡 쏘아붙였다.

"그러니까 내가 애초에 우리하고 격이 맞는 집안하고 혼인하라고 했잖아? 참새가 황새를 쫓아가다가는 가랑이가 찢어진다고 했는데, 고위 공무원 집안이네 무슨 집안이네 하는 곳에다가 딸을 기어코 시집보내려고 하더니만……."

영문은 4개월쯤 전에 가족들과 함께 서울에 올라가서 양쪽 집안끼리 상견례를 했던 것을 생각하면 지금도 등골이 오싹해지는 것을 느꼈다. 더군다나 그 당시에, 학교에서 쫓겨난 지 얼마 되지 않았을 때라서 그런지, 호텔의 고급스러운 식당의 다소 긴장감이 흐르던 분위기 속에서 그는 2시간 내내 더욱더 의기소침한 상태에 앉아 있어야만 했다. 그때 정부종합청사에서 고위 공무원으로 근무하고 있다면서 거드름을 피우던 신랑의 아버지는, 교장으로 승진도 하지 못한 채 평교사로 명퇴했다고 하는 그를 한심하다는 듯한 눈초리로 쳐다보았을 뿐이었다.

"하지만 나는 아파트를 판 데다가 또한 이것저것 다 끌어모아서 만든 돈으로 나혜를 도형과 결혼시키고 싶은 생각이 조금도 없어. 나혜가 그런 식으로 그 집안으로 시집을 간다고 한들 얼마나 행복하게 살겠어?"

"그렇다면 서른 살 가까이 된 딸을 결혼시키지 않고서 당신이 언제까지 데리고 살려고 해?"

"어떻든지 Y 아파트는 절대로 팔 수가 없다니까? 나중에 내가 그것을 팔아서 장사 밑천으로 할까 하고 생각하고 있었는데, 왜 자꾸 그런 쓸데없는 소리를 하냔 말이야?"

그런데 그때 그의 말이 채 끝나기도 전에 시큰둥한 표정을 지은 채

들불 축제

말 한마디도 하지 않고서 앉아 있던 나혜가 소파에서 벌떡 일어났다. 그리고 울먹이는 듯한 표정에 붉게 충혈된 눈으로 영문을 힐끔 쳐다보더니, 자기 방으로 횅하니 들어간 다음 문을 꽝하고 닫아 버렸다.

두 사람만이 남아 있는 거실에 순간적으로 질식할 듯한 침묵이 흘렀다. 그와 함께 베란다 너머로 점점 더 짙어지고 있는 어둠처럼 그의 가슴속에도 암담한 그 무엇이 계속 도사리고 있는 듯했다.

'가족들 모두가 기쁜 얼굴로 언제 한 번 밝게 웃을 수 읽을까?'

그가 학교를 그만두었던 이후로 그의 가족들은 그 누구도 입을 크게 벌리고서 호탕하게 웃었던 적이 거의 없었던 거 같았다. 서로 어둡게 일그러진 얼굴로 말다툼이나 하다가 상대방에게 짜증이나 버럭 내기나 하면서……. 만일 영문이 그전처럼 학교에서 근무하고 있다면 이번에 나혜가 도형과 결혼을 하는 것도 그다지 큰 문제가 되지 않을 것이다. 벌써 예식장을 예약한 다음 청첩장을 만들어서 야단법석을 떨며 여기저기 돌리고, 또한 조금도 망설임 없이 Y 아파트를 팔아서 혼수품과 예단을 준비했을 것이다. 그러나 몇 달 전에 실업자가 되면서 인생의 기쁨과 즐거움을 한꺼번에 잃어버린 것처럼, 이제는 아무런 의욕도 없이 그저 모든 것이 될 대로 되라는 식으로 관망만 하고 있었다.

"당신이 원하고 있는 대로 내년 1월에 두 사람이 결혼하는 것을 나혜에게 정말로 그만두라고 할까? 사실 돈도 없고 아무것도 없는데 어떻게 결혼식을 무사히 치를 수가 있겠어?"

별안간 그녀가 정적을 깨고서 수심이 가득한 얼굴로 나혜의 방에 들리지 않게 조그만 어조로 말했다.

"그날 결혼을 할 때도 당신 손님들은 예식장에 얼마 오지도 않을 거 아냐? 학교 선생님들은 당연히 한 명도 안 올 뿐 아니라, 또 이와 같은 상황에서 당신 친구들도 몇 명 오지도 않을 거 같은데……."

그는 더욱더 핼쑥해 보이는 그녀의 얼굴에서 시선을 떼고서 두 눈을 꼭 감았다. 그리고 마른침을 꿀꺽 삼키며 가슴속 깊은 곳에서 저절로 터져 나오려고 하는 한숨을 가까스로 참았다.

"만에 하나 당신이 학교에서 명퇴한 것이 아니라 사고를 쳐서 그만두게 되었다는 소문이 사돈댁의 귀에라도 들어가면 어떻게 하려고 해? 지금도 도형이 아버지가 자기는 고위 공무원이라고 해서 평범한 우리 집하고 사돈 관계를 맺는 것을 탐탁지 않게 생각하고 있는데, 그런 수치스러운 일이 있었던 것이 그 사람의 귀에 들어가기라도 한다면 그때는 어떻게 하려고 하냐고? 과연 그토록 콧대가 높고 자존심이 강한 사람들이 두 사람의 결혼을 승낙하겠어?"

"……."

"정말 자신이 없어. 나는 앞으로 아무것도 할 자신이 없단 말이야."

어느새 속삭이는 듯한 어조로 말하던 그녀의 목소리가 조그맣게 흐느껴 우는 듯한 소리로 바뀌기 시작했다. 그러나 그는 여전히 두 눈을 감은 채 자신의 모든 것이 어두운 심연의 늪으로 끝없이 떨어지는 것만을 느끼고 있었다.

2.

퇴근 시간이라서 그런지 전철 안은 수많은 사람으로 발 디딜 틈도 없이 붐벼서 차창 부근에 서 있는 주경미는 몸을 제대로 움직일 수가 없었다. 그래서 천장에 매달려 있는 손잡이를 한 손으로 꽉 움켜잡은 채 차창 너머로 멍하니 시선을 두기만 했다. 오늘은 고등학교 친구인 남연주의 생일이라서 친구들 세 명과 함께 저녁 식사를 하고, 또 밤늦게까지 술을 마시며 같이 돌아다니기로 했다. 그런데 저녁 7시에 친구들을 만나기로 한 식당이 시청 지하철역 부근에 있어서 택시 대신에 지하철을 탔건만, 기껏해야 일 년에 한두 번밖에 이용하지도 않는데도 이처럼 혼잡할 줄은 미처 생각하지 못했다.

얼마 동안 그녀가 차창 밖으로 쏜살같이 지나가고 있는 풍경을 바라보고 있는데, 느닷없이 뭉툭한 그 무엇이 그녀의 엉덩이에 부딪혔다. 그와 동시에 거친 숨결이 목덜미를 훅하고 스쳐 지나가는 듯해서 그녀가 깜짝 놀라며 홱 뒤돌아보았다. 그러자 중절모자를 쓰고 있는 50대 중반 정도 되어 보이는 남자가 그녀의 날카로운 시선을 피해 고개를 슬그머니 다른 곳으로 돌렸다. 그녀는 그가 성추행 범일지도 모른다는 생각이 들었으나 확실한 증거도 없는데 달리 다른 방법을 취할 수 없었다. 사람들 틈에 꽉 끼어 있는 상태에서 소리를 크게 지르며 다른 사람들에게 도움을 요청할 수가 없고, 또 스마트폰으로 112에 전화해서 경찰을 부를 수도 없었다. 그저 모른 척하고서 이곳을 빨리 벗어나는 것만이 최선의 방법일 거 같아서, 사람들 틈을 헤치며 저쪽으로 부리나케 걸음을 옮겼다.

그런데 얼마 후 그녀는 전철에서 내린 다음 약속 장소로 급히 가다 말고 뭔가 이상한 느낌이 들어서 걸음을 멈추고는 부스스 뒤돌아섰다. 그러자 전철 안에서 만났던 중절모자를 쓰고 있는 그 남자가 지하도에서 땅 위의 지상으로 막 올라오고 있는 것이 언뜻 보였다. 곧 그녀는 소스라치게 놀라며 벌렁거리고 뛰는 가슴을 진정시킨 채, 체크무늬의 중절모자와 동그스름하게 생긴 그 남자의 얼굴을 빤히 쳐다보았다. 그 순간 그는 전철 안에서 했던 거와 마찬가지로 멈칫, 걸음을 멈추고는 슬그머니 옆으로 비켜서더니, 그 누구와 통화라도 하는 것처럼 손에 들고 있던 스마트폰을 자기의 귀에다 갖다 대는 척했다.

'만일 저 스마트폰으로 내 뒷모습을 찍기라도 했으면 어떻게 하나?'

초저녁의 서늘한 바람이 화끈거리며 달아오른 그녀의 얼굴을 스치고 지나갔다.

그녀는 이내 정신을 가다듬고서 회색 바바리코트를 입고 있는 자기 모습을 재빨리 흝어보았다. 설마 능구렁이같이 교활하고 음흉하게 생긴 저 사람이 전철에서 내린 다음 자기의 뒤를 쫓아올 것이라고는 미처 생각하지도 못했다. 약속 시간에 조금 늦어서 걸음을 거의 뛰다시 피 했던 거 외에는, 지하도의 계단을 올라올 때 뒤를 한 번이라도 돌아보지 않은 것이 너무나 후회되었다.

잠시 후 그녀는 도움이라도 청해볼까 하고 생각하고서 어두컴컴한 어둠이 깔린 주위를 한 번 휘둘러보았다. 그러나 8차선 도로에는 수많은 차가 헤드라이트를 번쩍이며 쏜살같이 치닫고 있을 뿐, 공교롭게도 길가에는 지나가는 사람이 한 명도 보이지 않았다. 그래서 무의식적으로 핸드백 안에서 스마트폰을 꺼내고는 112에 전화라도 하는 것처럼 번호를 눌러대는 척하자, 그는 길옆의 어두운 골목 안으로 슬쩍 사라져 버렸다. 밀가루로 반죽을 한 듯이 희멀겋게 생긴 얼굴에 의미를 알 수 없는 미소를 머금고서……

약속 장소에 가장 늦게 도착한 주경미가 가쁜 숨을 몰아 내쉬며 예약된 방의 문을 드르륵 열었다. 그리고 안으로 들어가서 강연주의 옆에 털썩 주저앉자마자 냉수를 유리컵에다 한가득 따라 마셨다.

"조금 전에 전철을 타고 오다가 이상한 남자를 만나는 바람에 무서워서 죽는 줄 알았어."

그녀는 아직도 발갛게 상기되어 있는 얼굴로 굳게 닫혀 있는 방문을 다시 한번 힐끔 쳐다보았다.

"나이가 60살이 다 되어 보이는 남자인데 전철 안에서 내 뒤에 서서 몇 번이나 치근덕거리는 거 같아서 다른 곳으로 피해 있었어. 그러다가 시청역에서 내려서 여기까지 걸어오는데 그때까지 내 뒤를 졸졸 따

라오더라니까? 내 뒷모습을 몰래 찍었는지 한 손에 스마트폰을 들고서
……."

"그래도 50살이 거의 다 된 네가 그 늙은 남자의 눈에는 젊고 예쁘
게 보였나 보네? 네 뒤를 계속 따라온 것을 보면……."

연주가 까르르 웃으며 한마디 하자 경미가 화를 버럭 냈다.

"지금 농담할 기분이 아니라니까? 그 미친놈이 빙글빙글 미소를 띤
얼굴로 내 뒷모습을 훔쳐보면서 여기까지 쫓아온 걸 생각하면 지금도
등골이 오싹해진단 말이야."

잠시 후 미닫이문이 열리더니 주문한 돼지 석갈비와 소주 2병이 방
안으로 들어오자, 모두 다 수선을 떨며 소주를 한 잔씩 주고받기 시작
했다. 그때 보험회사에 다니고 있는 도영지가 갈비를 우물우물 씹으며
입을 불쑥 열었다.

"경미가 지금 말을 하기에 이제야 밝히는 건데, 나도 1년쯤 전에 시
내에서 오후 5시에 손님을 만날 일이 있어서 모처럼 전철을 탔다가 그
런 일을 당한 적이 있었어. 그날 전철을 탄 지 한 5분쯤 지났을 무렵
에 내 뒤에 서 있던 노숙자처럼 생긴 노인이 자기의 몸을 내 몸에다 자
꾸 밀착시키려고 하더라고. 그래서 전철 안에 사람들도 그리 많지 않
았는데도 그런 어처구니없는 일이 일어나기에 너무나 황당해서 옆 칸
으로 몸을 황급히 피했어. 그런데 그 노숙자가 1분도 채 지나지 않아
서 무표정한 얼굴에 동태 눈깔처럼 흐리멍덩한 눈으로 내 뒷모습을 빤
히 쳐다보며 내 뒤를 계속 쫓아오더라니까?"

그녀도 경미처럼 숨을 한두 번 몰아 내쉬며 소주를 단숨에 홀짝 마셨다.

"얼마나 수치스러운 생각이 드는지 주위 사람들에게 뭐라고 한마디 하려고 했는데도, 혀가 뻣뻣하게 굳은 채 아무런 말도 나오지 않아서 어느 여고생 앞에 바짝 서 있기만 했어. 그러다가 다음 역에서 전철이 서는 즉시 뒤도 안 돌아보고서 후다닥 뛰어내렸다니까?"

영지가 말을 끊고서 돼지갈비를 젓가락으로 뒤적거리고 있는데, 네 명의 여자 중에서 가장 성격이 활달하고 적극적인 강연주가 한 마디 툭 내던졌다.

"하지만 여자들이 그런 일을 당했을 때 대부분 부끄럽기도 하고, 또 귀찮은 생각이 들어서 가만히 있는데 그러지 말고 적극적 대응을 해야 한대. 다른 사람들에게 소리를 질러서 도움을 요청하기도 하고, 또한 스마트폰으로 추행하는 장면을 촬영해서 경찰에 신고하기도 하면서……"

"눈앞이 침침할 뿐 아니라 다리가 후들후들 떨려서 제대로 서 있지도 못할 지경인데 어떻게 사진을 찍고, 또 112에 신고하라고 그런 말을 하는 거야?"

"맞아. 그 남자가 나를 만진 것을 본 사람들이 아무도 없는데 그것을 어떻게 신고해? 그런 것은 아예 엄두를 못 낸 채 그 자리를 어떻게 해서든지 빨리 피할 생각밖에 들지 않건만……"

영지의 말에 경미가 큰소리로 맞장구를 쳤으나 연주는 쓴 미소를 머금더니 다시 반박의 말을 했다.

"지하철 같은 데에서 일어난 성범죄 사건은 그 어떤 증거 같은 것이 없다고 해도, 피해자의 진술만으로도 수사가 진행되기 때문에 굳이 사진 같은 것을 찍지 않았어도 크게 신경 쓸 거 없어. 그런데 성추행은 친고죄라서 피해자가 직접 신고하지 않으면 범인을 체포할 수 없는데도 대부분 그렇게 하지 않을 뿐 아니라, 또한 용기를 내서 신고하더라도 막상 수사가 시작되면 중도에서 포기하는 사람들이 많아서 범인이 검거될 확률은 극히 낮다니까?"

생일을 축하하기 위해 모인 자리인데도 조그만 방 안의 분위기는 자꾸 이상한 방향으로만 흘러가는 듯했으나 영지가 입을 또 열었다.

"아무튼, 그런 일을 당하고 나서 며칠 동안은 잠도 제대로 자지도 못하면서 새벽에 퍼뜩퍼뜩 깨어나곤 했어. 또 너무 불결하고 꺼림칙해서 하루에 두세 번씩 샤워 했는데, 오죽하면 1년 전에 있었던 일을 여태껏 말 한마디 하지 않다가 이제야 처음으로 끄집어냈겠어. 지금도 시커먼 하회탈처럼 생긴 그 늙은 놈을 생각하면 온몸에 소름이 돋을 지경이라고."

얼마 동안 모두 별다른 말도 없이 식사하다가 그것이 거의 다 끝나갈 무렵에, 2차로 생맥줏집을 가자느니 또는 커피숍으로 가자느니 하면서 또다시 떠들어대기 시작했다. 그때 도영지는 소변을 보기 위해 방에서 나와서, 이 건물의 2층에 있는 식당과 당구장과 미장원이 공동으로 사용하고 있는 화장실로 갔다. 그리고 화장실 문을 열다가 화장실 문과 벽의 네댓 군데가 휴지로 꽉꽉 틀어 막혀 있는 것을 보고는 깜짝 놀라고 말았다. 이곳에서 용변을 보던 여자들이 그 누군가가 소형 카메라를 설치하지 않았을까 하는 두려움 때문에 그렇게 한 거 같았다. 세상살이가 각박해질수록 이상한 정신질환자들이 많아져서 그런지 최근 들어서 몰카 범죄자들이 더욱더 기승을 부리는 듯했다. 그녀가 엊그저께 신문에서 읽어 본 바에 의하면 몰카범들은 여성들의 은밀한 행동을 훔쳐보기 위해 좁쌀만 한 작은 카메라를 조그맣게 구멍이 난 곳에 닥치는 대로 설치한다고 한다. 두루마리 휴지나 휴지통 안에도, 또 화재경보기나 생수통에도, 또 벽시계와 벽에 걸려 있는 거울에도 조금이라도 미세한 틈새만 있으면 그 어느 곳에서든지…….

잠시 후 그녀는 소변을 대충 보자마자 그 안을 다시 한번 휘둘러보고는 그곳을 재빨리 뛰쳐나왔다. 만일 변기 위에 앉아 있던 자기 모습과 얼굴이 카메라에 찍혀서 사이버공간에 돌아다닌다는 것을 생각만 해도 정신이 아찔해지는 듯했다. 요즘에는 커피숍이나 식당 등 그 어느 곳에서든지 밖에서는 화장실을 될 수 있으면 이용하지 않는 것이 최선의 방법인데, 퇴근했을 때 회사에 있는 화장실에 들르지 않고서 급히 나왔던 것이 너무나 후회가 되었다.

곧 방으로 돌아온 영지가 자기 자리에 앉으면서 신경질적인 어조로 입을 또 열었다.

"오줌이 마려워도 꾹 참고서 집에 가서 쌀 걸 여기에 있는 화장실에 괜히 갔다 온 거 같아."

"왜 화장실에서 무슨 일이 있었어?"

연주가 호기심 어린 표정으로 짙게 그늘이 져 있는 그녀의 얼굴을 힐끔 쳐다보았다.

"응. 이곳에 있는 화장실을 이용하던 여자들이 몰카에 자신들이 용변을 보는 모습이 찍힐 거 같아서 그랬는지, 화장실의 벽 같은 곳에 조그맣게 구멍이 난 곳을 전부 다 휴지로 꽉꽉 막아놓았더라고. 이 나라의 남자들은 왜 그런 추잡한 장면을 보지 못해서 안달이 났는지 모르겠어."

"그것은 그런 것을 은밀하게 훔쳐보면서 짜릿한 쾌감을 느끼기 때문에 그렇게 한다고 하더군. 어떻든지 그런 변태 같은 남자들은 모조리 다 잡아서 가위로 그것들을 싹둑 다 잘라 버려야 한다니까?"

도영지가 투덜거리며 하는 말에 경미가 큰소리로 맞장구를 치며, 조금 남아 있는 소주를 마지막으로 마시기 위해 잔을 들었다. 그리고 몰카범들은 자기들이 무작위로 찍은 그 영상들을 외국에 서버를 둔 성인 사이트 같은 곳에 돈을 받고서 팔기도 한다던데, 국가에서 좀 더 강력하게 규제해야 하는 것이 아니냐고 이어서 말했다.

"하지만 그런 어처구니없는 행동을 한 인간들을 엄격하게 제재 좀 해달라고 모든 사람이 아무리 말해도 아무런 소용이 없다니까? 대한민국의 너그러운 판사들은 그런 피해당한 사람들이 얼마나 정신적인 고통이 심한가 하는 것은 거의 생각하지도 않고서, 그 몰카범들이 초범이라느니 또는 반성하고 있다느니 하면서 실형을 선고하는 경우는 극히 드물고 대부분 벌금형이나 집행유예를 선고한다고 하더군."

"그래. 영지의 말대로 나도 인터넷에 떠 있던 기사들을 검색해 봤더니, 몰카범들이 전철 안이나 백화점의 에스컬레이터나 술집의 화장실 같은 데에서 여자들의 은밀한 곳을 수백 번 촬영하다가 붙잡히더라도 90%를 벌금형이나 집행유예를 선고받는다고 하더라고. 몰카 피해를 당한 어떤 여자는 사람들이 자기를 알아보기라도 할까 봐 밖에도 거의 나가지도 않고, 또 어떤 여자는 디지털 장의 업체에 수백만 원을 주고서 그 영상을 지우기도 하고, 또한 어떤 여자는 정신적인 고통이 너무나 심해서 자살까지 한다고 하던데 그런 것들을 전혀 아랑곳하지도 않는다니까?"

그때 강연주가 한마디 거들자, 밀폐된 방 안의 분위기가 더욱더 달아오른 듯했다. 그러자 여태껏 거의 말 한마디 없이 친구들이 말하는 것을 듣고만 있던 박순영이 멋쩍은 미소를 지으며 넌지시 끼어들었다.

"너는 몇 년 전에 다니던 회사를 그만두고서 전업주부가 되더니만, 시간이 많아서 그런지 이런 것들까지 다 검색해 보는구나?"

"당연하지. 아침이나 낮에 한가하게 시간이 날 때 컴퓨터의 인터넷을 여기저기 뒤져보다가, 이처럼 어처구니없는 내용 같은 것을 발견하면 그것에 대한 댓글로 욕 같은 것을 바락바락 달아놓곤 해."

잠시 성추행과 몰카 범죄에 대한 말이 몇 마디 더 오가는 사이에 조금 전부터 소변이 마려웠던 순영은 화장실에 갔다 올까 하고 망설였다. 그러나 이곳을 이용하기보다는 좀 더 참고서 그대로 있다가, 다른 곳으로 장소를 옮겼을 때 거기에 가기로 마음먹었다.

"이 식당 주인은 화장실의 여기저기에 구멍이 숭숭 나 있는 것을 수리해 놓지 않고서 왜 그대로 두고 있는 거야?"

"그것은 이 식당뿐만 아니라 이 건물의 2층에 있는 몇몇 가게들이 공동으로 같이 쓰고 있으니까 그러는 것일 테지."

순영의 말을 받아서 경미가 말대꾸했으나 그녀는 아직도 화가 풀리지 않는지 한숨을 짧게 내쉬며 말을 이었다.

"하여간 나는 멀쩡한 화장실에다 구멍을 뚫어놓기나 하는 이 나라의 남자들이 너무나 싫어."

"……."

"또 술만 처먹으면 모든 것을 다 때려 부숴야만 직성이 풀리는 그런 비정상적인 행동을 하는 사람들도 왜 그리 많은지 모르겠다니까?"

아가씨가 사과를 썰어놓은 접시를 들고서 방 안으로 들어오는 바람에 잠시 대화가 끊기는 듯했다. 그러나 그녀가 그것을 상에다가 내려놓고서 밖으로 나가자마자 순영의 침울한 목소리가 다시 이어지기 시작했다.

"요즘에도 나는 5년 전에 이혼했던 남편의 모습이 자꾸 떠올라서 머리가 돌아버릴 거 같아. 그 악마 같은 사람은 나와 딸을 말로는 사랑한다고 하면서도, 우리 두 사람에게 왜 그렇게 수시로 주먹을 휘둘러댔는지 도저히 이해할 수 없어."

한순간 더욱더 어두워지는 듯한 순영의 얼굴을 영지가 안쓰러운 표

들불 축제

정을 짓고서 물끄러미 바라보았다.

"그런데 참 이혼한 전 남편이 양육비와 생활비를 잘 주고 있냐?"

"그 사람이 그것을 아직 줄 사람이야? 이혼했을 때 처음에 6개월가량 주는 척하다가, 그 이후에는 딸이 전화를 걸어서 아무리 애걸복걸해도 땡전 한 푼 주지 않았어. 그래서 나하고 딸이 생활비와 교육비를 벌기 위해 시간 나는 대로 이것저것 아르바이트를 하면서 근근이 살아가고 있는 실정이야."

사실 박순영에 대한 남편의 폭력은 아주 오래된 옛날부터 있었던 것으로, 두 사람이 결혼하기 전에 1년가량 사귈 때도 두 번이나 그런 일이 일어난 적이 있었다. 그래서 그와 그만 헤어지려고 했는데 그 당시에 생존해 있던 그녀의 할머니가, 두 사람이 결혼하고서 자식을 낳으면 남자가 그러지 않을 거니까 그녀에게 꼭 참으라며 설득했다. 그러나 결혼하고서 얼마 되지 않았을 때부터 그의 폭력의 강도가 점점 더 세지는 듯해서, 그녀는 결국 그와 이혼을 한 다음에 하나밖에 없는 딸을 데리고서 집을 뛰쳐나왔다.

그때 경미가 너무 무거운 이야기가 오가고 있는 것에 다소 답답함을 느끼며 자기의 옆에 있던 핸드백을 슬쩍 집었다. 그리고 주위의 눈치를 살폈으나 모두 다 미동도 하지 않자, 자리에서 일어나려다 말고 엉덩이를 방바닥에 도로 붙이고 말았다.

"이혼하고서 이렇게 먹고사는 게 힘들 줄 알았으면 좀 더 참고 견뎠을 걸 하는 후회를 할 때도 있지만, 그 당시에는 달리 다른 방법이 없었어. 시부모님께 하소연하기도 하고 또 경찰에 신고해도 아무런 소용이 없더라고."

"그렇다고 해도 경찰에 신고하면 어느 정도 도움을 받을 수 있을 거 아냐?"

다소 무덤덤한 어조로 반문하는 경미를 그녀는 어처구니없다는 듯이 빤히 쳐다보았다.

"도움을 받기는커녕 무슨 도움을 받아? 요즘에는 어떤지 몰라도 그때만 하더라도 대부분 경찰이 부부싸움은 집안의 일이니까, 두 사람이 알아서 처리하라고 하면서 방관하는 태도만 취하곤 했어. 아무튼 내가 그동안 신고를 몇 번이나 해서 경찰서와 파출소에 그 인간의 이름이 가정폭력범으로 등록까지 다 되어 있는데도 해결되는 것은 아무것도 없었다니까?"

그녀는 결혼생활 초기에 남편에게 너무 심하게 맞아서 죽음의 공포를 느꼈을 때 파출소에 처음으로 신고했던 일을 잊을 수가 없었다. 신고하고서 1시간쯤 지났을 무렵에 어슬렁거리며 나타난 늙수그레한 경찰관이, 그녀에게 부부싸움은 칼로 물 베기인데 그까짓 일로 쓸데없이 신고하냐고 하면서 핀잔을 주었던 것을…….

"맞아. 미국 같은 나라에서는 가정폭력이 일어나면 경찰은 가해자와 피해자를 따로 떼어놓고서, 최대 72시간 동안 분리 조사를 한다고 하건만 우리나라는 그런 조치를 전혀 하지도 않는대. 그리고 그 자리에서 피해자에게 가해자를 처벌할 의사가 있냐고 물으니, 나중에 그 무슨 보복을 당하게 될지 알 수가 없는데 남편을 처벌해 달라고 말하는 여자가 그 누가 있겠어? 그래서 여자가 남자에게 맞아서 피투성이가 되거나 뼈라도 부러지지 않는 한, 대부분 경찰은 부부간에 서로 참고서 잘 살라는 충고나 몇 마디 하고서 사건을 얼렁뚱땅 끝낸다고 하더군."

도영지의 말이 끝남과 동시에 방 안의 분위기는 더욱더 무겁게 가라앉았으나, 곧이어 연주가 큰 목소리로 입을 또 열었다.

"그런데 폭력은 중독성이 강한 것이라서 남자가 처음에 손을 댔을 때 앞으로는 더 이상 그렇게 하지 못하도록 버릇을 단단히 고쳐놓아야지, 지금 우리가 여기에 앉아서 아무리 왈가왈부 떠들어봤자 아무런 소용이 없어. 내가 알고 있는 어느 후배 여자는 결혼한 후에 남편이 처음으로 자기에게 술주정하면서 두들겨 패려고 하기에 혼인 살림을 다 때려 부쉈다고 하더군. 악을 쓰고 소리 지르면서 텔레비전이고 전축이고 비싼 것들을 모조리 다……. 그러니까 그 이후부터는 남편이 아무리 술을 많이 마셔도 자기에게 술주정하거나 손을 대거나 하지 않았다는 거야."

3.

가끔 바람이 불 때마다 가을날의 차가운 빗방울이 창백하게 경직되어 있는 여민구의 얼굴을 때렸다. 그와 함께 활짝 편 우산 위로 굵은 빗방울이 후두두 떨어지는 소리도 그의 귀에 들렸다.

'웃으며 살자. 껄껄껄 호탕하게 웃으면서……'

그는 겉으로는 이 말을 수없이 되뇌곤 하지만 속으로는 인생의 낙오자라는 패배 의식에서 한시도 벗어난 적이 없어서, 몸과 마음이 잔뜩 움츠러든 채 그 무엇을 하고 싶은 의욕도 없었다. 또 그 누구를 만나고 싶은 생각도 없이 마치 태양을 피해 어두운 땅속으로 숨어드는 두더지처럼, 얼마 전부터 며칠 동안 밖에 한 번 나가지도 않고 집에서만 틀어박혀 지냈을 뿐이었다. 아내가 잔소리하든 말든 자기 방문을 걸어 잠그고 컴퓨터 앞에 앉아서 몇 시간 동안 게임을 하거나, 또는 거실의 소파에 벌렁 드러누워서 텔레비전에 멍하니 시선을 둔 채 채널을 이리저리 돌리거나 했다. 그 반면에 방안의 창문에 드리워져 있는 커튼 사이로 가끔 밝은 햇살이 내비치듯이 삶에 대한 희망의 끈을 아직도 막연히 놓지 않고 있었다. 작년 겨울에 자기가 저지른 일은 가정적으로 문제가 있는 학생을 위로해 준다는 차원에서 영화를 한 번 본 것

들불 축제

에 불과하기에, 법조계의 판검사들과 학교의 이사장님이 자기를 학교에 빠른 시일 내로 복직시켜 줄 것이라는 막연한 믿음 같은 것이…….

하명우 선생을 만나기로 한 식당은 집에서 20분 정도만 걸어가면 되는 곳인데도 비가 계속 와서 그런지 상당히 먼 듯했다. 택시비를 아끼기 위해 걸어가기로 한 것인데, 비에 젖어 버린 바짓가랑이와 구두로 인해 한 발짝씩 뗄 때마다 자신의 왜소한 몸뚱어리는 땅속으로 자꾸 스며드는 거 같았다. 그와 함께 명우를 만나기 위해 식당으로 가지 않고서 그대로 집에 들어가고 싶은 충동이 일어나는 것을 몇 번 느끼기도 했다. 대략 두 시간가량 그와 마주 앉아서 소주잔을 기울이며 어색한 미소를 띤 채 신세타령이나 하고 있을 것을 생각하면 벌써부터 정신이 아득해지곤 했다.

8월에 민구는 옆집의 아주머니처럼 뚱뚱하게 생긴 여자 판사로부터 벌금 250만 원을 선고받았다. 잘못했다고 싹싹 비는 심정으로 반성문도 몇 번 써서 제출하며 선처를 바랐으나, 그 판사는 안경 너머로 치켜뜬 눈으로 그를 노려보며 냉랭한 어조로 판결문을 낭독했다. 그는 어느 정도 예상을 했지만, 막상 그와 같은 1심 판결을 받자, 더욱더 낙담한 상태에 빠져서 며칠 동안 가슴앓이를 하며 지냈다. 그러다가 마음이 어느 정도 안정을 되찾았을 때 변호사를 다시 만나서 면담을 한 후에 항소하기로 했다. 물론 비용이 꽤 들더라도 물에 빠진 사람 지푸라기라도 잡는다는 심정으로, 나중에 미련이라도 남지 않기 위해 마지막으로 다시 한번 매달려 보기로 마음먹었다.

그런데 그때 장천일 변호사는 그에게 항소심 재판이 열리기 전에 판사들에게 제출할 탄원서를 동료 교사들에게 몇 장 받아오라고 했다. 그러나 그는 보름 동안 노력을 했는데도 그의 생각과는 달리, 몇 자 끼적끼적 적어 주는 탄원서를 받는 것도 그리 쉽지 않다는 것을 깨달을 수 있었다. 그가 7~8개월 만에 처음으로 그전에 친하게 지냈던 학교 선생들 열세 명에게 전화했는데, 수업하고 있어서 그런지 그의 핸드폰을 받은 사람은 반 정도밖에 되지 않았다. 그리고 그의 전화를 받은 사람 중에서 그가 탄원서에 대한 말을 꺼냈을 때 그것을 선뜻 써준다고 한 사람들도 세 명밖에 되지 않았을 뿐 아니라, 또 처음에 전화를 안 받은 사람 중에서도 그에게 다시 확인 전화가 온 사람들도 두 명밖에 되지 않았다.

"자, 여기 선생들 다섯 명하고 나까지 포함해서 여섯 명이 쓴 탄원서야."

하명우는 보글보글 끓고 있는 해물탕을 국자로 뒤적거리고 있는 민구에게 편지봉투 여섯 개를 내밀었다. 그러자 민구는 그것들을 받아서 그중에 한 개를 슬쩍 읽는 척하다 말고, 옆의 빈 의자에 걸쳐놓았던 잠바의 안주머니에 그것들을 전부 다 집어넣었다.

"다른 사람들도 마찬가지이겠지만 나도 25년 동안 여 부장이 학교생활을 열심히 했다고 하는 내용을 서너 줄만 간략하게 적었어. 그런데 그 외에 다른 그 무엇을 조금이라도 더 써야 할 것이 있으면 다시 써줄 테니까 말 좀 한번 해보도록 해 봐."

"아니에요, 됐어요."

민구는 다시 똑바로 앉자마자 소주를 반 잔 마시고서 뜨거운 해물탕 국물을 한두 번 떠먹었다.

"여 부장이 탄원서를 써 달라고 부탁한 선생들이 몇 명이나 돼?"

"우리 모임 선생들 열한 명하고 또 그동안 나름대로 친하게 지냈다고 생각되는 선생들 두 명을 포함해서 열세 명에게 핸드폰을 걸었어요. 그런데 그것을 몇 자 적어 준다고 해서 자신들의 신상에 무슨 큰일이 생기는 것도 아닌데 여섯 명밖에 써주지 않다니 다소 서운한 생각이 드는군요."

"그게 바로 세상인심이라는 거야. 당사자가 잘나갈 때나 동료 직원들이지 그렇지 않으면 모두 다 그 사람을 거들떠보지도 않는다니까?"

순간적으로 어색한 침묵이 흐르는 사이에 두 사람 다 각자 소주 한 잔씩을 더 마셨다. 그리고 민구는 젓가락으로 배추김치를 집어 먹으면서 이마가 조금 벗어진 채 반들반들 빛나고 있는 명우의 얼굴을 슬쩍 쳐다보았다. 그러자 어떻든 여태껏 자기에게 잘해 주었던 사람인데, 그에게 공연히 푸념하는 소리를 또 늘어놓았구나 하는 후회가 언뜻 들었다.

"탄원서는 항소심 판결에 조금이라도 도움을 받으려고 변호사가 여부장한테 동료 교사들에게 받아오라고 한 거야?"

"네."

"그럼 피해 학생 어머니한테서 탄원서를 받는다는 것은 어떻게 됐어?"

"그것은 제 집사람이 현희 어머니에게 두 번이나 찾아간 다음 통사정을 해서 얼마 전에 받아왔어요. 선처를 바란다는 내용의 몇 자 적은 탄원서 한 장을……. 그래서 내일이라도 그 탄원서하고 선생님들이 쓴 것들하고 같이 변호사님에게 갖다 줄 예정이에요."

"그래. 아주 잘 됐구면."

그러나 명우가 쓴 미소를 머금고서 고개를 끄떡이고 있는데도 민구는 어깨를 한 번 으쓱했다.

"하지만 솔직히 말해서 피해 학생의 부모님하고 동료 교사들이 마지못해 몇 자씩 적어 준 탄원서가 항소심 판결에 무슨 큰 영향을 미치기나 하겠어요? 엊그저께 TV의 뉴스에 나온 것을 보니까 어느 여자고등학교에서 몇몇 선생들이 성희롱과 성추행을 했다고 해서, 두 명이 파면을 당하고 또 대여섯 명이 직무 정지를 당했다고 하더라고요. 그와 같이 미투 운동의 열기는 세월이 흐를수록 조금이라도 사그라지기는 커녕 점점 더 거세지고 있는데, 그러한 것들이 제 항소심의 형량에 그어떤 영향을 줄 수 있을지 모르겠어요."

그런데 해물탕은 전복과 문어와 새우와 같은 제철 해산물은 거의 없이 콩나물과 함께 오징어와 조개들만 잔뜩 들어 있는 것 같았다. 민구는 가스레인지 불을 가장 작게 줄여놓고 나서, 얼큰한 맛이 없이 맵고 텁텁한 맛만 나는 해물탕 국물을 두세 번 떠먹었다.

"항소심 재판은 언제쯤 열릴 거 같아?"

"글쎄요. 11월 말에 열릴지 12월 초에 열릴지 잘 모르겠어요. 변호사 말로는 하도 굵직굵직한 사건들이 많다 보니까 제 사건같이 사소한 것은 자꾸 뒤로 미뤄진다고 하더군요."

그때 명우는 다른 사람들의 눈에 잘 띄지 않는 한쪽 구석에 둘이 앉아서 술을 마신 지 얼마나 됐다고 자기의 손목시계를 슬쩍 쳐다보았다. 그러다가 자기 행동을 물끄러미 바라보고 있는 민구의 두 눈과 마주치자, 헛기침을 짧게 하고는 입을 재빨리 또 열었다.

"요즘에는 어떻게 지내?"

"……."

"지내기 힘들지?"

"당연하죠. 그냥 죽지 못해서 억지로 숨을 쉬면서 하루하루 살아가고 있을 따름이에요."

민구는 저절로 흘러나오는 한숨을 참기 위해 잔을 들고서 소주를 반 정도 또 마셨다.

"요새도 전에 학교에 출근할 때와 마찬가지로 아침에 6시만 되면 잠자리에서 일어나지만, 그때마다 오늘 하루를 뭘 또 하면서 지낼까 하고 생각하면 가슴 한쪽이 무너지는 것 같아요. 모든 사람이 아침 식사를 하고서 즐거운 마음으로 직장에 출근하는데, 나 혼자서 온종일 방에서 꼼짝하지 않고 틀어박혀 있을 생각을 하면……."

곧 그는 재판에서는 벌금형을 선고받았지만 실제로는 가택연금과 똑같은 형벌을 받고 있다고 덧붙여서 말했다. 즉, 그 아파트에서 살게 된 지가 벌써 6~7년이나 되어서 그런지 몇몇 사람들을 알고 지내다 보니까, 아침부터 저녁이 될 때까지 아무리 중요한 일이 있어도 밖에는 한 발짝도 나가지 못한다는 것이다. 그리고 아무 할 일도 없이 거실과 방을 왔다 갔다 하며 마누라하고 티격태격 말다툼이나 하면서 시간을 보내다가, 어두컴컴한 밤이 되어서야 볼일을 보러 어슬렁거리며 밖으로 나온다고 한다.

"아무튼, 죽이 되든 밥이 되든 그 모든 것이 인제 그만 결정되었으면 좋겠어요. 차라리 송 부장님처럼 빨리 결정되었더라면 마음을 굳게 먹고서 새로운 출발을 할 수 있었을 텐데……. 죽은 자식 불알 만진다는 식으로 별다른 가능성도 없는 것에 미련을 계속 둔 채 언제까지 이런 고통과 수모를 당해야 할지 모르겠어요."

민구는 자기 말대로 최근 들어서 그 어떤 의욕이나 열정 같은 것을 거의 다 상실한 상태에서, 그 모든 것이 막바지에 이른 거 같다는 불안감에 자주 휩싸이곤 했다. 그래서 다른 사람들에게는 말하지는 않았지만, 파면이 아니라 해임이라도 당해서 송영문처럼 퇴직금이나 온전하게 받을 수 있다면 좋겠다고 생각하기도 했다.

"형님, 요새 학교 분위기는 어때요?"

"……."

"얼마 후에 제가 학교에 복귀할 가능성은 거의 없겠죠?"

"글쎄 이런 말을 하기는 좀 그런데…… 여 부장이 조금 전에 말했던 것처럼 내 생각에도 여 부장도 마음을 정리했으면 좋겠다는 생각이 들어. 목구멍이 포도청이라고 어느 정도 받는 연금에다가 그 외에 다른 것을 한 다음 돈을 조금이라도 더 벌어서 어떻게 해서든지 먹고 살 궁리를 해야 할 거 아냐? 예를 들어서 두 부부 내외가 마음을 독하게 먹고는 편의점을 하든 아니면 조그만 장사 같은 것을 해서라도……."

명우에게서 막상 이런 말을 듣게 되자 민구는 마음이 더욱더 어두워지는 것을 느꼈다.

"얼마 전부터 이 학교 저 학교에서 계속 터지고 있는 사건들이라든가 또는 현재 우리 학교의 분위기를 볼 때, 그 모든 것이 여 부장이 바라던 대로 될 가능성이 희박한 것 같더라고. 저번 주에 교무회의를 할 때도 교장 선생이 학부모들과 우리 학교 주변에 살고 있는 주민들 사이에서 여 부장과 송 부장 두 사람이 그전부터 여학생들을 상습적으로 성희롱을 했느니 또는 성추행했느니 하면서 아주 이상하게 소문이 났다고 하더군. 그래서 최근에 선생님들 사이에 오가는 말을 들어보면 만에 하나 법원에서 판결이 원하는 대로 나오고, 또 이사장님이 선처를 베풀어서 여 부장이 학교에 복귀한다고 하더라도 학부모들의 등쌀에 단 얼마라도 버텨내기가 힘들 거라고 그러더라니까?"

이 식당에서 만난 지 시간이 꽤 흘렀는데도 민구의 얼굴이 여전히 창백하게 굳어 있는 것을 보며, 명우는 자기가 공연히 쓸데없는 말을 해서 미안하다고 그에게 또 말했다. 그러자 민구는 오히려 형님이 솔직하게 말해주니까 자기의 마음이 좀 더 편안해지는 것 같다고 대답하며 잔을 또 들었다. 그런데 소주 한 병이 벌써 바닥이 난 듯하자, 그는 일하는 아주머니에게 공깃밥 두 개와 함께 소주 한 병을 더 시켰다.

그때 명우는 조금 전부터 계속 끓고 있는 해물탕의 불을 끄더니, 침통한 분위기를 깨기 위해 화제를 돌려서 말을 또 이어서 하기 시작했다.

"원래 그런 일이 발생했을 때 가장 문제가 되는 것은 사람들 사이에 떠도는 헛된 소문이라고 할 수가 있지. 며칠 전에도 반기성 선생이 '여부장이 옛날에도 예쁜 여자 교생들이나 기간제 선생들에게 저녁 식사를 하자 느니 또는 술을 마시자 느니'하는 말을 했다는 것을 몇몇 선생들에게 하는 거 같더라고. 그래서 내가 그 사람을 조용히 불러서 앞으로는 농담으로나마 절대로 그렇게 하지 말라고 신신당부했어."

음악 선생인 반기성은 민구보다 나이는 대여섯 살이나 어리지만 같은 대학교 동문이라서, 민구는 과거에 기성과 함께 자주 밤늦게까지 술을 마시며 돌아다니곤 했다. 그런데 동그스름하고 오동통하게 생긴 얼굴에 미소를 항상 머금고 있어서 악의라고는 거의 없어 보이는 사람이, 그런 말을 사람들에게 하고 다닌다고 하니까 너무나 기가 막힐 따름이었다.

"그 사건이 일어나고서 꽤 많은 시간이 흘렀는데도 반 선생은 아직도 그런 말도 안 되는 소문을 퍼뜨리고 그런데요? 또 그 옛날에 반 선생하고 같이 술을 마셨던 것을 생각해 보면, 그 선생은 술버릇이 너무나 고약해서 술에만 취하면 그냥 집에 들어간 적이 없었다니요? 노래방이나 나이트클럽 같은 데에 가서 여자들을 꼭 집적거려야만 직성이 풀리곤 했을 따름이지."

"내가 생각하기에는 반 선생이 여 부장을 헐뜯으려고 악의적으로 그랬던 것은 아닌 거 같아. 다만 그 어떤 사안이 발생했을 때 일반적으로 사람들은 자기는 절대로 그런 일을 저지를 악한 사람이 아니라, 선한 사람이라는 것을 과시하려고 일부러 그렇게 한다고 하더라고."

명우는 자기가 사회 선생이라서 그와 같은 현상에 대해 관심이 많다고 하면서, 얼마 전에 책에서 읽어 본 내용을 그에게 몇 마디 더 설명했다. 그 누군가 잘못된 행동을 했을 때 자기 자신은 그 사람과는 달리 올바른 사람이라고 믿고 있는 사람들의 심리에 관한 것 등을⋯⋯. 얼마 전에도 어떤 남자가 맥줏집 아르바이트생의 몸을 수십 번 칼로 찔러서 죽였던 사건이 일어났던 것처럼, 이 사회에서 상상을 초월할 정도로 잔혹한 사건이 일어나는 것에 대해 평범한 사람들은 두려움과 함께 분노의 감정을 느낀다고 한다. 그와 함께 극악무도한 범죄자가 그런 사건을 저질렀을 때 술에 취해서 기억이 나지 않는다느니 또는 심신미약 상태였다느니 하면서, 법에서는 일반적인 법 감정과는 달리 너무나 낮은 형량을 선고하는 것에 대해서도 깊은 좌절감도 느끼게 된다는 것이다. 그러던 차에 그 어떤 일이 발생하여 적당한 공격 대상을 만나면, 여태껏 가슴속에 억눌려 있던 이런저런 복합적인 감정을 한꺼번에 다 표출하면서 자신의 우월감을 스스로 인정받으려고 한다고 한다. 즉, 부조리한 이 사회에 대한 불만을 집단적인 히스테리를 부리듯, 그 어떤 사건의 실체를 제대로 알지도 못하면서 그것에다가 모두 다 쏟아부으면서…….

그러나 민구는 이런저런 헛된 상념에만 계속 빠져 있어서 그런지 그의 이야기를 제대로 듣지도 않았으면서도 고개를 한두 번 끄떡이는 척했다.

"형님이 말한 것이 하나도 틀리지 않고 다 옳아서 그런지, 제가 보름 전에 변호사를 만났을 때도 변호사가 저에게 그런 말을 하더라고요. 제가 여학생하고 영화를 한 번 보고 또 저녁을 간단하게 같이 먹었다고 해서 벌금형을 받고는 학교에서 해임당하게 된 것이 너무나 억울하다고 하니까, 그는 다른 사람들은 제가 그 여학생에게 한 행동을 흉악범들이 범죄를 저지른 것과 똑같이 생각하고 있다고 하더군요."

"그래, 맞아. 그 변호사 말대로 여 부장과 송 부장이 사소한 실수를 저질렀는데도, 우리 학교의 학생들과 선생들과 학부모들 그 모든 사람으로부터 공공의 적이 되고 만 것과 똑같은 이치라고 할 수가 있지. 그래서 반기성 선생도 자기는 그 두 사람과 달리 도덕적으로 떳떳하다는 것을 내세우려고 일부러 이런저런 헛된 소문을 계속 퍼트리고 있는 거라고. 여 부장 말대로 자신이 과거에 방종한 생활을 했던 것을 조금이라도 더 감추기 위해서라도……."

4.

　신영은은 그 어떤 시커먼 형상이 자기의 목을 콱콱 조르는 것을 느끼며 잠에서 퍼뜩 깨어났다. 그러자 유리창에 처져 있는 커튼 사이로 늦가을의 희뿌연 한 하늘이 드리워져 있는 것이 언뜻 보였다. TV 위쪽에 걸려 있는 동그란 시계의 시침은 오후 6시에 가까워지고 있어서 그런지, 주위에는 벌써 옅은 어둠이 서서히 깔리기 시작했다. 새벽 이른 시간부터 얼마 전까지 거의 잠을 이루지 못하고서 침대에서 뒤척이기만 하다가, 오후 3시경부터 두세 시간가량 곤하게 잠을 잤던 거 같았다. 어제 늦은 밤과 오늘 새벽에 이 안방에서 한바탕 폭풍우가 휩쓸고 지나갔다. 아니, 그것은 영은과 그녀의 남편과의 단순한 불협화음이 아니라, 자칫 잘못하면 그의 손에 목숨을 잃을 수도 있는 극악무도한 범죄 같은 것이······.

　잠시 후 그녀는 무척 배가 고픈 것을 느끼고는 침대에서 빠져나와 방문 앞으로 갔다. 그리고 안방 문을 빠끔 열고서 집안의 동정을 살피다가 아무도 없는 듯하자, 거실로 슬그머니 나갔다. 새벽부터 지금까지 문을 잠근 채 물만 마시며 방안에서 계속 틀어박혀 있었기 때문에 더이상 배고픔을 참을 수 없었다. 곧 그녀는 정수기에서 냉수를 한 컵

따라 마시고서 찌개 냄비가 놓여 있는 가스레인지에 불을 붙였다. 남정태는 평소에도 토요일이나 일요일만 되면 테니스를 치네 등산을 하네 하면서 온종일 혼자서 돌아다니기 좋아하니까, 아마 오늘도 밤 9시나 10시가 다 되어서 들어올 게 틀림없었다.

금요일인 어젯밤 10시경에 그가 술에 몹시 취한 상태로 집에 들어오더니, 그녀에게 다짜고짜 어머니가 허리 수술을 해야 하는데 자기가 250만 원을 낼 것이라고 했다. 즉, 수술비가 500만 원 정도 나오는데 5남매 중에서 슈퍼마켓을 운영하며 입에 근근이 풀칠이나 하며 살고 있는 형님과 또 객지에서 온갖 고생을 다 하며 힘들게 살고 있는 누나와 여동생은 제외하기로 했다는 것이다. 그리고 자기하고 막냇동생 두 사람만이 그 비용을 부담하기로 했다고 하기에, 그녀가 시동생은 은행지점장이라서 250만 원 정도는 충분히 낼 수 있으나 자기들은 그럴 만한 능력이 되지 않아서 그럴 수 없다고 반박했다. 더군다나 고3인 아들이 몇 달 후에 대학교에 진학해야 하는데 그 많은 돈을 어떻게 내냐고 하면서, 다섯 남매가 공평하게 백만 원씩 내기 전에는 한 푼도 낼 수 없다고 버텼다. 그러자 그는 느닷없이 너같이 이기적이고 악랄한 여자하고는 더 이상 같이 살기 싫다는 말과 함께 욕을 바락바락하면서 밖으로 횡하니 나가 버렸다.

그런데 정태는 새벽 2시경에 어디선가 술을 더 마시고 인사불성인 상태에서 집에 들어오더니 혼곤히 잠들어 있던 영은을 깨웠다. 그리고 퍼뜩 깨어난 채 어리둥절한 표정을 짓고 있는 그녀에게 술 냄새를 풀

들불 축제

풀 풍기며 다시 한번 묻겠다면서, 고향에서 혼자 농사를 지으며 살고 있는 불쌍한 어머니의 수술비로 250만 원을 주는 것을 어떻게 생각하느냐고 했다. 그때 그녀가 아무 말도 없이 이 새벽에 잠자고 있는 사람을 깨워놓고는 대체 뭐 하는 것인가 하고 생각하며 그를 물끄러미 쳐다보자, 그가 느닷없이 침대 위로 뛰어 올라왔다. 그러고 나서 그녀를 쓰러뜨리더니 버르장머리 없이 남편이 묻는 말에 아무런 대답도 없이 시뻘겋게 충혈된 눈으로 노려보기만 하냐며 그녀의 목을 두 손으로 힘껏 조르기 시작했다.

"너같이 악독한 년은 내 손에 죽어야 해. 그리고 나는 네 남편으로서 너 같은 악마를 이 땅에서 영원히 사라지게 해야 하는 신성한 의무감을 지닌 사람이라고."

그는 그녀의 배 위에서 계속 씩씩거리며 이런 말을 두서없이 몇 마디 떠들어대기 시작했다. 그러다가 1분 정도 지나서 숨이 콱콱 막힌 채 이러다가는 정말로 죽을지도 모른다는 생각이 그녀의 머릿속에 언뜻 들 무렵 그녀의 목에서 손을 뗐다. 그러고 나서 침대에서 내려와 이불과 베개를 들고는 거실의 소파에서 잠을 자려는 듯 안방문을 쾅 닫고는 밖으로 나가 버렸다.

그 옛날에 두 사람이 결혼할 무렵에 시아버지는 영은에게 자기 둘째 아들인 정태는 법이 없어도 살 수 있는 사람이라고 칭찬했다. 그런데 왜 체구가 작은 데다가 심성도 무척 착하고 여린 사람이 가끔 난폭한 폭군으로 변하곤 하는 것일까? 그녀는 그와 같은 의구심을 품다가 얼마 전에 그런 것에 관련된 내용을 그 어떤 책에서 읽은 적이 있었다. 그 책에는 대한민국의 남자들이 비정상적이고 야만적인 행동을 하는 근본적인 원인은 평생 그와 같은 상황에 노출되어 있기 때문이라고 한다. 그들은 초등학교 때부터 고등학교를 졸업할 때까지 학교에서 친구들 간에 주먹으로 서열을 정하고, 또 군대에 가서도 고참들한테 구타당하면서 군 생활을 한다는 것이다. 그러다 보니 저절로 폭력적인 성향에 길든 채 별다른 죄의식도 없이 몰카 범죄라든가 또는 가정폭력이나 성폭력 같은 것들을 저지른다고 설명했다.

어떻든 그의 아버지의 말처럼 지극히 온순한 성격의 소유자인 그가 일정한 때만 되면 어처구니없는 행동을 저지르는 이유를, 그녀는 결혼 생활을 하면서 차츰 알게 되었다. 그에게는 중학교 동창생들과 고등학교 동창생들하고 몇 명씩 모이는 부부 동반 모임이 각각 한 개씩 있었는데, 그녀는 그곳에 참석할 때마다 그의 학창 시절에 대해서 그의 친구들로부터 상세히 전해 들을 수 있었다. 그들이 술에 취한 채 농담하는 투로 떠들어대는 이야기를 종합해 보면, 남정태는 중학교 때에는 주먹을 꽤 쓰던 두세 명의 학생들의 가방을 들어다 주거나, 또는 버스 승차권과 도시락을 갖다주기도 한 열등생에 불과했다. 또 고등학교 때에도 나이가 한두 살 더 먹은 몇몇 재수생들에게 수시로 불려 다니며 얻어터지거나, 또는 일정한 액수의 상납금을 갖다 바치곤 했던 것이다. 그에 덧붙여서 정태가 전방 부근에서 육군 땅개로 군대 생활을 한 것에 대해 친구들에게 늘어놓는 무용담을 들어보면, 인간으로서 어떻

들불 축제

게 그토록 매를 맞을 수가 있을까 하는 생각까지 들 정도였다. 그래서 그가 결혼한 이후에 아내와 자식들에게 가끔 광기 어린 행동을 했던 것은, 약육강식과 적자생존의 법칙만이 존재하는 이 살벌한 사회에서 살아남기 위한 이중적인 행동에 지나지 않는다는 결론을 나름대로 내리게 되었다.

　얼마 후 영은이 간단하게 식사하고 또한 거실에 있는 화장실에서 세수한 다음 7시 30분쯤에 안방에 들어왔는데도, 집안은 여전히 고요한 정적 속에 묻혀 있었다. 정태는 당연히 그렇다고 하더라도 학원에서 공부하는 고3인 아들과, 또 유치원에 아직 취업하지 못한 채 식당에서 아르바이트나 하는 딸도 저녁 식사를 밖에서 대충 해결하고서 집에 밤늦게 들어올 거 같았다. 더군다나 두 아이는 어젯밤과 오늘 새벽에 두 번이나 부부싸움이 대판 일어났던 것을 잘 알고 있을 텐데, 집에 일찍 들어올 리 만무했다.

　곧 그녀는 안방에 있는 화장대의 거울에 목 부분에 흉터 같은 것이 있나 하고 또다시 확인하고서 침대에 올라갔다. 그리고 한쪽 구석에 쪼그리고 앉아 텔레비전을 볼까 잠을 잘까 하고 망설이고 있는데, 느닷없이 두 눈에 눈물이 또 핑 도는 것을 느꼈다. 그래서 바짝 세운 두 무릎 사이에 얼굴을 묻고서 잠시 숨을 헐떡거리다가 스마트폰을 집어 들었다. 아무하고라도 통화해서 하소연이라도 해야지만 가슴 속에 응어리져 있는 울분과 슬픔을 어느 정도 가라앉힐 수 있을 듯했다.

"저녁 식사했어?"

"응."

짧게 대답하는 주경미의 정다운 목소리가 스마트폰 너머로 들려왔다.

"미안해. 남편하고 지금 집에 같이 있을 텐데 초저녁부터 이렇게 일찍 전화해서……."

"아냐. 남편은 친구들하고 낚시 간다면서 아침 일찍 나간 다음 여태껏 감감무소식이고, 또 아들도 밖에서 아직도 안 들어와서 지금 집에 나 혼자밖에 없어."

경미가 한숨을 짧게 내쉬는 것을 들으며 영은은 마음이 한결 가벼워진 것을 느꼈다.

"그럼, 오늘 너도 나처럼 집에서 온종일 혼자 있었던 거야?"

"……."

"날씨도 좋은데 집에서 혼자서 우두커니 있지만 말고 남편에게 전화해서 언제 들어올 건가 물어보지 그랬어?"

"그 인간에게 전화해서 그런 것을 쓸데없이 뭐 하러 물어봐? 늘 하던 대로 밤늦게까지 여기저기서 실컷 놀다가 술에 잔뜩 취한 채 들어올 게 뻔한데……."

"너는 부부 교사로서 돈 같은 것에 별로 구애받지 않으면서 아주 행복하게 잘 사는 줄 알았는데 너도 나처럼 부부싸움 같은 것을 자주 하는가 보구나?"

"그걸 말이라고 해? 나도 직업이 학교 선생만 아니었다면 그 인간하고 그전에 벌써 이혼했을지도 몰라."

영은이 경미에게 전화를 걸 때 의도했던 거와는 달리, 오히려 경미가 자신의 평탄하지 않은 부부생활에 대한 넋두리를 그녀에게 늘어놓기 시작했다.

그녀는 20대 후반부터 30대 후반까지 수시로 맞선을 봤는데도 결혼할 상대를 찾지 못하다가, 다소 늦은 나이에 다른 학교 교사인 남편을 만났다고 한다. 그리고 5개월 남짓 연애를 하다가 별로 정도 들지 않은 상태에서 얼렁뚱땅 결혼했는데 그런 감정이 결혼생활을 하는 내내 지속되었다는 것이다. 즉, 한집에서 같이 살아가면서 공동으로 들어가는 생활비만 두 사람이 반씩 똑같이 내놓고는 자기가 버는 돈은 각자 알아서 관리한다고 한다. 또 집안의 살림살이라든가 시댁과 처가의 애경사 같은 것들도 거의 다 반씩 공평하게 나누어서 책임을 진다고 덧붙여서 말했다. 그와 같이 처음부터 네 것 내 것을 엄격히 따져가며 살다 보니, 결혼생활을 오랫동안 했는데도 애틋한 정 대신에 동거인으로서의 의무감 같은 것밖에 갖지 못하는 것 같다고 했다.

"물론 너도 가끔 부부싸움을 하겠지만, 우리 부부처럼 서로 죽일 듯 살릴 듯 하면서 싸우지는 않을 거 아냐?"

영은은 몇 분 동안 경미의 말을 듣다 말고 딱 잘라서 재빨리 반박의 말을 했다. 또한 주위에 아무도 없는데도 방문 쪽을 한 번 힐끔 보고 나서, 속삭이는 듯한 어조로 어젯밤부터 오늘 새벽까지 정태하고 있었던 일들을 그녀에게 상세히 설명했다.

"지금도 내 두 눈에는 그 인간이 내 목을 있는 힘을 다해 꽉꽉 누르고 있는 모습이 어른거리고 있다니까? 악마와 같은 형상을 한 얼굴에 야릇한 미소를 머금고서……."

"그럼, 그처럼 무지막지한 일들이 결혼 초기부터 자주 있었던 거야?"

"아니, 일 년에 한 번 정도……. 잊을 만하면 미친놈처럼 가끔 그렇게 발광하면서 날뛰곤 해."

영은은 순간적으로 온몸에 소름이 돋는 것을 느끼며 숨을 딱 멎었다. 그리고 두 눈을 꼭 감고서 숨을 두세 번 몰아 내쉬며 마음을 진정시키기 위해 애썼다.

"지금부터 40일쯤 전에 어느 아파트의 단지 앞에 있는 길거리에서 이혼한 전 남편이 여자를 무참히 칼로 찔러 죽인 살인사건이 일어난 적이 있잖아? 그때 며칠 동안 텔레비전의 뉴스 시간에 나타났던 그 살인마의 얼굴을 몇 번 봤는데, 그때마다 모자와 마스크를 쓰고 있는 그 모습이 남편과 너무나 닮은 거 같아서 깜짝 놀라곤 했어. 왜소한 체구에 열등감에 짓눌려 있는 모습을 한 채 한 여자에게 끈질기게 집착하고 있는 그 모든 것이……."

곧 그녀는 조금 전에 경미가 자기에게 했던 것처럼 그녀도 경미에게 구구절절 신세타령하기 시작했다.

그녀는 그 옛날에 조그만 개인회사에서 직장 생활을 할 때 거래처 회사에서 근무하던 남정태를 처음 만났지만, 직업이라든가 생긴 모습이 별 볼 일 없어서 결혼할 생각은 전혀 없었다고 한다. 그런데 우연 찮은 기회에 둘이 술을 한잔하고 난 후에, 그가 하루가 멀다고 그녀의 회사 앞에서 그녀를 기다린 채 꽃이라든가 이런저런 것들을 선물하기 시작했다는 것이다. 그래서 1년 넘게 쫓아다니기에 자기를 정말로 좋아하는가 하고 생각하고서 결혼했는데, 실상 그 모든 것은 그의 스토커 같은 기질과 의처증에 지나지 않는 것임을 알게 되었다고 한다.

"결혼생활 내내 자기는 허구한 날 술을 마시고 밤늦게 들어오면서도 나는 한시도 밖에서 늦게 돌아다니지 못하게 했어. 심지어 학교에서 1년에 한두 번씩 전 직원 회식이 있어서 술 좀 마시고 조금이라도 늦게 들어가면, 밤새도록 잠 한숨 안 재우고서 이것저것 캐물으며 사람을 들들 볶기도 했어. 명색이 학교에서 학생들을 상담하는 상담 선생이라는 여자가 다른 남자와 눈이 맞아서 바람이라도 피울까 봐서 그런 것인지……"

영은은 갑자기 말을 많이 하는 바람에 목이 콱 메는 듯해서 잠시 침묵을 지키다가 다시 입을 열었다.

"그동안 그 사람의 스토커와도 같은 그 집요함에 질려서 부부싸움을 하던 중에 진지하게 이혼하겠다는 말을 두세 번 꺼낸 적이 있었어. 그런데 그때마다 그가 주방에서 칼을 가져오더니, 그 시퍼런 것을 내 목에 갖다 대고는 공갈 협박을 하더라고. 입에 게거품을 품은 채 자기를 버리고서 도망을 가면 지구 끝까지라도 쫓아가, 내 몸을 칼로 난도질해 놓겠다고 으르렁거리면서……"

그녀는 순간적으로 감정이 또 격해지는 것을 느끼며 스마트폰을 귀에서 떼고서 두 눈을 꼭 감았다. 그러나 스마트폰에서 경미의 목소리가 들리자 그것을 다시 귀에 갖다 댔다.

"얼마 전에 아파트의 단지 앞에서 죽은 그 여자도 이혼한 후에도 그 살인마의 추적을 피해서 몇 번 이사 가고, 또한 휴대전화 번호도 몇 번이나 바꿨다고 하던데……."

"응. 그런데도 그 남자의 손아귀에서 벗어나지 못하고서 끝내 처참하게 피살되고 말았잖아?"

영은은 스마트폰을 쥐고 있는 손에 힘을 꽉 준 채 울렁거리고 있는 가슴을 진정시키고서 말을 다시 이었다.

"만일 나도 이혼한다면 우리 남편도 흥신소 같은 데를 통해서 나를 어떻게 해서든지 찾아낸 다음, 그 남자와 똑같은 짓을 저지르고 말 거라는 생각이 들어."

그녀는 정태가 당장이라도 방문을 벌컥 열고 또다시 뛰어 들어와, 침대 위에 있는 자기를 쓰러뜨릴 것 같은 공포감을 느끼며 그쪽을 또 힐끔 쳐다보았다.

"어쩌면 사람들이 그토록 잔혹하고 악독할 수 있을까?"

경미가 한숨을 길게 내쉬는 소리가 스마트폰을 통해 영은의 귀에 들렸다.

"그러게 말이야? 그 살인마에게도 초등학생인 딸과 중학생인 아들이 각각 한 명씩 있던 것 같은데, 그 두 자식이 앞으로 이 험난한 세상을 어떻게 살아가라고 그런 무자비한 짓을 저지른 것이지……."

"정말 네 말대로 아비를 잘못 만난 그 두 어린 자식들은 앞으로 어떻게 살아갈까 생각하면 내 두 눈에서도 눈물이 막 나오려고 해. 특히 딸은 여자애라서 엄마가 챙겨주거나 보살펴 줘야 할 것도 많은 데다가 어느 정도 나이를 먹으면 좋은 남자를 만나서 시집도 보내야 할 텐데 말이야."

경미는 가슴속에 뜨거운 그 무엇이 울컥 또 치밀어 오르는 것을 느끼고 가만히 숨을 멎었다. 그 반면에 영은은 그 살인마는 증오심과 분노로 가슴이 완전히 황폐해졌기 때문에 그런 것을 생각할 겨를이 전혀 없을 거라는 생각이 들었다. 오직 가족들의 일생을 처참하게 망가뜨려야만 직성이 풀릴 따름이지…….

"그런데 그 여자가 그토록 자주 핸드폰 번호를 바꾸고 또 이사를 하면서 경찰에 계속 도움을 요청했을 거 아냐? 하지만 경찰은 왜 그 여자가 길거리에서 무참히 피살될 때까지 가만히 손을 놓고 있었던 거지?"

"내가 신문에서 읽어 본 내용인데 경찰한테 가정폭력에 대해 아무리 신고해도, 가해자 격리나 접근 금지 같은 조치가 이루어지는 것은 100명 중 1명도 안 된다고 하더군. 또 구속 상태로 수사받는 가해자 비율도 1%밖에 되지 않는다고도 하고."

영은의 작으면서도 다소 높은 목소리가 방안의 정적을 깨며 계속 울려 퍼지기 시작했다.

"우리나라에는 '여자와 북어는 패야 맛이 있다.'라는 말이 있잖아? 또 '여자는 3일에 한 번씩 맞아야 고분고분해진다.'라는 말도 있고. 아무튼 그 불쌍한 여자를 무참히 죽인 것은 그 가해 남성이 아니라, 아직도 가부장적인 몽매한 사고방식에 사로잡혀 있는 이 대한민국이라는 나라인 거 같아. 여자가 남자에게 피투성이가 되도록 매를 맞아서 죽거나, 또는 칼로 온몸을 난도질당해서 죽기 전에는 외눈 하나 까딱하지 않은 채 거들 떠보지도 않는 이 비정한 사회가……."

들불 축제

5.

　오리 수육과 전골을 주메뉴로 취급하고 있는 식당은 실내가 꽤 넓은데도 연말이라서 그런지 손님들로 꽉 차 있었다. 여민구는 실내의 따뜻한 온돌 위에 앉아 식사하고 있는 사람들 틈을 헤친 채 아르바이트생이 알려 준 어느 방 앞으로 재빨리 다가가 미닫이문을 벌컥 열어젖혔다. 그러자 방 안에 앉아서 왁자지껄 떠들며 이야기를 나누고 있던 일곱 명의 시선이 일제히 그에게 쏠렸다.

　"여 부장님, 오셨네요?"

　"오래간만입니다."

　문가 쪽에 앉아 있던 노진우와 이승원이 자리에서 일어서서 손을 내밀고 그에게 악수했다.

　"여 부장! 이쪽으로 와서 내 옆에 앉도록 해."

　술을 벌써 한두 잔 마셨는지 발그스름하게 상기된 얼굴을 한 하명우가 손가락으로 자기의 옆자리를 가리켰다.

　곧 민구는 다른 사람들하고 일일이 악수를 한 다음, 코트를 벗어서 옷걸이에 걸어놓고는 그곳에 앉았다.

　"회장님! 오늘 선생님들 세 분은 일이 있어서 못 온다고 연락이 왔고, 나머지 여덟 분은 다 온 거 같으니까 건배 한 번 하도록 하죠?"

"응, 알았어."

총무인 노진우가 마주 앉아 있는 명우에게 말하자, 그는 미소를 띤 얼굴로 고개를 끄떡이며 잔을 들었다.

"자, 모두 다 한 잔씩 들도록 하자고."

곧 그의 말에 따라서 일곱 명의 사람이 빈 잔에 소주와 맥주를 따르고서 그것들을 높이 치켜들었다.

"그동안 이런저런 사정이 있어서 우리가 1년 가까이 모이지 못했는데, 앞으로는 그전과 마찬가지로 1년에 네 번씩 모임을 반드시 갖자고. 우리가 왜 쓸데없이 다른 선생들의 눈치나 보면서 모임도 제대로 못할 이유가 뭐가 있냐고?"

"……"

"그리고 여민구 부장이 오늘 모임에 꼭 참석할 수 있도록 내가 엊그저께 총무한테 여 부장에게 연락 좀 하라고 신신당부했어. 사실 여민구 부장이 어떻게 하다 보니까 실수를 한번 한 것이지, 그 무슨 큰 잘못을 저지른 게 아니잖아? 솔직히 말해서 여기에 있는 사람들뿐만 아니라 또한 우리 학교의 남자 선생 중에 옛날에 여학생들의 뺨을 꼬집지 않거나, 또는 손을 잡아보지 않은 사람이 그 누가 있겠어? 더군다나 몇 명 선생들은 여학생들의 등쌀에 못 이겨서 극장이나 노래방 같은 데에도 가끔 끌려가기도 했건만……."

명우 다음으로 나이가 많은 김태영이 잔을 들고 있는 손이 너무 힘든데 무슨 말을 그리 많이 하나 하는 생각을 하며 그를 힐끔 쳐다보았다. 그러나 그는 다른 사람들이 미간을 찡그리고서 자기를 쳐다보든 말든 아랑곳하지 않고 입을 다시 열었다.

"어떻든 간에 현재 우리 모임의 회원들이 K 여고와 K 중학교에 뿔뿔이 흩어져서 근무하고 있지만, 그럴수록 조금도 흔들림이 없이 더욱더 협심 단결해야 한다고 생각해. 그래서 학교에서 같이 근무하고 있을 때는 말할 것도 없고 나중에 정년퇴임을 한 후에도, 우리 회원들 열한 명은 한 명도 이탈자가 없이 계속 참석해서 우리 모임을 끝까지 유지해 나가도록 하자고."

그는 헛기침을 한 번 하고는 좌중을 다시 휘둘러보았다.

"자! 건배하도록 합시다. 우리 회원들의 굳건한 단결과 우리 모임의 영원한 발전을 위하여!"

'나는 누구인가?'

여민구는 얼마 전부터 집에 아무도 없이 혼자 있을 때마다 거실에 있는 소파에 앉아서 TV의 불교 방송을 자주 보기 시작했다. 또 거기에 나오는 중들이 경건한 자세로 불경을 낭송하는 소리를 들으면서 마음을 정화하기 위해 노력했다. 이 세상에 대한 분노와 자기 자신에 대한 모멸감으로 일그러진 혼탁한 심성을……. 현재 자기가 이토록 고통받는 것은 전생에 지은 죄의 업보일 거라고 생각한 채 이 사회와 다른 사람들을 더 이상 원망하지 않기로 했다. 또한 그 사건이 일어난 경위와 그 결과에 대한 모든 것을 가해자가 아니라 피해자의 관점에서 바라보기로 마음먹었다. 그러자 여태껏 생각했던 거와는 달리 미성년자인 그 학생에게는 그 모든 것이 커다란 정신적 충격으로 다가올 수 있다는 사실도 깨달을 수 있었다.

"그런데 참 항소심은 벌써 끝났지?"

명우가 촉촉한 물기를 머금고 있는 듯한 수육 한 점을 초고추장에 찍어서 입에 넣으며 민구에게 물었다.

"끝나기는요? 아직 시작도 안 했는데……."

"저번에 나를 만났을 때는 늦어도 12월 초에는 항소심이 열릴 거라고 했잖아?"

"강력 사건들이 너무 많아서 그런지 그것들을 먼저 처리하다 보니까 제 사건 같은 것은 자꾸 미루어져서, 내년 1월 말이나 항소심이 열릴 거 같다고 하더라고요."

명우가 부드러우면서도 담백한 맛이 나는 그 고기를 천천히 씹고 있다 말고 민구의 말을 듣고서 혀를 끌끌 찼다.

"나 원 참! 당사자에게는 일생일대가 걸려 있는 중요한 문제인데도 아무것도 아닌 것처럼 그런 식으로 취급하다니……."

"그러게 말이에요. 그 사람들은 다른 사람이 직장에서 쫓겨나서 인생이 파탄이 나든 말든 전혀 신경 쓰지 않는다니까요?"

민구가 퉁명스러운 어조로 투덜거리며 잔을 또 홀짝 비웠다. 그리고 수육을 고추와 마늘과 나물과 함께 상추에 싸서 그것을 입에 넣고서 우걱우걱 씹기 시작했다.

그런데 그때 별안간 박정태가 소주를 홀짝 마시더니 그 빈 잔을 상에다 탁하고 내려놓으며 화난 목소리로 입을 열었다.

"맞아요. 요즘 세상은 대체 뭐가 어떻게 되어 가는 것인지 아무리 생각해도 잘 모르겠어요. 모든 것이 뒤죽박죽 엉망진창인 채 뭐가 옳고 그른 것인지를 잘 알 수가 없으니……."

"……."

"그 옛날에 술에 취하면 가끔 사람들 앞에서 이상한 행동을 했다던 시인을 고발한 사건은 공소권 없음으로 처리되었고, 또 여자 배우들을 수없이 성추행했다고 해서 비난을 받는 어느 영화감독과 영화배우는 무혐의 처분을 받았다고 하더라고요. 그런데 그에 반해서 여 부장님은 여학생하고 영화 한 번 보고 왔다고 해서 평생직장에서 쫓겨나게 됐으니……."

정태가 다소 격앙된 반응을 보여서 그런지 모두 다 입을 꼭 다문 채 방 안의 분위기는 일순 딱딱하게 경직된 듯했다.

그러나 곧 민구의 옆에 앉아 있던 노진우가 그의 표정을 슬쩍 살피더니, 다소 길어지고 있는 정적을 깨며 조심스럽게 입을 열었다.

"여 부장님! 학교에 안 나온 지가 벌써 열 달 가까이 되다 보니까 요즘에 지내시기가 무척 힘드시죠?"

"그렇고 그렇지 뭐? 그런데 내가 생각하기에는 '인생은 새옹지마이다.'라는 말이 있는 것처럼, 복이 있으면 화가 있고 또 화가 있으면 복이 있는 거 같아."

민구가 마치 그런 질문을 기다리기라도 한 것처럼 곧바로 대답하자, 진우는 그가 왜 그런 말을 하는가 하고 생각하며 어리둥절한 표정을 지었다. 그런데 그는 멋쩍은 미소를 머금고는 좌중을 휘둘러보며 큰 목소리로 말을 다시 이었다.

"열 달 가까이 학교에 출근을 못 하는 바람에 가슴이 바싹바싹 타서 죽을 것 같더니만, 한 달쯤 전부터 나에게 이런저런 좋은 일들이 계속 일어나기 시작했어요. 정부에서 강력한 부동산 정책을 폈는데도 올가을에 우리 아파트의 가격이 적어도 2억 5천만 원에서 3억 원가량은 오른 거 같더라고요. 또 아버님이 돌아가시면서 나에게 유산으로 물려주신 가내공장 부지의 땅이 있는데, 그것이 지난달에 적당한 가격에 팔려서 얼마나 다행스러운지 몰라요. 변두리 지역에 7~8년 동안 방치되어 있던 쓸모없는 땅이었건만……."

민구의 말대로 그 모든 것이 자기가 원하던 대로 잘 되어서 그런지, 그의 얼굴에는 그전과는 달리 구김살이 거의 없이 밝은 빛을 띠고 있는 듯했다.

"그리고 나하고 어릴 때부터 무척 친하게 지냈던 사촌 동생이 한 명 있는데, 그 사람이 남해안 지역에서 '문어와 한방 보쌈'을 파는 식당을 운영해서 큰돈을 벌었다고 하더군요. 그런데 그 사촌 동생이 내년 3월에 현재 내가 살고 있는 곳의 신시가지 상가에다가 분점을 차릴 계획이라면서 나에게 동업을 제안했어요. 자기는 남해에 있는 식당과 이곳에 있는 식당을 왔다 갔다 해야 해서 전적으로 한 곳에만 매달릴 수 없으니까, 자기 대신에 나에게 이곳에 있는 식당을 철저하게 관리 좀 해 달라고 하면서……."

그의 말이 끝나자마자 여기저기에서 축하한다는 말과 함께 두세 명이 조그맣게 손뼉 치는 소리가 들렸다.

흥거운 연말을 맞이하여 한층 들뜬 분위기 속에서 모두 다 술을 마시는 속도가 얼마나 빠른지 상 위에 빈 병들이 여기저기 늘어서기 시작했다. 그런데도 조금 후에 그 많던 술이 전부 다 동이 나자, 총무가 방 밖으로 나가서 소주와 맥주를 각각 다섯 병씩을 쟁반에 담아 왔다.

그때 모두 다 불그스름하게 물든 얼굴로 술잔을 또 부지런히 주고 받고 있는데, 느닷없이 명우가 방안의 어수선한 분위기를 깨뜨리고서 혀가 잔뜩 꼬부라진 목소리로 입을 다시 열었다.

"여민구 부장이 사업을 해볼 생각이라니까 내가 말하는 건데……."

"……."

"나도 한 달 전인 11월에 명퇴를 신청했어야 했는데 그러지 못했던 것이 너무나 후회스러워. 모든 것을 다 훌훌 털어버리고 학교를 그만두고서 앞으로 제2의 인생을 살아야 하는 것인데……."

명우는 상당히 술에 취한 거 같은데도 태영이 소주와 맥주를 적당히 섞어서 건네준 폭탄주를 단숨에 쭉 들이켰다.

"창피해서 이런 말을 하지 않으려다가 술에 취한 김에 하는 것인데 ……."

"……."

"올해 교원 평가에서 우리 학교의 교사들 중에서 내가 어처구니없게도 최하위 점수를 받았어. 즉, 학생들이 평가한 부문에서 2.5점이 안 되는 2.36점을 받았기 때문에 교장 선생이 내가 내년에 원격직무연수를 받아야 한다고 하더라고."

"하지만 교원 평가에서 성적 미만자가 받는 직무연수 같은 것은 몇 년 전에 없어지지 않았어요? 그것이 실효성이 전혀 없다느니 뭐 하느니 하면서 이런저런 말들이 너무 많다 보니까 오래전부터 없앤다는 말이 있었던 거 같은데요?"

별다른 말이 없이 맨 끝에 가만히 앉아서 술만 마시고 있던 박정태가 명우의 말을 받아서 한마디 했다. 그는 연구부 기획을 3년간 맡고 있어서 그런지, 자기 부서의 업무인 교원 평가 같은 것에 대해서 평소에도 상당히 많은 관심을 두고 있는 듯했다.

"내가 나름대로 알아보니까 박 선생 말대로 올해 11월에도 교육감들이 모여서 교원 평가를 없애자는 건의문을 교육부에 제출했다고 하더군. 그런데 교육부에서는 당분간 그것을 없앨 계획이 없기 때문인지, 내년에는 그대로 시행한다고 하는 거 같더라고."

희끗희끗한 새치로 온통 뒤덮여 있는 명우의 머리가 형광등 불빛 아래에서 하얗게 반들거리며 빛났다.

"아무튼 사회 과목을 35년가량 가르치고 또 각종 교내외 경시대회에서 최우수 지도 교사상도 받았던 내가, 어떻게 수업을 제대로 하지 못한다고 해서 학생들로부터 최하위 점수를 받을 수가 있는 거냐고?"

그런데 그때 그의 말이 끝남과 동시에 노진우가 술기운에 불그스름하게 충혈된 눈을 치켜뜨고서 그를 빤히 쳐다보았다.

"하 부장님! 제 생각에는 요즘의 학생들에게는 선생님이 잘 가르치느냐 그렇지 못하느냐 하는 것은 이차적인 문제에 불과한 것 같아요. 다만 선생님들하고 자기들하고 불협화음을 일으키지 않은 채 얼마나 정서적인 교감을 잘 이루느냐 또는 그렇지 못하느냐 하는 것을 가장 중요하게 생각할 따름이죠."

"그래요. 최근에 우리 학교의 인근에 있는 어느 여자고등학교에서 발생한 사건을 보더라도, 그 학교에서는 전교생들에게 전수조사를 해서 성추행과 성희롱을 한 교사들뿐만 아니라 학생들에게 상습적으로 욕을 하거나 언어폭력을 한 교사들도 모두 다 수업 정지를 시켰다고 하더라고요."

진우의 말을 받아서 그의 옆에 앉아 있던 지영훈이 고개를 끄떡이며 맞장구를 쳤다. 그러고 나서 영훈은 그와 같은 일련의 사태를 보고 난 이후에 자기는 교직 경력이 15년밖에 안 되지만, 모든 학생에게 존댓말을 쓰고 또 아무리 화가 나도 학생들에게 욕을 하지 않기로 결심했다고 덧붙여서 말했다.

명우는 까마득하게 어린 후배 교사에게 그 말을 듣는 순간 자기가 교직 생활을 얼마나 잘못했나 하는 것을 새삼스럽게 깨달을 수 있었다. 그 옛날에 K 중학교에서 10년간 근무하다가 K 여고로 전근왔을 무렵에, 여학생들이 거칠고 투박한 성격의 남자 선생들을 좋아할 거라는 얼토당토않은 편견에 사로잡혀 있었다. 그래서 천방지축으로 날뛰는 중학교 남학생들에게 하듯이, 연약한 소녀들인 여학생들에게도 조금만 화가 나면 수시로 소리를 지르거나 욕을 했던 잘못된 습관이 여태껏 이어져 왔던 것이다.

"나같이 나이도 많이 먹은 사람이 학교를 그만두지 않고서 정년을 채우려고 끝까지 버티고 있으니, 교장과 교감이 보기에는 얼마나 눈꼴 사납겠어? 올해 1년 동안 이런저런 사건으로 교장실에 수시로 불려 간 채 나이도 나보다 한 살 작은 전선기 교장한테 별의별 잔소리를 다 듣곤 했지."

명우는 다른 사람들이 듣든지 말든지 술 냄새를 풀풀 풍기며 횡설수설 계속 떠들어대기 시작했다.

"1학기 중간고사 때는 시험 문제를 잘못 냈다고 해서 그랬고, 또 2학기 중간고사 때는 서술형 점수를 1점 더 적게 받았다고 항의하는 학생과 일주일 내내 싸우다가 그 학생이 교장 선생한테 일러바치는 바람에 그랬고, 또 그 이후에는 수업 시간 내내 잠만 자던 어느 여학생에게 욕을 하면서 수행평가 태도 점수를 1점 깎았다는 이유로 그 학생의 어머니로부터 항의 전화가 왔다고 해서 그랬고, 또 최근에는 교원 평가를 최하위를 받은 것 때문에 몇 번이나 불려 가서 서류 작성을 하기도 했다니까?"

들불 축제

수많은 차가 헤드라이트를 번쩍거리면서 쏜살같이 지나가는 8차선 도로에서 불어온 차가운 바람이 여민구의 뺨을 세차게 때렸다. 그러자 그는 보도를 왔다 갔다 하면서 떠드는 사람들의 소음을 피해, 노래방 간판이 휘황찬란하게 켜져 있는 어느 건물의 뒤쪽으로 재빨리 갔다. 일곱 명이 조금 전에 그 건물의 2층에 있는 노래방으로 올라갔지만, 그는 그들을 따라가다 말고 1층으로 도로 급히 내려왔다. 학교에 출근하지 않던 4월 중순쯤에 송영문과 통화를 한 번 하고 난 이후에 더 이상 하지 않았건만, 오늘따라 이상하게도 그에게 전화를 꼭 걸고 싶었다.

　"송 부장님! 잘 지내시죠?"

　"응. 나야 늘 그렇고 그렇지 뭐⋯⋯."

　도로를 달리는 차들이 계속 빵빵거리며 시끄럽게 하는 듯하자, 그는 좀 더 으슥하고 한적한 곳으로 발걸음을 조금 더 옮겼다.

　"그전에 여 부장이 재판받는다고 하더니만 그 결과는 어떻게 됐어?"

　"8월에 1심에서 벌금이 250만 원이 나왔기에 항소했는데, 그 항소심이 1월 말경에나 열린다고 하더라고요."

　곧 그는 재판에 대한 것보다도 유산으로 물려받은 가내공장 부지가 팔린 것과, 또 새 아파트 단지들이 있는 신시가지의 상가에서 사촌 동생과 '문어와 한방보쌈'의 식당을 동업하게 될 것에 대해서 영문에게 대략 설명했다. 그러자 그의 말이 끝나자마자 영문은 이제 자기도 더 이상 실의에 빠져 있지 않은 채 일을 하면서 앞으로 의욕적으로 살아갈 것이라고 맞장구를 쳤다.

"내년 1월 1일부터 시내에 있는 제법 규모가 큰 편의점을 동서 형님으로부터 싼 가격에 인수해서 꾸려나가기로 했어."

스마트폰 너머로 흘러나온 영문의 까랑까랑한 목소리가 고요한 공간에 울려 퍼지기 시작했다.

영문의 큰 동서는 나이가 예순세 살인데 젊을 때 식품회사에서 근무하면서 슈퍼마켓 같은 곳에 물건을 공급해 주는 일을 했다는 것이다. 그 이후에 마흔다섯 살이 되었을 무렵에 그것을 경험 삼아 편의점두 개와 슈퍼마켓 한 개를 운영해서 꽤 많은 돈을 벌었다고 한다. 그런데 올해 10월에 대학 병원에서 건강검진을 받다가 폐암 2기 판정을 받는 바람에 모든 것에서 손을 뗀 채 그의 아내가 편의점과 슈퍼마켓을 각각 한 개씩 맡기로 했다는 것이다. 또한 그것 중에서 규모가 가장컸던 편의점 한 개를 프리미엄을 조금도 받지 않고서 영문에게 그대로넘기기로 했다고 한다.

"송 부장님! 여태껏 한 번도 운영해 보지 않으셨는데 그것을 잘 꾸려나갈 수 있겠어요?"

"잘하고 못 하고 할 게 뭐가 있겠어? 물론 내가 모든 일을 거의 다도맡아서 할 것이기는 하더라도, 어떻든 아르바이트생 한 명 하고 또집사람하고 셋이 번갈아 가면서 해나갈 생각이야."

한순간 어두컴컴한 어둠 너머로 세차게 몰아치는 바람을 피해서 민구는 몸을 조금 더 홱 돌렸다. 또한 날씨가 너무 추운 듯해서 그만 통화를 끝내고는 노래방으로 들어갈 생각을 하고 있는데, 영문의 목소리가 곧바로 다시 이어졌다.

"그럼, 여 부장도 항소심의 결과가 잘 나오더라도 학교는 영원히 그만두고서 식당이나 본격적으로 해볼 생각이야?"

"아뇨. 만일 항소심이 잘 돼서 학교에 복직하게 된다면 저는 학교에서 계속 근무할 생각이에요. 식당에 대한 운영은 전적으로 집사람에게 맡기고서 저는 가끔 그 뒷바라지나 하면서……. 교직 생활에 별다른 미련은 남아 있지 않지만, 그런 일로 학교에서 쫓겨난다는 것이 너무나 억울하다는 생각이 들어서 이대로 모든 것을 끝내고 싶은 마음은 조금도 없어요."

6.

여민구는 양은그릇에 들어 있는 희뿌연 한 막걸리를 반 정도 쭉 들이켜고는 수저로 갈비탕의 국물을 두세 번 떠먹었다. 그러고 나서 계산대의 바로 위쪽의 조그맣고 낡은 텔레비전에서 방영되고 있는, 2019년도 프로야구를 언뜻 쳐다보며 혼잣말로 조그맣게 구시렁거렸다.

'이제 겨우 4회전밖에 하지 않았는데 벌써 6:1로 지고 있다니……'

이쪽 팀의 투수가 너무나 형편없어서 그런지 상대 팀의 타자들이 방망이를 휘둘러 대기만 하면 안타가 계속 터지고 있었다. 그 언제부터인가 그의 인생이 되는 것이 하나도 없이 그 모든 것이 배배 꼬여 있는 거처럼, 이 도시의 프로야구팀도 매년 거액을 투자해서 우수한 선수들을 보강하고 있으나 성적은 여전히 하위권에서 벗어나지 못하고 있었다.

곧 그는 그릇에 들어 있는 막걸리를 마저 다 마시고서 뼈다귀 한 개를 들고는, 거기에 붙어 있는 고기를 천천히 뜯어 먹기 시작했다. 갈비탕과 함께 밥을 먹으면서 막걸리를 홀짝홀짝 한 통이나 마셨는데도 조금 더 마셔야 직성이 풀릴 것 같아서, 여기저기에 음식을 나르고 있는 아주머니에게 막걸리 한 통을 더 시켰다.

'앞으로 정말로 뭘 하면서 먹고 살아야 하나?'

이번 겨울에 사촌 동생과 함께 '문어와 한방 보쌈'의 식당을 차리려고 했던 것은 두세 달간 부산만 떨다가 끝내 없었던 일로 흐지부지되고 말았다. 그동안 사촌 동생을 두 번이나 만나서 밤새도록 술을 마시며 열띤 논쟁을 벌이고, 또 둘이 빈 상가를 돌아다니며 임대료를 알아보기도 하고, 또 실내 장식업자들을 만나서 견적 같은 것도 뽑아보기도 했다. 그런데 40~50평 정도 되는 상가를 임대해야 할 뿐 아니라 그 안에 실내 장식을 하는데 비용이 너무나 많이 들어서, 그가 가내 공장 부지의 땅을 팔아서 생긴 1억 2천만 원으로 그 큰 식당을 차린다는 게 도저히 엄두가 나지 않았다. 또한 동업하면서 발생할 수 있는 이런저런 문제점들을 대략 간추려 보았는데, 식당을 운영하기 전인데도 벌써 머리가 지끈지끈 아프다 보니 자연스럽게 서로 연락을 하지 않게 되었다. 그러던 차에 오늘 오후 5시경에 사촌 동생한테서 핸드폰으로 그 도시에 식당을 차리려고 했던 계획이 도저히 불가능할 거 같다는 최후의 통보를 받고는, 아내에게 아무 말도 하지 않고서 집에서 혼자 슬그머니 빠져나왔다. 그리고 발길이 닿는 대로 이리저리 돌아다니다가 저녁이 다 된 시간에 수입 소고기로 만들어서 그런지 가격이 다른 곳보다 훨씬 더 저렴한 설렁탕과 갈비탕을 파는 이 국밥집으로 들어왔다. 이 식당은 재래시장의 한쪽 구석의 외진 곳에 있어서 K 여고의 선생들이라든가 그 밖에 알고 지내는 사람들을 마주칠 확률이 거의 없던 탓에, 그는 그전에도 혼자서 술을 마시기 위해 이곳에 서너 번 온

적이 있었다.

그런데 그가 두 번째 술통의 마개를 따고서 빈 그릇에 막걸리를 막 따르려는 순간, 그와 조금 떨어진 곳에 앉아 있던 50살 중반 정도 된 한 남자가 자리에서 느닷없이 벌떡 일어났다. 그리고 계산대 앞으로 걸어가더니 형편없이 지고 있는 게임을 뭐 하러 계속 보고 있는 거냐고 투덜거린 채, 리모컨으로 텔레비전의 채널을 다른 프로야구팀들이 경기하고 있는 곳으로 돌리고는 자기 자리로 도로 돌아갔다. 민구는 어처구니없는 듯한 표정을 짓고는 너무나 뻔뻔스러워 보이는 그 남자의 얼굴을 물끄러미 쳐다보았다. 비록 이쪽 팀이 5회 초에 1점을 더 먹어서 현재 7:1로 지고 있지만, 야구라는 것은 한 방이라는 것이 있어서 앞으로 어떻게 전개될지 장담할 수 없는 것이다. 안타를 두세 개 몰아침과 동시에 홈런까지 한 번 치게 되면, 단숨에 4~5점을 따라붙을 수 있는 것이라서……

곧 민구가 불쾌한 표정을 짓고는 그쪽을 한 번 힐끔 쳐다보고서, 사발을 들고 막걸리를 다시 쭉 들이켰다. 그때 그곳에 앉아 있던 다른 두 명의 남자 중에서 한 명이 부스스 일어나더니만, 민구에게 조심스럽게 걸어오기 시작했다.

"저…… 혹시……"

"……."

"여민구 병장님 아니십니까?"

그는 벌겋게 달아오른 얼굴에 멋쩍은 미소를 살짝 머금고, 민구가 뭐라고 할 사이도 없이 바로 앞에 놓여 있는 의자에 살짝 걸터앉았다. 그러고 나서 민구를 빤히 바라본 채 다소 더듬거리는 목소리로, 경기도의 어느 지역에 있는 군부대의 이름을 대면서 민구에게 거기에서 제대하지 않았느냐고 물었다.

"여 병장님!"

"……"

"저…… 천성우 일병입니다. 아까부터 혼자 술을 마시고 있는 모습이 꼭 여 병장님 같았지만 확실하게 알 수가 없어서……"

붉게 충혈된 그의 두 눈과 마주친 순간 민구의 머릿속에 아득히 먼 옛날에 했던 군대 생활이 어렴풋이 되살아나는 듯했다.

"정말…… 오래간만이네요."

"그렇죠. 그러고 보니 제가 여 병장님과 같이 군대 생활을 한 지가 벌써 35년 가까이 지난 거 같네요?"

민구는 엉거주춤 몸을 일으켜서 그와 어색하게 악수하고는, 자기 앞에 놓여 있던 빈 그릇을 그의 앞에 갖다 놓고서 막걸리를 한가득 따랐다. 그러자 그는 고맙다는 말 한마디도 없이 히죽 웃으며 그것을 반 정도 쭉 들이켰다. 그리고 술 냄새를 풀풀 풍기면서, 젊을 때 다른 도시에서 직장 생활을 하다가 그것을 때려치우고는 고향으로 온 후에 이 시장통에서 20년 넘게 옷 가게와 신발 가게를 했다고 말했다. 또 재작년에 결혼한 딸이 벌써 손자를 낳은 것과 또한 작년에 대학을 졸업한 아들이 대기업에 취업했다는 것에 대해서도 장황하게 이어서 말했다.

"여 병장님은 현재 직업이 뭐예요?"

"……."

"무슨 일을 하고 있는데 이 시간에 여기서 혼자서 술을 마시고 있는 건가요?"

그가 재차 묻자, 민구는 어떻게 할까 하고 망설이다가 K 여고에서 영어 교사로 근무하고 있다고 얼떨결에 말하고 말았다.

"제가 맡고 있는 반의 학생 중에서 가출을 한 채 장기 결석을 하는 애가 한 명 있습니다. 그래서 이 부근에서 살고 있는 그 학생네 집에 가정 방문을 왔다가……."

"……."

"아무도 못 만나고서 돌아가던 중에 속이 상해서 술 한잔하려고 여기에 잠깐 들리게 된 것입니다."

민구가 발갛게 상기된 얼굴로 재빨리 거짓말을 하는 것을 들으며 성우는 고개를 두세 번 끄떡거렸다.

"하기야 그 당시에 우리 중대에서 대학교에 다니다가 군대에 온 사람들이 몇 명 되지 않아서, 여 병장님은 제대 후에 당연히 학교 선생 정도는 할 것으로 생각했죠."

곧 그는 그릇의 바닥에 조금 남아 있는 막걸리를 다 마시고는 김치를 와삭와삭 깨물어 먹더니, 자기가 처음에 입대했을 때 같은 고향 출신인 데다가 가방끈이 길어서 유식하고 똑똑했던 민구를 만나게 되어서 무척 기뻤다고 했다.

들불 축제

그런데 그때 어색한 침묵이 막 흐르려고 하는 순간 그가 느닷없이 험상궂게 일그러진 얼굴을, 민구를 향해 번쩍 들었다.

"하지만 양처럼 착하고 온순하게만 생각했던 여 병장님이 개 패듯이 때리는 바람에 마음속에 깊은 상처를 입었던 적이 몇 번 있었어요."

민구는 성우가 갑자기 무슨 소리를 하는 건가 하고 생각하며 어리둥절한 표정을 짓고 있는데, 그가 다소 흥분된 목소리로 몇 마디 더 말하기 시작했다. 즉, 그가 일등병이 된 지 얼마 안 되었을 때 초소에서 깜빡 졸다가 근무 교대를 나왔던 여민구에게 들켜서 10분 정도 주먹과 발로 두들겨 맞았다고 한다. 그래서 다른 고참들한테는 초소에서 졸다가 걸려도 몇 번 쥐어박히고 마는데, 동향 고참한테 그토록 사정없이 맞다 보니 너무나 서러운 나머지 부대로 혼자 걸어 들어가면서 얼마나 울었는지 몰랐다는 것이다.

잠시 그는 붉으락푸르락한 얼굴로 숨을 두세 번 거칠게 몰아 내쉬다 말고, 짐승이 으르렁거리는 듯한 소리를 다시 내기 시작했다.

"또한 그 후에도 두 달 정도 지났을 무렵에 부대원들 열댓 명이 잠을 자다가, 새벽 4시에 근무 교대를 하려고 연병장에 모인 적이 있었어요. 그런데 그때 여 병장님이 모두 다 엎드려뻗치라고 하더니만 아무런 말도 없이 다짜고짜 워커 발로 가슴팍을 네댓 번씩 걸어차기 시작했어요. 그래서 나도 명치끝에 두 번인가 채이고는 숨이 콱 막혀서 죽을 것만 같았는데, 어금니를 꽉 깨문 채 당장 땅바닥에 쓰러지기라도 하려는 것을 겨우 참았다니까요?"

　민구는 자기를 쏘아본 채 형광등 불빛을 받아서 날카롭게 번득이
고 있는 그의 눈빛을 피해 고개를 재빨리 숙였다. 그리고 그가 조금
전에 웃음 띤 얼굴로 자기에게 접근했던 이유를 2~3분도 채 지나지
않아서 명확하게 깨달음과 동시에, 여차하면 탁자 위에 있는 그릇들이
엎어지거나 그의 주먹이 자기의 얼굴에 날아올 것 같은 위기의식도 함
께 느꼈다.

　그런데 질식할 듯한 침묵이 막 흐르려던 순간 조금 전에 텔레비전
의 채널을 다른 곳으로 돌렸던 남자가 자리에서 벌떡 일어섰다. 그리
고 두 사람에게 황급히 다가오더니, 쓴 미소를 머금은 얼굴로 성우를
바라보며 그의 어깨를 툭 하고 쳤다.

　"이 친구! 쓸데없이 여기서 이러고 있지 말고, 나하고 밖에 나가서
담배나 한 대씩 피우도록 하자고."

　"……."

　"술에만 취하면 가끔 아무에게나 소리를 빽빽 지르면서 발광고 그
러니……."

　곧 그 남자가 성우의 팔을 잡은 채 싫다고 뿌리치는 그를 억지로 일
으켜 세우고는 화장실의 뒤쪽으로 끌고 갔다. 그 사이에 민구는 막걸
리와 갈비탕이 조금 남아 있는데도 더 이상 먹지 않고서, 자리에서 일
어난 다음 계산을 치르고는 밖으로 재빨리 나갔다.

　　　　들불 축제

잠시 후 민구는 어깨를 축 늘어뜨리고 털레털레 발걸음을 떼며 비좁은 시장 거리를 천천히 빠져나오기 시작했다. 어젯밤부터 불어닥친 꽃샘추위로 인해 한층 싸늘해진 바람이, 재래시장에 감돌고 있는 퀴퀴한 냄새를 싣고 왔다. 작년 12월에 열리느니 또는 올해 1월에 열리느니 했던 그에 대한 항소심 재판은 3월 말경이 되었는데도, 아직도 명확하게 날짜조차 정해지지 않았다. 또 그가 생각하기에는 세월이 흐를수록 성범죄에 대한 사람들의 인식은 갈수록 엄격해지고 있어서 그런지, 그의 변호사가 말했던 것과는 달리 그의 항소심 판결도 1심 판결과 별반 다르지 않을 것만 같았다. 그런데, 지난달에 있었던 그 말도 많고 탈도 많았던 황기선 국회의원에 대한 항소심에서 재판부는 3년 형을 선고한 후 그를 법정 구속했다. 즉, 업무상 위력을 과소평가했던 1심 때와는 다르게 2심 재판부는 4선의 황 전 국회의원이 수행 비서인 유혜림 씨가 성적 자기 결정권을 자유롭게 행사하기 어렵다는 것을 알고 있는 상태에서, 자신의 지위와 권력을 이용하여 여비서에게 간음 행위를 했다고 판단했다. 그러자 혜림 씨의 변호사도 이번 항소심 판결은 성 인지 감수성 관점에 의해 피해자가 처한 상황과 가해자의 권력관계 등을 충분히 심리했다고 하면서, 앞으로 성폭력 관련 사건에서도 이와 같은 판결이 이어지길 기대한다고 말했다.

　'지금 우리는 어디를 향해 가고 있는 것인가?'

　그러나 여민구가 생각하기에는 현재 전 세계적으로 미투 열풍이 확산일로로 치달은 채 전반적인 변화가 일어나고 있지만, 이 지구상 곳곳에는 아직도 어두컴컴한 미궁 속에 갇혀 있는 곳이 너무나 많은 듯했다. 그래서 엄밀히 말해서 자기 자신도 성범죄자라고 할 수 있으면서도 마치 페미니스트라도 된 것처럼, 미개한 후진국에서 여성들의 인권을 무참하게 짓밟는 일들을 대할 때마다 덧없는 분노와 함께 좌절감을 느낄 때가 한두 번이 아니었다. 예를 들어서 마취도 없이 여성의 성기를 절단하는 할례 시술이라든가, 또는 가난 때문에 어린 나이에 남자에게 팔려 가서 평생을 살아야 하는 조혼이라든가, 또는 집안의 명예를 더럽혔다는 이유로 가족들이 딸이나 아내를 무참히 죽이는 명예살인 같은 것들에 대해서……. 즉, 그 어느 때는 3살이나 4살밖에 되지 않은 여자아이들이 집에서 할례 수술을 받다가 죽거나, 또는 어린 나이에 조혼하게 된 소녀들은 자신의 청춘을 송두리째 빼앗긴 채 무지막지한 성적 학대에 시달리곤 한다. 또 사소한 잘못을 저지르는 바람에 집안 남성들의 분노를 사게 된 여자들은 가족들로부터 생매장과 돌팔매질을 당하거나, 또는 신체를 절단당하는 잔혹한 명예살인에 처하기도 한다.

천성우는 동향 선배로서 믿고 의지했던 여민구에게 당한 구타 때문에 평생 마음의 상처를 지니게 되었다고 했는데, 그 당시에는 그런 무지막지한 폭행이 사회 전반적으로 자행되곤 했다. 그도 1980년대 후반에 민구가 군에 입대했을 때는 온종일 미사일 기지에 경계근무를 서야 하는 특수 업무라서 그런지, 그의 하루의 일과는 고참들로부터 매 맞는 것으로 시작해서 매 맞는 것으로 끝났다고 해도 과언이 아니었다. 내무반에서 청소하다가 귀싸대기를 맞고, 또 식당에서 밥을 먹던 중에 시멘트 바닥에 머리를 박아야 하고, 또 새벽에 자다 말고 막사 뒤로 불려 나가서 군홧발로 정강이를 차이고, 또 칼바람 부는 초소에서 밤새 근무를 서다가 주먹과 발로 온몸을 두들겨 맞기도 하고. 또한 제대한 이후에도 맞고 때리고 했던 것이 몸에 배었던 탓에 K 중학교에서 처음으로 교사 생활을 할 때도 그는 학생과의 교내계 업무를 하면서 학생들에게 수시로 폭력을 행사하기 시작했다. 별것도 아닌 사소한 일에도 열네댓 살 먹은 철없는 아이들에게 불같이 화를 내며 손바닥으로 뺨을 때리거나 봉걸레 자루로 엉덩이를 두들겨 패기도 하면서…….

그런데 몇 년 전에 고등학교 동창생 중에서 육군 중령으로 제대한 친구와 술을 마신 적이 있는데, 그때 그는 그 친구에게 요즘에도 군대에서 옛날처럼 무자비한 폭력이 난무하고 있냐고 물었다. 그러자 그 친구는 그 어느 부대에서 사소한 구타 사고만 나더라도 그곳의 군 간부를 진급시키지 않거나 해임을 시키는 등 강력한 조치를 하다 보니, 대부분의 부대에서 그러한 것이 거의 다 없어졌다고 한다. 그와 함께 사병들이 스마트폰을 자유롭게 사용하거나 SNS가 발달해 있는 등 병영문화가 그 전과는 달리 상당히 바뀌었다는 것이다. 그래서 민구는 그런 식으로 해서 군대의 기강이 제대로 서겠냐고 반문하자, 그 친구는 오히려 모든 군인이 계급을 떠나 상호존중과 배려의 병영문화를 확산시켜 나가다 보니 자발적인 복종과 협조에 의한 내적으로 강한 군기가 확립되었다고 한다. 그런데 그와 같이 부단한 노력과 각성 속에 그 악명 높던 이 나라의 군대가 탈바꿈을 한 것처럼, 인간들의 사고방식과 인식의 변화가 일어난다면 지구상에 아직도 남아 있는 모든 악습이 철폐된 채 개인의 인격을 최대한 존중해 주는 진정한 민주 사회가 건설될 수 있다고 그는 생각했다.

민구는 두툼한 파카의 지퍼를 목에까지 바짝 올리고서 집을 향해 좀 더 빨리 발걸음을 떼다 말고 우뚝 걸음을 멈추었다. 재래시장에서 나와서 한 20분 정도 걸어서 그런지 무척 피곤한 데다가 다리도 조금 아픈 듯했다. 어둠이 짙게 깔린 거리에는 싸늘한 바람만이 활개 치며 돌아다닐 뿐 오가는 사람 한 명 보이지 않아서, 송영문에게 전화를 걸기 위해 바지 주머니에서 스마트폰을 꺼냈다.

"송 부장님. 편의점은 잘 운영되고 있어요?"

곧 그는 영문과 간단하게 안부 인사를 주고받고 나서 진즉에 알고 싶은 것을 넌지시 물어보았다. 밤이 이슥해지자 한결 더 추워진 길거리에서 더 이상 방황하는 것 없이, 통화가 끝나는 대로 조금이라도 빨리 따뜻한 집 안으로 들어가고 싶었다.

"집사람하고 나하고 둘이 교대로 맡아서 별다른 어려운 점은 없이 그럭저럭 꾸려나가고 있어. 그런데 집에서 밥 먹거나 잠자는 것 외에는 온종일 편의점에서 꼼짝하지 않고 붙어 있다 보니, 아무것도 할 수가 없어. 마치 창살 없는 감옥에 갇혀 있는 거와도 같아."

"아르바이트생을 쓰면 되잖아요?"

"물론 장사가 잘되면 당연히 그렇게 해야겠지만, 이것저것 경비가 많이 들어서 도저히 그럴 만한 여력이 되지 않아. 한 달 내내 고생해서 나하고 집사람의 인건비나 겨우 몇 푼 버는 건데, 아르바이트생을 쓰느니 어쩌니 하면서 가게를 제대로 꾸려나갈 수 있겠냐고?"

그때 뒤 칸에 짐을 잔뜩 실은 커다란 트럭이 2차선의 좁은 도로에 굉음을 내면서 지나가는 바람에 통화가 한순간 끊겼다. 그러나 주위가 다소 고요해지자 영문의 착 가라앉은 목소리가 스마트폰을 통해 다시 들려왔다.

"여 부장! 사촌 동생하고 식당인가 뭔가 한다는 것은 잘 되어가고 있어?"

"아뇨. 생각했던 것보다 식당을 차릴 때 이것저것 비용이 너무나 많이 들기도 하고, 또 동업한다는 게 그리 쉬운 일이 아닐 것 같아서 그만 없던 것으로 하기로 했어요."

"그래, 동업은 부모와 자식 간에도 하지 않는다는 말이 있는 것처럼 그게 그리 쉬운 일이 아닐 거야."

이 아파트 단지의 뒤에 있는 조그만 산에 가까워질수록 더욱더 싸늘해진 바람이 계속 불어와 그의 얼굴을 때렸다. 그러나 그 산 아래에 놓여 있는 길이가 50m도 채 되지 않는 터널을 지나가기만 하면 집에 도착할 것으로 생각하고, 그는 걸음을 좀 더 빨리 떼기 시작했다.

"그런데 참 항소심은 어떻게 됐어?"

"작년 12월인가 올해 1월에 열린다고 했던 것이 아직도 열리지도 않았는데, 변호사 말로는 5월에는 꼭 열릴 거라고 하더라고요. 그런데 아무튼 제 생각에는 최근에 돌아가고 있는 사회적인 분위기로 봐서는 항소심이 열려봤자 1심 때 받았던 것하고 별반 다를 게 없을 거 같아요."

그때, 마치 습관이라도 된 것처럼 민구의 입에서 한숨이 저절로 짧게 흘러나왔다.

"그럼, 학교에 복직하는 것은 어떻게 되는 거야?"

"글쎄요."

그는 한숨이 또 나오려는 것을 꾹 참고는 숨을 한 번 길게 들이마셨다.

"그런데 항소심이 1심과 똑같이 나온다면 학교 재단법인이 저를 당연히 해임하지 않겠어요? 또 만일 이사장이 아량을 베풀어서 자기를 학교에 복직시킨다고 하더라도, 학생들과 학부모들이 항의해 학교에 근무를 제대로 할 수 있을지도 모르겠고요."

7.

'오늘도 바람이 불어오고 있는 밤거리를 정처 없이 걷고 있구나.'

문득 고개를 숙이고 어두컴컴한 보도를 천천히 걷던 여민구는 걸음을 멈추고, 헤드라이트를 번쩍이며 4차선 도로를 달리고 있는 차들을 멍하니 바라보았다. 조금 전에 혼자서 저녁을 먹던 중국집에서 나와서 이리저리 걸어 다닌 지 벌써 1시간가량 지났기 때문에 너무 피곤해서 어디에선가 조금이라도 쉬고 싶었다. 그러나 한적한 이 거리가 어디쯤 되는지 잘 알 수가 없는 데다가, 또한 주위를 아무리 살펴봐도 잠시 앉아 있을 수 있는 벤치 한 개 보이지 않았다. 또한 네댓 시간 전에 법원에서 나왔을 때와 마찬가지로 이번에도 마땅히 갈 만한 곳이 없이, 허구한 날 시간이 날 때마다 길거리에서 뭐 하고 있는 건가 하는 자책감밖에 들지 않았다.

'사방을 휘둘러봐도 밝은 빛 한 점 보이지 않는데 이제 또 어디로 가야 하나?'

그때 별안간 도로에서 빠른 속도로 치닫고 있는 차들이 일으키는 바람이 얼굴을 세차게 때리자, 그는 정신을 퍼뜩 차리고는 어둠에 떠밀리듯이 걸음을 다시 떼기 시작했다. 몇 달 동안 내심 간절하게 바랐던 거와는 달리 오늘 오후에 있었던 항소심 판결에서 1심과 똑같은 액수의 벌금형을 선고받았다. 다른 사람의 사소한 약점을 집요하고도 끈질기게 물고 늘어지는 검사와 바늘로 이마를 찔러도 피 한 방울 나오지 않을 정도로 냉정한 판사의 태도는 1심을 선고할 때와 마찬가지로 조금도 변함이 없었다. 결국 그는 그들의 주장과 논리대로 천인공노할 죄인으로서 그들이 단호하게 내리는 형벌을 달게 받아들일 수밖에 없었다.

민구는 항소심 재판이 끝나자마자 가슴 한쪽이 무너져 내릴 것 같은 절망감을 느끼며 차를 몰고서 법원에서 나왔다. 그리고 아파트로 가서 차를 지하 주차장에 주차해 놓고는 집에 들르지도 않고서 곧바로 밖으로 나왔다. 또 발길이 닿는 대로 무작정 걷다가 저녁이 다 된 시간에 어느 중국집으로 들어가, 구석진 곳에 앉아서 짬뽕 한 그릇에 곁들여서 소주 한 병을 마셨다. 어느새 폐인이라도 된 거처럼 우중충하게 일그러진 얼굴에 가끔 한숨을 내쉬며, 혼자서 아무런 거리낌도 없이 밥을 먹거나 술을 마시는 것이 일상사가 된 듯했다.

사실 그는 교원들이나 공무원들의 성범죄자에 대한 법령 강화 조치가 취해졌던 2018년 4월 이전에 저질렀던 사건으로 벌금 250만 원을 선고받았기에, 학교에서 해임당하지 않을 수도 있다는 일말의 희망을 갖고 있었다. 또 어쩌면 학교에 복직하는 것이 뜻대로 되지 않는다면 행정 소송을 해서라도 자신의 목적을 달성할 수 있을지도 모르지만, 이제 모든 의욕을 완전히 다 잃은 채 교사 생활을 영원히 그만두겠다

들불 축제

는 생각을 하고 있었다. 또한 이 밤이 지나면 또 다른 새벽이 오듯이 될 대로 되라는 식으로 마음을 비우고 살다 보면, 그 모든 것이 잘될 것이라는 막연한 믿음 같은 것도 서서히 생겨나는 듯했다.

잠시 후 그가 길게 뻗어 있는 언덕에 다다랐을 때 길가의 한쪽에 시내버스 정류장이 나타나자, 그만 집으로 들어갈 생각을 하고는 그 부스 안으로 들어갔다. 어느새 밤 9시가 훨씬 더 넘었는데도 덧없는 상념에 빠진 채 피곤한 몸을 이끌고서 쓸데없이 계속 돌아다니고 싶지 않았다. 그러나 전광판에 켜져 있는 버스 노선들을 대략 살펴보고서 벤치에 꽤 오랫동안 앉아 있는데도 집 방향으로 가는 버스는 좀처럼 오지 않았다. 또 늦은 밤인 데다가 버스 정류장이 외곽 지역에 있어서 그런지 버스를 타려는 사람들도 한 명도 오지 않았다.

그런데 황량한 바람만이 가끔 불어닥치고 있는 그 공간에서 우두커니 앉아 있은 지 7~8분쯤 지나, 그가 더 이상 무료함을 이겨내지 못하고 다른 곳으로 가 버릴까 하고 망설일 때였다. 별안간 중년 여자 한 명이 그곳으로 불쑥 들어왔는데 단발머리를 한 채 동그스름하게 생긴 그 여자의 얼굴과 마주친 순간, 가끔 그의 마음을 우울하게 했던 그 어떤 얼굴이 겹쳐서 떠올랐다. 가늘게 치켜뜬 두 눈과 앙다물고 있는 입술에 어려 있는 완고하면서도 고집스러운 모습을 한 신영은 상담 선생의 모습이……. 그가 의기소침한 상태에 빠져서 벤치에서 일어나 그 중년 여자의 반대쪽으로 돌아서는데, 때마침 집 쪽으로 가는 버스가 부스 안으로 들어왔다. 그래서 그는 버스에 올라타고는 앞쪽에 1인용 의자에 앉은 다음, 차창 너머로 정류장 부스에 계속 서 있는 그 중년 여자를 똑바로 바라보았다. 그리고 스마트폰의 카톡을 재빨리 검색해 보았으나, 그 전에 불필요한 것들을 전부 다 삭제해서 그런지 신영은이라는 이름을 찾을 수가 없어서 혹시나 하는 생각으로 전화번호의 명부를 검색했다. 그러자 그전에 교직원들의 비상 연락망에서 수록해 놓았던 그녀의 이름이 있기에 그녀에게 다짜고짜 문자를 보내기 시작했다.

〈여민구입니다. 문득 생각이 나서 신 선생님께 처음이자 마지막으로 문자를 보냅니다. 신 선생님을 원망하는 것은 아니지만, 선생님이 그 사건을 교감 선생님께 보고한 이후로 저는 지금까지 지옥 같은 날들을 보내고 있습니다. 물론 말단 직원에 불과한 상담 교사로서 어쩔 수 없이 그와 같이 행동했다고 하더라도, 저에게 한마디 언질도 없이 윗사람에게 곧바로 보고해야 할 정도로 사안이 중대한 것이었나 하는 안타까운 생각을 금할 수가 없군요. 특별히 그 학생을 성추행한 것도 없이 그저 그 학생이 몇 번이나 부탁해서 극장에 같이 한 번 갔던 것이라서, 제가 몇몇 학생들을 불러서 상황을 잘 설명했더라면 아무 일도 없이 모든 것이 마무리가 될 수 있었을지도 모르는데요. 여학생하고 극장을 한 번 간 다음에 에스컬레이터를 타고서 위층으로 올라가다가 뒤로 처지지 말라고 손을 한 번 세게 잡아당기고, 또 둘이 저녁 식사를 할 때 손가락으로 그 학생의 손등을 톡톡 쳤던 것이 이렇게 큰 죄가 될 줄은 미처 생각하지도 못했습니다. 두세 달 정도 수업 정지를 당하거나 감봉 처분을 받았다면 그것을 충분히 감당할 수 있겠지만, 평생직장에서 쫓겨나야 하는 너무나 가혹한 처벌을 받게 되다니 이 세상이 너무나 원망스러울 따름입니다.

선생님! 밤늦은 시간에 이런 쓸데없는 넋두리를 늘어놓아서 너무나 죄송합니다. 하지만 이 문자가 선생님께 제대로 전달이 될지 어떨지 확실하게 알 수는 없어도…… 어떻든지 선생님께 언젠가 한 번은 내 생각을 꼭 밝히고 싶어서 이런 무례한 행동을 한 것이니까 너그러이 용서해 주십시오. 안녕히 주무세요. >

　바로 그때 사람도 몇 명 없이 정적이 흐르고 있는 버스 안에서 민구가 구구절절 적어서 보낸 문자가 영은의 스마트폰에 그대로 전달되었다. 그녀는 거실의 소파에 혼자 쓸쓸히 앉아서 텔레비전의 연속극을 보던 중에 그 문자를 받고는 깜짝 놀랐다.

　'다른 사람의 불행이 나의 행복이고, 다른 사람의 행복이 나의 불행이다.'

　현대 사회에서 집단 따돌림인 이지메를 당하는 것은 무서운 형벌과도 같아서, 여민구는 범죄자라는 낙인이 찍힌 채 천직이었던 교사라는 직업을 영원히 그만둘 처지에 놓이게 되었다. 그가 별다른 생각도 없이 그 여학생의 손을 확 잡아당겼거나 손등을 손가락으로 톡톡 쳤든지 하는 것들은 그리 문제가 되지 않고, 모든 사람으로부터 음해의 대상이 될 수 있느냐 하는 것만이 중요할 따름이다. 또한 그녀의 딸인 남서정도 물속에 뛰어들려던 어린아이의 행동을 저지하기 위해 그 아이를 옆으로 밀쳐냈든지 하는 것은 한낱 변명거리에 지나지 않은 채 그와 똑같은 상황에 부닥쳐 있는 것이다.

잠시 후 영은은 가슴이 너무 답답하다는 것을 느끼며 커피를 한 잔 마시기 위해 소파에서 일어나 주방으로 갔다. 이 늦은 밤에 커피를 마시면 잠이 잘 안 올지 몰라도, 민구의 문자를 받아서 그런지 마음이 너무나 심란해서 가만히 있을 수 없었다. 그녀는 올해 K 여고에서 재임용되지 않은 채 교육청으로부터 그 도시에서 가장 낙후된 지역의 어느 조그만 중학교로 발령받았건만 그곳에 가지 않기로 마음먹었다. 그 대신에 너무 아등바등하며 살 필요가 없을 듯해서, 의욕적으로 일할 수 있는 규모가 제법 큰 학교에 배정받을 때까지 6개월이 됐든 1년이 됐든 집에서 쉬기로 했다. 작년에 K 여고에서 근무하면서 하루에도 두세 명씩 학생들과 상담하면서 열심히 일했지만 재임용을 받지 못한 것처럼, 인생이라는 것은 본인의 뜻과는 달리 항상 제멋대로 굴러가기 때문이었다.

곧 그녀는 소파에 도로 앉아서 찻잔을 코에 가까이 대고 커피의 그윽한 향을 한 번 맡았다. 또한 아직도 벌렁거리고 있는 가슴을 진정시키기 위해 혀끝을 뜨거운 커피에 살짝 갖다 댔다. 그녀의 남편인 남정태는 그 언제부터인가 스리쿠션 당구를 배운다느니 뭐 하느니 하면서 집에 부쩍 늦게 들어오기 시작했다. 하기야 세월이 흐를수록 그나마 남아 있던 정마저 모조리 다 없어져서 그런지, 두 사람이 집에서 이른 저녁부터 같이 있어봤자 서로 맨송맨송한 상태에서 신경전을 벌이고 있을 게 틀림없었다. 또 서정도 3~4개월 전에 3년가량 사귀던 남자하고 헤어진 후에 현재 수도권 지역의 어느 도시에 있는 출판사에 다니

들불 축제

고 있었다.

　서정이 결혼까지 염두에 두고서 사귀던 민재훈이라는 남자는 장래가 촉망받는 청년으로서 대학을 졸업하고는 작년 봄에 시내에 있는 어느 은행에 정식사원으로 취업했다. 영은도 그전에 서정과 함께 그를 만나서 커피를 마신 적이 있는데, 작년에 유치원에서 그 사건이 일어났던 이후에 서정이 아동 폭력범이라는 오명을 뒤집어써서 그런지 두 사람이 만남이 다소 소원해진 듯했다. 그런데 그 어느 날 두 사람이 만나서 저녁 식사로 중국 음식을 먹을지 삼겹살에 곁들여서 소주를 마실지 말다툼하다가, 그가 불같이 화를 내며 서정의 팔을 확 잡아당기는 바람에 그녀의 왼손 새끼손가락이 삐었다는 것이다. 그날 서정이 하얗게 질린 얼굴로 집으로 들어와서 울음을 터트리며 그런 일이 발생한 것과 함께, 그가 작년에 유치원을 그만두었을 무렵부터 자기를 의식적으로 꺼리는 거 같다는 사실을 영은에게 고백했다. 그리고 그 이후에도 두 사람이 가끔 만날 때마다 그가 사소한 일에 툭하면 화를 내면서 서정의 어깨나 등 같은 데를 툭툭 친다고 하기에, 그녀는 서정에게 그를 더 이상 만나지 못하게 했다. 어차피 재훈의 부모님들이 서정이 폭력 교사라는 것을 알게 되면 두 사람의 결혼을 허락하지 않을 게 분명한 데다가, 또한 그들의 관계도 그전처럼 좋아질 리가 없을 거 같아서 그를 더 이상 만나지 않는 것이 가장 현명한 방법일 거라는 생각이 들었던 것이다.

　그러던 차에 때마침 남편의 외사촌 동생이 운영하는 출판사에서 사람이 한 명 더 필요하다고 해서, 재훈과 영원히 헤어지게 할 생각으로 영은은 서정을 그리로 급히 보내고 말았다. 최근에는 두 젊은 남녀들이 사귈 때 섹스 같은 행위를 몰카에 찍히지 않는 것과, 또 두 사람이 헤어지게 될 때 여자가 남자한테 맞아 죽지 않는 것이 가장 중요한 요소가 된다고 한다. 더군다나 데이트 폭력이 결혼 후에는 무자비한 가정폭력으로 이어진다고 하는데, 결혼 전부터 여자에게 손찌검하는 남자를 그녀는 도저히 용서할 수 없었다. 일주일쯤 전에도 어느 도시에서 중년 남자가 사랑하는 아내에게 골프채가 부러지고 또 소주병이 깨질 정도로 폭력을 행사해서 그녀를 숨지게 하는 사건이 발생했다. 밤새도록 아내와 술을 마시며 말다툼하다가 화가 치밀어 올라서 폭행했다고 하던데, 그 정도가 얼마나 심하고 무자비했으면 여자의 갈비뼈가 몇 개 부러지고 또 장기가 파열되어서 결국 죽음에 이르게 한 것일까? 그러나 영은이 생각하기에는 이 나라의 성인군자처럼 인자한 판사들은 그 살인사건을 부부간에 말다툼하던 중에 우발적으로 일어난 폭행 사건으로 규정할 것 같았다. 그래서 피의자가 유능한 변호사를 선임하여 적극적으로 대응한다면 살인죄보다 형량이 훨씬 낮은 폭행치사죄를 적용한 채, 기껏해야 몇 년 되지도 않는 징역형을 선고하고서 그 사건을 종결지으려고 할 것이다.

잠시 후 영은이 커피를 다 마시고 나서 다시 감돌고 있는 정적 속에 우두커니 앉아 있는데, 두 눈에는 텔레비전의 영상이 계속 스쳐 지나가기 시작했다. 그러나 머릿속에는 남서정에 대한 생각으로만 꽉 차 있어서 스마트폰을 쥐고 있는 채 서정에게 전화를 해볼까 하고 망설였다. 콧구멍만 한 직장이지만 일을 열심히 하면서 잘 다니고 있는지, 또 객지에서 혼자 살고 있더라도 하루 세 끼 굶지 않고 잘 먹고 있는지, 또 어디 아픈 데도 없이 그 어떤 불상사를 당하지 않고서 하루하루 그럭저럭 잘 버텨내고 있는지……. 마치 물가에 내놓은 어린아이처럼 그 넓은 대도시에 젊은 여자 혼자서 살게 한다는 것이 너무나 불안해서 그녀는 마음이 한시도 놓이지 않았다. 그런데 너무나 보고 싶어서 하루에 한 번씩이라도 통화를 꼭 하고 싶어도, 서정이 쓸데없이 전화 좀 자주 하지 말라고 신경질을 부리곤 해서 그것도 제대로 할 수 없었다. 낮에는 회사 일이 너무 바쁘다면서 그녀가 전화해도 서정이 잘 받지를 않고, 또 저녁에는 집에까지 일거리를 갖고 와서 일을 하느라고 정신이 없다면서 그녀에게 공연히 투덜거리기나 하고, 한밤에는 저녁 식사를 대충 때운 채 곤하게 자고 있을 사람을 전화해서 깨우기라도 하면 어쩌나 하는 염려 때문에…… 그녀는 지금도 끝내 전화를 걸지 못하고 그 대신에 서정의 사진을 찾아보기 위해 스마트폰의 카톡을 뒤적거리기 시작했다. 서정이 그 출판사에 취업하기로 했을 때 그녀는 처음에는 서정을 당분간 고시원에서 지내게 하려고 그 도시에 두 번이나 가본 적이 있었다. 그런데 고시원의 주거환경이 너무나 열악해서 도저히 그렇게 하지 못하고, 그동안 서정이 벌어놓은 돈에다가 현재 자기가 살고 있는 아파트를 담보로 해서 2천만 원을 빌린 것을 보탠 다음 조그만 11평짜리를 얻을 수 있었다.

그녀는 다른 여자들과는 달리, 옛날부터 항상 무뚝뚝하며 불뚝거리는 아들보다는, 매사에 얌전하면서 다정다감한 성격을 지닌 딸에게 더 애틋한 정을 느끼고 있었다. 아들은 유별나게 부산하고 짓궂어서 그런지 갓난아기 때에는 엉금엉금 기어다니면서 손에 잡히는 대로 전부 다 입에 집어넣었고, 또 조금씩 커가면서도 자기의 뜻과 조금이라도 맞지 않으면 아무 데서나 데굴데굴 구르며 악다구니를 부리기 일쑤였다. 또한 초등학교와 중학교에 다닐 때는 하루가 멀다고 또래 아이들하고 다투어서 무릎이 깨지거나 입술 같은 것이 자주 터지곤 했다. 그리고 고등학생이 되어서는 마치 벙어리라도 된 거처럼 가족들에게 몇 날 며칠이고 말 한마디도 하지 않은 채 자기 방에 틀어박혀서 꼼짝도 하지 않았다. 그러다가 고등학교 3학년 때는 대입 공부하는 것이 그 무슨 큰 벼슬이라도 한 것처럼, 이맛살을 잔뜩 찌푸린 채 부모님이고 누나이고 집에서 얼굴만 마주치면 버럭버럭 화를 내기도 했다. 그리고 나서 고등학교 3년 내내 학원에서 고액 과외를 시키며 온갖 정성을 다 들였는데도, 등록금이나 엄청나게 비쌀 뿐 졸업해봤자 취업도 하지 못하는 삼류 대학교에 겨우 들어가고 말았다. 그에 반해서 서정은 어릴 때부터 속 깊은 아이로서 그녀가 남편하고 부부싸움이라도 하면 눈물을 글썽이면서 그녀를 위로해 주기도 하고, 또 그녀가 독감이라도 걸려서 며칠씩 누워 있으면 그녀에게 죽 같은 것을 끓여 주기도 했다. 그래서 그처럼 착하고 예쁜 딸이 이 지역에서 더 이상 유치원 교사 생활을 하지 못하고 얼토당토않은 직장을 구해서 먼 지역으로 떠나게 되었을

들불 축제

때, 그녀는 가슴이 찢어지는 듯한 아픔을 느꼈다.

그런데 그때 그녀가 눈에 넣어도 아프지 않을 정도로 귀엽고 사랑스러운 서정의 카톡 사진을 뚫어지게 쳐다보고 있는 순간, 얼마 전에 인터넷에서 읽었던 그 어떤 내용이 그녀의 머릿속에 언뜻 떠올랐다. 그것은 어느 젊은 여자가 직장 부근에 있는 원룸으로 이사 가서 인터넷을 설치할 때 겪었던 경험을 솔직하게 적은 것인데, 그녀는 기사를 집으로 부르기 직전에 슈퍼마켓에서 대파 한 묶음을 사 왔다고 한다. 또 그 기사가 인터넷을 설치하는 동안 주방에 서서 도마에 칼을 일부러 탁탁하고 쳐대며 그것을 썰기 시작했다는 것이다. 설마 저 남자가 칼을 들고 있는 자기에게 그 무슨 해코지를 하지 않겠지 하는 생각을 하고서……

서정도 그 여자와 마찬가지로 인터넷 기계가 고장 난 그 어느 날 인터넷 설치 기사를 부른다. 그러자 얼마 후 얼굴에 잔주름이 많은 데다가 머리에 새치가 희끗희끗한 50대 후반 정도 된 남자가 서정이 살고 있는 원룸으로 들어온다. '아기가 자고 있어요. 초인종을 누르지 말고 택배를 문 앞에 두고 가세요.'라고 쓴 스티커가 붙어 있는 현관문을 열며, 시집도 안 간 처녀가 이런 것을 왜 붙여놓았을까 하고 의구심을 품고서……. 곧 그 기사는 자기의 딸과 똑같이 생긴 서정이 객지 생활을 하는 것을 측은하게 생각하면서, 그녀를 위해 정성껏 인터넷을 고치기 시작한다. 그 반면에 서정은 땀 냄새를 풀풀 풍긴 채 멧돼지처럼 생긴 그 남자에 대한 경계심을 조금도 늦추지 않고서 주방에서 일하는 척한다. 절대 짧지 않은 그 시간 동안 시퍼런 칼의 손잡이를 꽉 움켜잡은 상태로……. 그런데 그때 별안간 그 남자는 인터넷을 고치다가, 고개를 슬쩍 돌려서 번들거리고 빛나는 눈으로 서정을 한 번 힐끔 쳐다본다. 작지만 반짝반짝 빛나는 서정의 두 눈과 오똑한 콧날, 또한 봉긋하게 솟아오른 유방과 둥그스름하면서도 펑퍼진 엉덩이를……. 그리고 나서 그 무엇을 어떻게 하겠다는 의도는 전혀 없지만 자기도 모르는 사이에, 그녀가 너무 예쁘면서도 육감적으로 생긴 여자라고 생각하며 그녀에게 본능적으로 고개를 또다시 돌리고 만다.

그런데 서정은 그 남자의 단순한 그 호기심 어린 행동에 순간적으로 위기의식을 느낀 채, 파 한 단을 재빨리 썰어놓더니 냉장고의 문을 열고서 그 안에 있던 양파들까지 모조리 다 꺼낸다. 또한 그 손바닥만한 공간에 낯선 남자와 단둘이 있는 것에 대한 두려움 때문인지 아니면 양파의 향이 너무 매워서 그러는 것인지는 확실하게 알 수는 없어도, 코를 훌쩍거림과 동시에 눈물을 글썽이며 양파들을 다시 썰기 시작한다.

들불 축제